ALEXANDER KAUTZ

Wiener Gier

TÖDLICHE SÜNDE In Wien herrscht Aufruhr, als der ehemalige Finanzminister Uwe Engl, der während seiner Amtszeit ein großes Vermögen erwirtschaftet hat, erschossen aufgefunden wird. Kurz vor seinem Tod hatte Engl dem Wochenblatt »The Worm« ein brisantes Interview gegeben – wurde er deshalb ermordet? Es stellt sich heraus, dass die Waffe, die ihn getötet hat, schon bei zwei weiteren Morden verwendet wurde. Oberst Karl Tannhacker kann seine Ermittlungen leider nicht so nachdrücklich gestalten, wie er gerne würde, da viele einflussreiche Personen betroffen sind: Mitarbeiter aus Ministerien, ein prominenter Anwalt, ein Galeriebesitzer und ein Verleger. Schließlich wird ein in der Kunstwelt angesagter Maler tot in seinem Atelier gefunden, offensichtlich Selbstmord. Die Waffe, die neben ihm liegt, ist die Glock 17, die für alle drei Morde verwendet wurde. Staatsanwaltschaft und Polizei sind sich einig: Der Maler hat die Morde begangen! Doch Tannhackers Freund, der Grafiker Jonny Graberth, hegt Zweifel und ermittelt auf eigene Faust …

© privat

Alexander Kautz, in Wien geboren und aufgewachsen, genießt seinen Ruhestand als Grafiker und Arbeitsinspektor in Niederösterreich. Durch seine kontaktintensive Arbeit knüpfte er auch wertvolle Bindungen zum Wiener Polizeiapparat, die ihm einen einzigartigen Einblick in die Geheimnisse der Verbrechensaufklärung gewährten. Die enge Beziehung zu seiner Lieblingsstadt Wien und ihren Eigenheiten und Einwohnern brachte ihn trotzdem immer wieder dorthin zurück, vor allem auch in seinen Büchern. So stolpert der Hauptakteur seiner Kriminalfälle, Jonathan Jonny Graberth, in seinen Urwiener Stammbeisln und Lieblingscafés nicht nur über skurrile Persönlichkeiten, sondern stößt auch auf Leichen und mysteriöse Mordfälle. »Wiener Gier« ist sein vierter Kriminalroman.

ALEXANDER KAUTZ

Wiener Gier

KRIMINALROMAN

GMEINER

Personen und Handlung sind frei erfunden.
Ähnlichkeiten mit lebenden oder toten Personen
sind rein zufällig und nicht beabsichtigt.

Immer informiert

Spannung pur – mit unserem Newsletter informieren wir Sie
regelmäßig über Wissenswertes aus unserer Bücherwelt.

Gefällt mir!

Facebook: @Gmeiner.Verlag
Instagram: @gmeinerverlag
Twitter: @GmeinerVerlag

MIX
Papier aus verantwortungsvollen Quellen
FSC® C083411

Besuchen Sie uns im Internet:
www.gmeiner-verlag.de

Im Ehnried 5, 88605 Meßkirch
Telefon 07575/2095-0
info@gmeiner-verlag.de

1. Auflage 2022

Herstellung: Mirjam Hecht
Umschlaggestaltung: U.O.R.G. Lutz Eberle, Stuttgart
unter Verwendung eines Fotos von: © Hayk Shalunts / Shutterstock
Druck: CPI books GmbH, Leck
Printed in Germany
ISBN 978-3-8392-0211-1

»Die Anzahl der Neider bestätigt unsere Fähigkeiten ...«

Oscar Wilde (1854–1900)

1

Der Montagmorgen befand sich noch im Halbschlaf, als Uwe Engl mit seinem schwarzen VW Phaeton auf den leeren Parkplatz beim Shopping Center Nord fuhr. Er parkte den Wagen in der hintersten Reihe, schlampig und anmaßend über zwei Abstellflächen. Der Asphalt war übersät von Aludosen, Plastikbechern, Papiertüchern und benutzten Präservativen. Diesen Dreck machen Leute, dachte er sich, die schon wählen dürfen. Rücksichtslos, ignorant und selbstsüchtig. Und diese Menschen entscheiden mit ihrer Stimme, wer an den wohlgefüllten Futtertrog darf. Bitterkeit stieg in ihm hoch.

Es war der 4. Februar um 5:47 Uhr.

Vor einigen Jahren wäre er zu einem 6:00-Uhr-Termin erst 20 bis 30 Minuten später gekommen. Mit einer Entourage, die seiner Wichtigkeit noch mehr Ausdruck verliehen hätte. Mit Journalisten und Kameramännern im Schlepptau, die jede seiner pointierten Wortspenden auf Papier oder Speicherchip verewigt hätten.

Heute war es ihm aber mehr als recht, dass niemand von diesem Medien-Bettelvolk anwesend war. Schließlich ging es um seine Zukunft. Und die wollte er sich keineswegs von irgendwelchen selbst ernannten Moralaposteln verbauen lassen.

Es war 6:00 Uhr. Und kein weiteres Auto in Sicht.

Uwe Engl lehnte sich genervt in seinen ledernen Autositz und versuchte sich zu entspannen. Sein Haar war farbloser als für einen 42-jährigen Mann üblich. Lang, aber kraftlos. Stylisch, aber stumpf. Er wirkte wie ein verbrauchter Mittfünfziger, aber noch mit kleinen Reserven. Niemand, der ihn so sehen würde, hätte mit ihm tauschen wollen.

Obwohl die letzten Monate, fast schon Jahre, ihn einiges an Substanz gekostet hatten, würde auch er mit niemandem tauschen wollen. Seine üppigen Konten, allesamt in steuerfreundlichen Ländern geparkt, gaben ihm eine fundierte Sicherheit, die er ohne seinen Kurzauftritt in der österreichischen Regierung niemals hätte erreichen können.

Er galt trotz alledem nach wie vor als Saubermann, als schwimmendes Holzbrett, an das sich ertrinkende Wähler klammerten. Beschuldigungen perlten an ihm ab wie Wasser an einer Teflon-Beschichtung. Nach außen war er der emporgekommene Sonnyboy mit einer blütenweißen Weste.

Aber auch einem Sonnyboy ging irgendwann der Sprit aus, zumal wenn die intimen Freunde ihre eigene Haut retten wollten und der Paragraf, der gewählte Parlamentarier vor einer Strafverfolgung schützte, nicht mehr griff. Und deswegen musste er in ein paar Tagen als Hauptzeuge vor einem Untersuchungsausschuss erscheinen, um zu der Causa der energieeffizienten WIWOGE-Wohnhaus-Vergabe eine Vielzahl von unangenehmen Fragen zu beantworten.

6:07 Uhr.

Nun regte sich in ihm schon ein leichter Ärger. Schließlich hatte er in seinem Kofferraum 50 Kilogramm reines Gold in handlichen Ein-Kilo-Barren! Mit einem geschätzten Wert von 1,75 Millionen Euro. Die Provision von acht Prozent, die sein Geschäftspartner für den sicheren Transport in die Schweiz forderte, war bei dieser Summe wahrlich nicht zu verachten. Das würde er ihm auch unter die Nase reiben, nahm Engl sich vor, wenn er nur endlich seinen

Arsch hierher bewegte. Zumal es – bei abgestelltem Motor – auch in seiner Luxuskarosse recht kalt wurde.

Die Hausdurchsuchung im Büro seiner Investmentfirma war mehr als unerwartet gekommen. Überfallsartig hatte ein Dutzend Finanzpolizisten seine Kanzlei gestürmt und mehrere Lkw-Ladungen brisanter Geschäftspapiere beschlagnahmt. Unwillkürlich ballte er seine Fäuste. All die Schweine, die er in seiner Amtszeit als Finanzminister unterstützt, gefördert und am Leben gelassen hatte, all diese hatten ihn im Stich gelassen.

Kein Wink, keine Warnung, kein Anruf.

6:11 Uhr. Mit knirschenden Reifen kam ein Auto mit getönten Scheiben neben ihm zum Stehen.

Uwe Engl stieg aus seinem Phaeton, breitete seine Hände aus und schüttelte missbilligend seinen Kopf. Möglicherweise ein Relikt aus früheren Tagen, aber festgesetzt in seinem Kopf: Einen Uwe Engl ließ man nicht warten!

Engl ging zu dem Wagen und klopfte fordernd in aufrechter Position an die Seitenscheibe des Fahrers. Mit einem monotonen Surren ging diese hinunter.

Engl wollte seinem Unmut gerade freien Lauf lassen, als sich aus dem Wageninneren eine behandschuhte Hand schob, die etwas umklammert hielt.

Ein dezentes Geräusch, das an das Entkorken einer kohlensäurearmen Frizzante-Flasche erinnerte, war zu hören.

Auf Uwe Engls glattgebügeltem, blütenweißem Hemd breitete sich im Zeitlupentempo ein Blutfleck aus, während Engls auf den verschmutzten Asphalt niedersank.

Der Fahrer stieg seelenruhig aus seinem Auto, steckte seine Pistole mit Schalldämpfer ein und durchsuchte die Anzugtaschen des mittlerweile toten Engls. Er fand zwei Handys, steckte eines ein, das andere schob er dem Toten in das Jackett zurück. Er fischte den Autoschlüssel aus der Manteltasche, öffnete Engls Wagen und lud die 50 Kilogramm Gold in seinen eigenen. Dann fuhr er gemächlich vom Parkplatz, als ob er eben seine Einkäufe getätigt hätte.

In diesem Moment stellten gerade die meisten Trafikanten die neueste Ausgabe des investigativen Magazins »THE WORM« in ihre Verkaufsständer.

2

Fosters Zunge hatte etwas Unwiderstehliches. Feucht, kühl, mit Nachdruck geführt. Jonny Graberth ergab sich diesem Drängen.

»Schon gut, du Nervensäge, ich stehe schon auf …«

Fosters Schwanz bewegte sich samt Hinterteil wie verrückt hin und her, als ob er verstanden hätte, was sein Herrchen im Halbschlaf von sich gegeben hatte. Die schönste Zeit eines Hundetages brach an: Frühstück, Kuscheln und Gassigehen.

Jonathan Graberth, ein 36-jähriger freiberuflicher Grafiker, begann diesen Morgen wie jeden Tag. Übelriechende, getrocknete Lungenstücke für Foster, ein starker Kaffee für ihn und eine gefinkelte Tastenkombination, um seinen Computer betriebsbereit zu machen. Nachdem er geduscht hatte, checkte er seine E-Mails. Mehr als drei Dutzend Spam-Nachrichten und zwei Aufträge von Stammkunden. Zufrieden nickte er und musste an seine Jessy – Chef-Stewardess bei Austrian Airlines – denken. Sie wohnten zwar erst seit ein paar Monaten zusammen, aber sie ging ihm schon nach wenigen Stunden Trennung ab. Er bürstete sein schulterlanges braunes Haar, zog sich Jeans, ein motivloses T-Shirt und einen marineblauen Blazer an und verließ mit Foster die Wohnung.

Nach einem ausgedehnten Spaziergang auf den grünen Oasen in der Wiener Innenstadt kehrte Jonny in sein Stammlokal ein, das neuerdings »s'Graffiti« hieß.

Noch vor ein paar Monaten hatte dieses Lokal den Namen »Hawara« getragen. Bis sich eines Abends ein angesagter Medienprofi einer riesigen Werbeagentur, die aus drei Namen bestand, in etwas angeschlagenem Zustand in diese Bastion verirrt und im Schanigarten unter den Arkaden die kunstvollen Sgraffiti, die auf der rückseitigen Fassade der Universitätsbibliothek angebracht waren, bewundert hatte. Obwohl er schon oft die Reichsratsstraße entlanggegangen war, waren ihm diese Kunstwerke noch nie aufgefallen. Nach ein paar hochprozentigen Getränken ging sein kreativer Geist mit ihm durch und er fühlte sich bemüßigt, dem Lokal ein neues Flair zu verpassen. Seine Verbesserungsvorschläge, für die er ansonst exorbitante Preise verlangte, notierte er zwischen zwei Getränken auf einer Serviette und präsentierte diese der Besitzerin mit wortgewandten Ausführungen. Maria, der rothaarigen Betreiberin aus dem Burgenland, gefielen zwar die Vorschläge, aber als kleine Gewerbetreibende konnte sie sich deren Umsetzung – gerade in diesen Zeiten – nicht leisten. Das wurmte den Werbeprofi. In alkoholseliger Laune versprach er ihr an diesem Abend, dass er für alle Kosten, die durch die Namensänderung entstehen würden, aufkommen würde. Maria war einverstanden und hatte ihm noch ein Getränk aufs Haus gebracht. Obwohl der Werbeprofi am nächsten Tag seine Versprechungen bereut hatte, hielt er Wort.

So wurde aus dem »Hawara« das »s'Graffiti«.

Trotz des neuen Namens hatte sich nichts geändert. In diesem Lokal in der Reichsratsstraße konnte man nach wie vor die unbeschwerte Lebensart der Sechzigerjahre genießen. Deftige Speisen, volle Aschenbecher und keine scheelen Blicke, wenn man sich vor 10:00 Uhr ein Bier bestellte.

»Na, Jonny, ist deine Holde wieder in der Luft?«, begrüßte Maria Jonny, während sie Foster mit Schinkenstücken fütterte.

»Morgen kommt sie wieder zurück. Nur ein Night-Stop in Larnaca. Also trinke ich meinen zweiten Morgenkaffee bei dir, wenn es dir recht ist.«

»Mir ist alles recht. Hauptsache, du lässt dein Geld bei mir. Warum hast du deinen ersten Morgenkaffee nicht schon bei mir getrunken? Wenn der Umsatz weiterhin so schlecht ist, werde ich mein Lokal zusperren müssen …«

Jonny seufzte hörbar. »Diesen Spruch habe ich die letzten geschätzten zehn Jahre täglich von dir hören müssen. Also verschone mich mit deiner Jammerei. Wer jammert, hat noch Reserven, heißt es.«

Während sein Herrchen die Melange schlürfte, legte sich Foster auf seinen Stammplatz und beobachtete mit halb geschlossenen Augen das nicht allzu geschäftige Treiben in dem Lokal. Nach ein paar Minuten kam Dr. Vilbrand zur Tür herein, ließ sein stadtbekanntes »Gott zum Gruß« ertönen und setzte sich neben Jonny.

Seit der Eröffnung dieses Lokals vor vielen Jahren zählte Rechtsanwalt Dr. Vilbrand – den alle nur den »Alten« nannten – zum Stammpublikum des Beisls. Seine Kanzlei hatte er schon vor geraumer Zeit einem jüngeren Anwalt übergeben, trotzdem war er als Auskunftsperson für juristische Fragen ein beliebter Ansprechpartner. Sein dichtes aschgraues Haar und sein Auftreten verströmten nach wie vor eine fundierte Kompetenz, die man bei vielen aktiven Rechtsvertretern vermisste.

Foster erhob sich respektvoll von seinem Platz, um den Alten zu begrüßen. »Jo, jo, scho guat. Braver Hund. I hob nix. Brav. Pfui. Geh schön aufs Platzi ...«

»Warst du in einem Rhetorikkurs für Hunde?«, ätzte Jonny. »Oder plauderst du gerne mit Kollegen? Schließlich war Foster Klassenbester in der Welpenschule, und wenn er nicht eine Leseschwäche gezeigt hätte, wäre er auch Rechtsanwalt geworden.«

»Bla, bla, bla«, feixte Vilbrand zurück und bestellte sich einen Spritzer.

»Sorgen oder Gewohnheit?«, fragte Jonny.

»Durst«, brummte der Alte. »Wie geht es deiner Frau?«

»Jessy ist noch nicht meine Frau, wir wohnen zurzeit nur in einem gemeinsamen Haushalt. Und danke der Nachfrage, ich weiß es nicht. Hoffentlich gut ...«

»Hast du heute schon den ›WORM‹ gelesen? Der Uwe Engl will auspacken, weil ihm die Staatsanwaltschaft auf den Fersen ist!«

»Der ›WORM‹ ist nichts anderes als ein aufpoliertes Schundheftl«, giftete Jonny. »Der Großteil sind gekaufte Artikel und Bilder, vielleicht zwei oder drei selbst recherchierte Beiträge, und die Restseiten sind Inserate. Unterstes Niveau! Und außerdem haben sie meine Rechnung für ihr Logo erst nach einem mühseligen Rechtsstreit gezahlt!«

»Wieso dir überhaupt jemand Geld für deine kruden Ideen gibt, ist mir schleierhaft«, sagte Dr. Vilbrand grinsend.

»Es gibt vieles, was sich dir nicht erschließt, Alter. Aber jetzt im Ernst. Der Engl will seine Karten auf den Tisch legen? Da wird er aber eine Menge Staub aufwirbeln, schätze ich. Und seine Seilschaft wird flippen …«

»Vielleicht will er einen Deal machen? Er will die Strippenzieher und Nutznießer nennen, die während seiner Amtszeit als Finanzminister an irgendwelchen dubiosen Gebarungen beteiligt waren, dafür erhält er im Gegenzug Straffreiheit und eine angemessene Geldstrafe, sagt man.«

Jonny schüttelte fassungslos seinen Kopf. »Auf so einen Deal lässt sich die Staatsanwaltschaft ein?«

»Sei nicht so naiv, du Jungspund. Natürlich! Niemandem ist daran gelegen, dass Politiker – auch ehemalige – in den Knast wandern! Hauptsache, es gibt ein paar Sündenböcke, die bedingt Haftstrafen oder Fußfesseln auf sich nehmen, der Rest ruht sich weiter in der Sonne aus!«

Foster, der schwarze, vierjährige Labradormix mit dem weißen Brustfleck, sprang von seinem Stammplatz auf und schmiegte sich an Jonnys Seite. Instinktiv spürte er, dass sein Herrchen erregt war. Und da galt es, ihn zu schützen!

»Alles gut, Burli«, beruhigte ihn Jonny und kraulte seine Schlappohren. Na dann, dachte sich Foster und nahm wieder seinen Stammplatz ein.

»Wo bleibt eigentlich dein Freund, der Oberst?«, erkundigte sich Vilbrand und orderte noch einen Spritzer mit einer verstohlenen Geste.

»Keine Ahnung. Eigentlich sollte er schon hier sein …«

Genau zu diesem Zeitpunkt lenkte Oberst Karl Tannhacker, Referatsleiter beim Landeskriminalamt, Abteilung Gewaltverbrechen, seinen nicht mehr ganz so neuen Honda CR-V auf den Parkplatz des SCN. Vor den gelben Absperrbändern blieb er abrupt stehen, stieg aus und knurrte dem Uniformierten, der ihm das Plastikband hochhielt, einen knappen Gruß zu.

Aufgeregt kam ihm Revierinspektor Frankie Gareis entgegen. »Große Sache, Karl! Du wirst nie erraten, wer das Opfer ist!«

Tannhacker stöhnte genervt auf. »Nein, mein Freund, werde ich nicht! Und da ich auch keinen Telefonjoker anrufen werde, wirst du so nett sein und mir seinen Namen verraten.«

»Es ist Uwe Engl, unser ehemaliger Finanzminister!«

3

Die Arbeit im Regierungsgebäude am Stubenring 1, das den älteren Semestern noch als Kriegsministerium bekannt war, schien nach der Wochenendpause schön langsam wieder Fahrt aufzunehmen. Immer mehr Lichter wurden in den Büroräumen aufgedreht. Das Gebäude, das 1913 nach den Plänen des Architekten Ludwig Baumann als letzter Monumentalbau der Ringstraße fertiggestellt worden war, erwachte zum Leben.

Im zweiten Stock ordnete Kanzleileiterin Bonn die eingegangene Post, während die erste Kanne Kaffee durch den Filter lief. Sie schlichtete die Zeitungen und Zeitschriften in das Fach des Pressereferenten und hörte die gemeinsame Sprachbox der Amtsapparate ab. Beschimpfungen und Drohungen leitete sie an die Sicherheitsabteilung weiter, alle anderen Anrufe an die jeweiligen Referenten. Ihr Handy spielte die fünfte Sinfonie von Beethoven, es war ihre Freundin Gudrun. Ich ruf dich in einer Stunde an, dachte sie sich und wies den Anruf ab. Drei Sekunden später kam wieder: Ta-Ta-Ta-Taaaa, die Schicksalssinfonie, und wieder Gudrun.

Widerwillig hob Lisa Bonn ab und sagte: »Ich ruf dich in ungefähr einer Stunde an, Schätzchen …«

»NEIN!«, schrie Gudrun in ihr Handy. »Es ist urwichtig!«

Bonn atmete tief durch. Mit ihren 56 Jahren hatte sie schon vier Minister überstanden, ebenso viele Staatssekretäre und auch einige Generalsekretäre. Sie war seit über zehn Jahren glücklich verheiratet mit einem HTL-Professor, der ihr auch nicht krummnahm, dass sie seit ihrem ersten Date mehr als 20 Kilo zugenommen hatte. »Mein Vermögen hat sich vermehrt«, pflegte er zu sagen, wenn er sie umarmte.

»Also, was ist so wichtig?«

Gudrun sprudelte aufgeregt wirre Sätze in ihr Handy. Durch ihre lange Karriere geformt und abgebrüht konnte Lisa Bonn die wirklich interessanten Informationen aus dem Gestammel ihrer Freundin herausfiltern: »Lies die brandaktuelle Ausgabe von ›THE WORM‹, da stehen Sachen, die dir sicher nicht am Arsch vorbeigehen.«

Sie holte sich das druckfrische Magazin »THE WORM« aus dem Postfach des Pressereferenten und stutzte schon beim Deckblatt.

Uwe Engl im Exklusiv-Interview: »Ich werde auspacken!«

Na fein! Sie goss sich noch ihr Kaffeehäferl voll, atmete tief durch und rief die Privatnummer ihres Vorgesetzten, Generalsekretär Dr. Ludwig Mörz, an.

»Frau Bonn!«, meldete er sich überrascht. »Sind Sie krank oder gibt es einen anderen triftigen Grund, warum Sie mich um diese Uhrzeit kontaktieren?«

»Herr Generalsekretär, es tut mir leid, Sie so zeitig zu belästigen! Aber ich fürchte, es ist sehr wichtig. Es geht um Uwe Engl. Schätzungsweise ist jetzt Feuer am Dach! Bitte kommen Sie so schnell als möglich!«

Dr. Ludwig Mörz hatte den Großteil seiner Beamtenkarriere in den verschiedensten Ministerien verbracht, er galt als kühler Rechner und loyaler Mitarbeiter. Egal welcher Couleur seine Minister angehörten, er stand hundertprozentig hinter ihnen. Mit seinen mittlerweile 64 Jahren konnte er es sich auch gar nicht leisten, seine Pensionsberechtigung aufs Spiel zu setzen. Ein Jahr noch, dann war ihm eine fette Rente sicher. Klein, ein Gesicht wie Louis de Funès, Kleidung wie aus einem Secondhandshop, ein linkisches Auftreten wie Mr. Bean, konfliktscheu, beinahe demütig, so wurde er wahrgenommen.

Mit diesem unvorteilhaften Profil wusste Dr. Mörz, dass eine andere Karriere eigentlich nicht möglich war.

Besorgt fuhr er unrasiert – was in seinem langen Werdegang fast noch nie vorgekommen war – mit überhöhter Geschwindigkeit in sein Büro.

Eines war für ihn sicher: Wenn die verlässliche Frau Bonn sagte, dass Feuer am Dach sei, dann brannte wahrscheinlich schon die ganze Hütte lichterloh! Und er kam zum Löschen …

4

»Na bravo!«, murrte Tannhacker. »Der Strahlemann mit seinen dubiosen Geschäften, das ist ein Festmahl für die Presse.« Dann wurde seine Stimme eindringlich: »Hör zu, Frankie, und das meine ich todernst! Fordere noch ein paar Streifenwagen an, lass dieses Gebiet hermetisch abriegeln, stell Sichtschutzwände und unsere Partyzelte auf und am allerwichtigsten: Niemand, ich wiederhole: *Niemand* spricht mit irgendeinem Journalisten oder Reporter! Hast du mich verstanden? Niemand!«

Gareis wurde sich erst durch Tannhackers erregtes Gehabe der brisanten Situation bewusst, er straffte seinen Körper und machte sich geflissentlich daran, die Befehle des Obersts umzusetzen.

Tannhacker war schon zu lange in diesem Geschäft, um nicht zu wissen, dass dieser Fall seinem körperlichen Wohlbefinden keinen Gefallen tun würde. Am liebsten waren ihm Morde, die niemanden sonderlich erregten. Und das war hier definitiv nicht der Fall!

Der Parkplatz in der Größe eines gängigen Fußballfeldes war zwar durch gelbe Absperrbänder eingegrenzt, aber minütlich kamen mehr und mehr Schaulustige, die respektlos mit ihren Handys alles festhielten, was ihnen wert schien, auf den diversen Plattformen zu posten.

Nach ungefähr zehn Minuten waren fünf Streifenwagen eingelangt, die das Gebiet weiträumiger abgrenzten, Sichtschutzwände aufstellten und den Tatort mit Faltpavillons sicherten.

Frankie Gareis kam im leichten Trab auf Tannhacker zu und meldete: »Alles erledigt, Karl, wie gewünscht.«

Der Oberst schnaubte befriedigt. »Das sehe ich auch. Jetzt lass einmal Informationen sprudeln, die mir noch nicht bekannt sind!«

»Wie gesagt, das Opfer ist Uwe Engl, der ehemalige Politiker …« Gareis blätterte ein paar Sekunden hektisch in seinem Notizblock, bevor er fortfuhr. »Die Leiche wurde kurz vor 7:00 Uhr vom Facility-Manager Hermann Kovacs gefunden, als er seinen Wagen in der hintersten Reihe parken wollte, wie es ihm vorgegeben war. Er meldete den Tatbestand auf der Notrufnummer um 7:02 Uhr, nach ungefähr sieben Minuten waren die ersten Kollegen da, um den Tatort zu sichern. Wahrscheinliche Todesursache ist ein Schuss ins Herz, von unten, wie ich es verstanden habe. Aber da wird dir die Dr. Schettenmayer bessere Informationen liefern können. Wertgegenstände wie Schmuck, Bargeld und Kreditkarten wurden beim

Leichnam sichergestellt, daher vorerst vermutlich keine Anzeichen auf Raubmord. Von der Tatortgruppe wurde eine Geschosshülle sichergestellt, die ins Labor verbracht wurde. Das wär's fürs Erste ...«

»Irgendwelche Ohren- oder Augenzeugen?«

»Vorerst keine, aber die Kollegen sind noch am Ball.«

Tannhacker ließ Gareis einen wohlwollenden Grunzer zukommen und näherte sich in einem großen Bogen dem Tatort.

»Na, Schetti«, brummte Oberst Karl Tannhacker. »Da hast du deine erste Promi-Leiche. Hast du schon ein Selfie mit ihm gemacht?«

Dr. Martina Schettenmayer – eine attraktive 40-jährige Forensikerin mit blondem Haarschweif und ausgeprägten weiblichen Attributen – verzog abfällig ihre Miene. Die scharfe Zunge mit dem weichen Herz, so wurde sie von den meisten Kollegen beschrieben. »Verschone mich mit solchen selbstgefälligen Typen. Mein Wunschkandidat als Minister war er jedenfalls nicht. Aber trotzdem wollen wir ihm Recht angedeihen lassen, nicht wahr?«

»Genau so ist es«, seufzte der Oberst. »Nur fürchte ich, dass man uns bei der Aufklärung dieses Mordes mehr als genau auf die Finger schauen wird ...«

Schetti grinste und sagte: »Nicht uns ... dir, mein Lieber! Auch die Reichsten müssen sterben. Das letzte Hemd hat keine Taschen, wie es in unseren Kreisen heißt. Ich werde daher diesen VIP-Leichnam wie jeden anderen untersuchen. Bei meinen Toten gibt es keinen Promi-Bonus. Für mich sind alle auf einer Ebene. Nämlich mausetot aufgebahrt auf einer sterilen Nirosta-Unterlage und offen wie ein Buch. Nach meinen Schnitten, versteht sich.«

»Morgen früh?«, zwinkerte Tannhacker ihr zu.

»Wenn du den Obduktionsbericht meinst, müsste ich es hinkriegen. Wenn du was anderes meinst, muss ich passen.«

»Pass auf, Schetti! Es gibt zwei Gründe, warum ich so gerne mit dir zusammenarbeite!«

»Ich höre?«

»Erstens. Ich liebe deine unkomplizierte Art, die Leichen wie ein Kreuzworträtsel zu betrachten, das es zu lösen gilt ...«

»Und zweitens?«

»In Zeiten wie diesen werde ich dir auf gar keinen Fall meinen zweiten Beweggrund offenbaren«, entschuldigte sich Tannhacker mit weit ausgestreckten Armen und hatte ihr einladendes Dekolleté vor Augen.

5

Am Naschmarkt beim »Wickerl« – einem von Jonnys Fleischhauern seines Vertrauens – kaufte er zwei Kalbslungenbratenfilets, je 160 Gramm, pariert und vielversprechend. Bei einem der unzähligen Gemüsestände erwarb er festkochende Erdäpfel, Jungzwiebel, Karotten und eine kleine Frühlingstrüffel, eine Tuber borchii, auf die er besonders stolz war und für die er auch tief in die Tasche griff.

Auf dem Heimweg kam Jonny an einer Trafik vorbei, die die neueste Ausgabe von »THE WORM« ausgelegt hatte. Sicher nicht, dachte er sich, ging trotzdem hinein und kaufte sich ein Exemplar.

»Hey Burli!«, begrüßte Jonny Foster zu Hause, der euphorisch das Wiedersehen zelebrierte und danach die Einkaufstaschen genau inspizierte. »Riech einmal an der Trüffel, merk dir den Geruch und dann zeig mir, wo diese Pilzdiamanten wachsen …«

Die Kalbslungenbratenstücke hatten es ihm offenbar mehr angetan.

»Lass gut sein. Trüffelschwein wirst du sicher nicht!«, lachte Jonny und packte seinen Einkauf aus. Die beiden Fleischstücke würzte er mit Salz, Pfeffer, Zitrone, einigen Kräutern und Olivenöl, schob sie in einen Plastikbeutel, vakuumierte sie und legte sie in den Kühlschrank.

Seine restlichen Einkäufe fanden auch ihren Platz, schließlich lag nur noch das knallgelbe Exemplar des »THE WORM« vor ihm.

»Oh Gott!«, sagte Jonny und suchte die Seite mit dem brisanten Exklusiv-Interview mit Uwe Engl. Das Gespräch führte der Chefredakteur dieser Boulevardzeitung, Ed Stelczmayer, höchstpersönlich.

Jonny kannte Ed aus vielen – meist nächtens – geführten Gesprächen, bei denen ihm als Grafiker mehr versprochen worden war, als das Magazin einhalten konnte. Im Endeffekt hatte Jonny nur das Logo und das Seiten-Layout für »THE WORM« kreiert, hatte allerdings monatelang um sein Honorar kämpfen müssen. Ed Stelczmayer sah dieses Prozedere als unternehmerischen Schachzug, Jonny Graberth hingegen war bitter enttäuscht ob dieser Vorgehensweise.

Trotz seiner Abneigung nahm Jonny das Magazin und blätterte es lustlos durch. Das angepriesene Exklusiv-Interview mit Uwe Engl musste er sich allerdings durchlesen. Nach den sattsam bekannten Fragen und Antworten kam das Interview doch zu einem gewissen Höhepunkt.

THE WORM: Ich frage Sie das einmal frei heraus: Haben Sie sich durch Ihre Position in der Regierung irgendwie bereichert?
Uwe Engl: Diese Frage kann ich dezidiert mit Nein beantworten.
THE WORM: Lassen Sie mich anders fragen. Hat Ihre Position in der vergangenen Legislaturperiode Ihren Marktwert gesteigert?
Uwe Engl: (lacht) Na selbstverständlich, lieber Herr Stelczmayer. Und das ist auch mehr als legitim. Ich habe mich in den paar Jahren als Finanzminister für den kleinen Mann, selbstredend auch für die kleine Frau, mit all meiner Macht eingesetzt. Leider sind viele meiner Vorstöße von der Opposition abgewürgt worden.
THE WORM: Trotzdem muss ich Sie jetzt konkret fragen: Hatten Sie bei der Privatisierung der WIWOGE, der Wiener Wohngesellschaft, Ihre Finger im Spiel?
Uwe Engl: Nochmals nein. Ich bin es wirklich leid, dass all meine Entscheidungen als Minister auf die Apothekerwaage gelegt werden, Herr Stelczmayer. Wie Sie sicher wissen, gibt es bei jeder politischen Entscheidung gebriefte Wahrheitsinhaber, die ihr Credo in der Welt verbreiten. In Amerika nennt man sie Lobbyisten.

THE WORM: Sie weichen meiner Frage aus, Herr Engl.
Uwe Engl: Ganz sicher nicht, Herr Stelczmayer. Wenn Sie mich bitte ausreden lassen würden. Bei der Privatisierung der WIWOGE wurde von meiner Seite ein transparenter und korrekter Weg eingeschlagen, das möchte ich noch einmal betonen. Dass dann bei den langwierigen und zähen Verhandlungen einiges aus dem Ruder lief, muss ich mir heute noch vorwerfen lassen. Aber ich kann Ihnen versichern, dass ich mein Möglichstes getan habe, um den Bürgerinnen und Bürgern ihr wohlverdientes Geld zu sichern.
THE WORM: Was heißt das jetzt genau: Es ist einiges aus dem Ruder gelaufen?
Uwe Engl: Noch einmal. Mein einziger Fehler war, dass ich zu leichtgläubig und blauäugig war. Ich habe auf die falschen Leute gesetzt. Wenn ich dafür verurteilt werde, dann werde ich die Strafe widerspruchslos hinnehmen. Aber dass ich als Sündenbock für ein paar gierige Spekulanten hinhalten muss, das werde ich mit allen mir zur Verfügung stehenden Mitteln zu verhindern wissen.
THE WORM: Heißt das jetzt im Klartext, dass Sie wissen, wer in dieser unrühmlichen WIWOGE-Affäre die Strippen gezogen hat?
Uwe Engl: Ganz genau. Und das eine können Sie mir glauben: Nachdem ich vor Gericht meinen Eid abgelegt habe, dass ich die Wahrheit und nichts als die Wahrheit sprechen werde, müssen sich diese Kreaturen warm anziehen.
THE WORM: Das heißt, Sie werden Namen nennen?

Uwe Engl: Na selbstverständlich werde ich das tun. Ich lass doch meinen untadeligen Ruf nicht durch ein paar geldgierige Profiteure beschmutzen.
THE WORM: Es werden Köpfe rollen?
Uwe Engl: Darauf können Sie wetten.

Ein brisantes Interview, dachte sich Jonny. Zwar keine journalistische Meisterleistung, aber doch ein exklusiver Artikel, da er in der übrigen Medienlandschaft keine adäquaten Stellungnahmen finden konnte. Pack schlägt sich, Pack verträgt sich. Pack im Nadelstreif. Er schmiss das Schundblatt in seinen kleinen Papiercontainer und setzte sich an seinen Schreibtisch, um ein Maskottchen für einen Oldtimer-Klub zu entwerfen.

6

Mit schwungvollem Schritt, fast schon hüpfend wie ein Kleinkind, betrat Heimo Achtern kurz nach 10:00 Uhr das denkmalgeschützte Gebäude in der Wipplingerstraße, in dem sich sein Büro befand. Obwohl er einen Schlüssel hatte, läutete er an der Hochsicherheitstür und blickte auf die Uhr. Nach genau zwei Sekunden ertönte der Summer und die

Tür sprang auf. Befriedigt trat er ein, schloss behutsam die Tür und stellte sich breitbeinig vor das riesige Empfangspult. Die Schönheit hinter dem Pult schenkte ihm ein hinreißendes Lächeln, klimperte kurz mit ihren langen Wimpern und sagte: »Guten Morgen, Herr Achtern. Die Post liegt auf Ihrem Schreibtisch, es gab keine Anrufe und der Kaffee kommt sofort.«

Reaktionslos nahm er diese knappe Meldung zur Kenntnis und schritt würdevoll in sein Büro.

In den vier Jahren, die er als Staatssekretär für Finanzen unter Uwe Engl gedient hatte, hatte sich Heimo Achtern von einem tuntigen, linkischen Spätpubertären zu einem eloquenten, souveränen Taktiker gemausert. Seine Sneakers waren maßgeschusterten Lederschuhen gewichen, seine hautengen Jeans hatte er durch Hosen aus feinem Garn ersetzt, seine wirren, blonden Haare wurden von einem Promi-Coiffeur gebändigt und mit einem trendigen Schnitt versehen. Und seine exzessiven Besuche in verschiedenen Bräunungsstudios hatte er reduziert.

»Untergebene sind hilfreich, aber austauschbar. Das ist wie bei einem Auto. Wenn du einen Reifendefekt hast, wirst du nicht fahren können. Aber ein neuer Reifen ist schnell montiert. Deswegen ist der Reifen nur ein ersetzbarer Faktor. Nicht mehr und nicht weniger.« Uwe, sie waren selbstverständlich per Du gewesen, hatte ihn des Öfteren in zweisamen Stunden mit erfolgsversprechenden Lebensweisheiten zugedeckt, obwohl dieser nur ein paar Jahre älter war als er.

»Ein Politiker hat eine kürzere Halbwertszeit als ein Sportler. Ein Athlet hat immerhin 15 Jahre oder mehr, um sich seine Pfründe zu sichern. Einem Politiker stehen in der Regel weniger Jahre zur Verfügung. Deswegen muss man von der ersten Stunde an für den Tag danach arbeiten und vorsorgen.«

Unvergessene vier Jahre hatte er loyal und ergeben seinem Förderer Uwe Engl gedient, hatte sein Privatleben dieser Aufgabe untergeordnet, hatte den Unterschied zwischen Recht und Gerechtigkeit gelernt, hatte sich Feinde geschaffen und Freunde gefunden. Einflussreiche und vermögende Freunde, die ihm den Ausstieg aus der Politik sehr leicht gemacht hatten.

Zwei Monate nachdem er aus der Politik ausgeschieden war, hatte Heimo Achtern seine »8ERN Investmentbanking-Firma« gegründet, die Wohnung in der Wipplingerstraße renovieren lassen und den Betrieb aufgenommen.

120 Quadratmeter in der besten Innenlage, eine überdimensionierte Hochsicherheitstür, ein pompöser Eingangsbereich, eine mehr als attraktive Empfangsdame, die unter den letzten vier Teilnehmerinnen einer Model-Castingshow war, ein Sitzungszimmer mit 20 Plätzen und acht Monitoren, auf denen Live-Ticker von diversen Börsen-Nachrichten zu sehen waren, eine dezente Hintergrundmusik und ein Hauch von Sandelholz, der durch computergesteuerte Duftspender die Räume erfüllte.

Das war sein Reich! Den beeindruckenden Attributen seiner Empfangsdame, von der er nicht einmal den Vornamen wusste, konnte er mühelos widerstehen, da sein Interesse in der Hinsicht hauptsächlich jungen Männerkörpern galt.

Sein Handy klingelte. Es war dieses Läuten, das Bakelittelefone früher von sich gegeben hatten. Am Display sah er, dass Lisa Bonn, die Kanzleileiterin von Dr. Mörz, anrief. Er wartete noch einige Sekunden, bevor er die Verbindung herstellte.

»Achtern!«, meldete er sich brüsk, da er wusste, wer am anderen Ende der Leitung war.

Schweigend hörte er sich den aufgeregten Wortschwall an, seine Miene wurde immer starrer und einige Adern auf seiner Stirn schwollen an. »Danke für die Info«, sagte er schroff und legte auf. Er nahm sein Handy zur Hand und wollte schon den Artikel aufrufen, über den ihn Bonn informiert hatte. Dann überlegte er es sich aber anders. Die Gesamtstimmung, die ein gedruckter Artikel durch Layout, Fotos und Illustrationen vermitteln konnte, würde er nicht online bekommen.

»Frau Pittner!«, schrie er durch seine offene Zimmertür. Sekunden später hörte er schon das eifrige Trippeln der Stöckelschuhe auf dem Parkettboden. Noch bevor sie das Zimmer betrat, rief er missmutig: »Bringen Sie mir sofort das neue Exemplar von ›THE WORM‹ aus der Trafik! Und mit sofort meine ich schnell und unverzüglich ...«

Die etwas wirre Zusammenfassung über den Inhalt des Interviews, die er gerade von Lisa Bonn gehört hatte, machte ihn doch etwas nachdenklich. Wenn Menschen unter Druck gerieten, dann musste man eigentlich mit allem rechnen. Wenn man aber – so wie er – gewisse Entwicklungen vorhersehen und vorzeitig darauf reagieren konnte, dann war man auf einem guten Weg, Vorgänge zur eigenen Zufriedenheit zu beeinflussen.

Mit dieser Gewissheit bedachte er Frau Pittner, die eben außer Atem mit dem Magazin zur Tür hereinkam, mit einem aufgesetzten Lächeln.

7

»Kaum bin ich einen Vormittag nicht im Haus, herrscht schon das größte Tohuwabohu!«, donnerte Hofrat Zwettler, während er hinter seinem Schreibtisch nervös auf und ab lief. Das Stakkato, das seine handgefertigten Lederschuhe auf dem blanken Parkett spielten, untermalte die aufgewühlte Stimmung.

Zwettlers Büro wirkte einschüchternd. Schwere, dunkle Möbel, die auf beiden Seiten standen, gefüllt mit prächtig gebundenen Büchern und devotionalen Souvenirs engten den Besucher dieses Raumes ein wie ein Schraubstock, der sich nach und nach zuzog. In der Mitte stand der mächtige Schreibtisch, bedrohlich groß und dunkel, dahinter auf der Wand die A4-großen Glanzbilder in teuren Rahmen: Zwettler und der Polizeipräsident, Zwettler und der Bundeskanzler, Zwettler und der Bundespräsident, Zwettler und eine Vielzahl von prominenten Personen. Und jedes Foto beinhaltete eine intime Geste. Ein inniges Händeschütteln, eine Hand auf der Schulter, eine Umarmung. Eine Galerie der Selbstdarstellung, die nichts anderes ausdrücken sollte als: »Leg dich ja nicht mit mir an, denn ich habe viele große Brüder und Schwestern!«

Revierinspektor Frankie Gareis saß aufrecht auf der Vorderkante seines Sessels und versuchte reumütig dreinzuschauen. Neben ihm lümmelte lethargisch Oberst Karl Tannhacker und putzte seine Fingernägel mit einem Zahnstocher, den er beim Hereinkommen im Mund gehabt hatte.

»Einmal ist man nicht da und dann so was ...«, wiederholte Zwettler.

Du bist fast jeden Vormittag nicht im Haus, dachte sich Tannhacker, und das ist gut so. Er musste lächeln.

Zwettler stoppte sein hektisches Herumrennen und stützte sich herausfordernd auf seinen Schreibtisch. »Kannst du mir bitte erklären, warum du das lustig findest?«

»Ich finde es nicht lustig, sondern lächerlich«, knurrte Tannhacker. »Du führst dich auf wie ein tollwütiger Hund, nur weil dieser Hausmeister – Verzeihung, Facility-Manager – Fotos von dem toten Engl auf seinem Social-Media-Account gepostet hat! Und weißt du auch, wann er sie gepostet hat? Eine Minute nachdem er unsere Kollegen verständigt hatte. Also, was schlägst du vor, Hofrat? Sollen wir ihn festnehmen, seinen Account sperren, ihn aufgrund des Gaffer-Paragrafen anklagen oder ihm einfach nur eine Woche Hausarrest aufbrummen und ihm das Versprechen abnehmen, dass er nie wieder so böse Sachen postet …«

»Mein Gott, Karl!«, Zwettler hob seine Hände beschwörend zur Zimmerdecke. »Wir sind beide schon lange genug im Geschäft, um zu wissen, dass solche Fälle sehr viel Staub aufwirbeln. Und den gilt es zu minimieren! Wir können uns keinen Scirocco leisten, der unsere Arbeit unter sich begräbt!«

Tannhacker verlagerte bedächtig seinen massigen Körper auf die andere Seite des Stuhls und sagte ermüdet: »Sei einmal ehrlich, Hofrat. Wenn irgendein armes Würstel, das vom Notstand lebte, abgestochen im Rinnsal gefunden wird, dann interessiert es dich Nüsse, ob und wann wir den Täter fassen. Kaum wird ein bekannter Schnösel abgemaxelt, schreist du Zeter und Mordio! Wir wissen schon, wie wir unsere Arbeit machen müssen, dessen kannst du dir sicher sein. Und wir machen diese Arbeit gewissenhaft, sowohl bei dem armen Würstel als auch bei dem bekannten Schnösel. Also, was liegt sonst noch an?«

Zwettler wählte bedächtig seine Worte. »Immerhin war der bekannte Schnösel – wie du ihn unkorrekterweise bezeichnest – einmal unser Finanzminister. Und daher könnte auch unsere nationale Sicherheit auf dem Spiel stehen …«

»Geh, bitte!«, brauste Tannhacker auf. »Verschone mich mit dieser amerikanischen Seuche! Nationale Sicherheit, da lachen ja die Hühner!«

»Was ich sagen will«, fuhr der Hofrat unbeirrt fort, »ist: Auch wenn es vage Indizien gäbe, die zu anderen hochrangigen Personen aus der Politik führen würden, müssten wir bei der Verfolgung dieser Spuren eine besondere Sorgfalt walten lassen, wenn du verstehst, was ich meine …«

Der Oberst sprang behände auf, wie es ihm niemand zugetraut hätte, sah Zwettler verächtlich an und zischte: »Sag doch ganz einfach, was du von mir erwartest: Ich soll niemandem auf die Zehen steigen, der deiner Karriere schaden könnte!« Dann winkte er Gareis und sie verließen grußlos das Büro ihres Vorgesetzten.

8

Das Taxi hielt kurz nach 12:00 Uhr vor dem neu renovierten Haus in der Blumauergasse, in dem die Redaktion von »THE WORM« ihren Sitz hatte. Der Chefredakteur Ed Stelczmayer zahlte den geforderten Betrag, gab ein fürstliches Trinkgeld und stieg mit seinem Business-Trolley aus.

Im Hausflur vor dem Büro, das sich im Erdgeschoss befand, wartete schon sein stellvertretender Chefredakteur Herwig Mischuretz mit zwei Gläsern Sekt. »Willkommen daheim, Edi. Das ist ein denkwürdiger Tag, möchte ich sagen!«

Sie umarmten sich innig, wie es unter guten Freunden üblich war, und gingen in ihr Reich.

Ihr Reich war eine ungefähr 80 Quadratmeter große Altbauwohnung mit drei Räumen, einem Bad und einer Küche. In einem Raum standen ihre zwei Schreibtische und Computer, der zweite Raum fungierte als Sitzungszimmer mit acht Sitzplätzen und der dritte Raum beherbergte zwei Notbetten, die meistens jede Woche kurz vor Redaktionsschluss von ihnen verwendet wurden.

Stelczmayer fuhr sich durch sein wirres, für seine knapp 40 Jahre schon sehr dünnes rotes Haar, knallte sich auf einen Sessel im Sitzungszimmer, trank sein Glas auf einen Zug leer und ächzte: »Los, mein Freund! Ich bin bereit …«

Auf dem Weg vom Flughafen hatte Stelczmayer schon mit seinem Kompagnon telefoniert. Sie hatten kurz über den – mittlerweile durch diverse Postings bekannt gewordenen – gewaltsamen Tod von Uwe Engl gesprochen und etwas intensiver über die Auswirkungen für die neueste Ausgabe ihres Magazins.

Herwig Mischuretz, ein farbloser Mittfünfziger, gönnte sich noch einen Schluck, dann setzte er an: »Also gut. In der Früh wurden 20.000 Exemplare ausgeliefert. Ab 7:00 Uhr gab es schon Engpässe. Um 9:00 Uhr gab ich zusätzliche 30.000 Stück in Auftrag, und wie es so aussieht, werden wir noch einmal nachdrucken müssen!«

»Scheiße auch!«, rief Ed. »Das wird eine Rekordauflage!«

»Warte!«, sagte Mischuretz. »Ich bin noch nicht fertig. Dieses Exklusiv-Interview wurde bis jetzt 17-mal an andere Redaktionen verkauft. Und jetzt halt dich fest: Für die nächste Ausgabe haben wir – sage und schreibe – bisher 22 zusätzliche Seiten Inserate! Natürlich zu einem höheren Tarif.«

Beide sonnten sich im strahlenden Schein des Erfolgs, öffneten noch eine Flasche Sekt und hingen ihren Gedanken nach.

In diesem Hochgefühl sagte Mischuretz plötzlich: »Glaubst du, Edi, dass das Interview der Grund war für den Mord an Engl?«

Stelczmayer schenkte sich noch ein Glas ein, zuckte seine Schultern und sagte lächelnd: »Das kann durchaus möglich sein …« Dann trank er es leer.

9

Der Nachmittag an diesem Montag war wie ein Stück Fleisch, das die Erwartungen des Kochs nicht widerspiegelte. Zäh und ungenießbar.

Jonny saß bei Maria im »s'Graffiti« bei seinem zweiten Bier und kritzelte lustlos in einem Notizbuch herum. Draußen dämmerte es schon, als Oberst Karl Tannhacker seinen massigen Körper ins Lokal bewegte und sich zu dem Grafiker an die Bar setzte.

»Dir auch einen guten Morgen!«, flötete Jonny. »Du hast dich diesmal nur um knappe sieben Stunden verspätet.«

»Verschone mich tunlichst mit deinen entbehrlichen Meldungen«, knurrte Tannhacker und bestellte sich auch ein Bier. »Ich bin geladen wie eine Gaskartusche im Fegefeuer ...«

»Oh, oh! Du hast die Arschkarte gezogen, nehme ich einmal an. Uwe Engl?«

»Ganz genau, du Blitzkneißer!« Der Oberst fuhr sich mit beiden Händen fahrig über sein Gesicht. »Und das kurz vor meinem Ruhestand.«

Jonny grinste und sagte: »Jedes Mal, wenn dir eine Laus über die Leber läuft, dann faselst du von deiner Pension. Sieh es als Chance, vielleicht wirst du noch Polizeipräsident. Dann müsstest du zwar an deinen Umgangsformen feilen, aber sonst ...?«

»Du mich auch, Zeichenfuzzi! Musst du nicht nach Hause zu deiner Luft-Hostess? Dann könnte ich mein Bier genießen.«

»Jetzt krieg dich ein, du Grantscherben!«, beruhigte Jonny seinen Freund. »Was unterscheidet eine prominente

Leiche von einer willkürlichen? Nichts, beide sind tot! Und du findest heraus, wer sie in diesen Zustand gebracht hat. Das war's. Oder?«

Tannhacker schnaubte verächtlich, trank sein Bier aus und bestellte zwei neue. »Schön wär's! Aber ganz so einfach ist es leider nicht. Bei der prominenten Leiche prasseln plötzlich von allen erdenklichen Seiten irgendwelche Vorgaben auf dich ein, sodass du deinen Job nicht in der gewohnten Routine erledigen kannst. Und das ist die Krux an dieser Sache. Kaum war ich vom Tatort zurück in meinem Büro, musste ich schon bei meinem geliebten Hofrat vorsprechen und mir einen Rüffel anhören, der sich gewaschen hat! Dabei hatte ich mit meinen Ermittlungen noch nicht einmal begonnen!«

Vor etlichen Jahren hatte Oberst Karl Tannhacker in einem brisanten Mordfall ermittelt, bei dem er einen Schriftexperten zurate ziehen musste. Der einzige Grafologe des Landeskriminalamtes befand sich zu dieser Zeit auf Urlaub in irgendeinem Ferienressort, sein Vorgesetzter Hofrat Zwettler machte ihm Druck, so blätterte Tannhacker nach alter Manier in Telefonbüchern und fand den Grafiker und zertifizierten Grafologen Jonathan Graberth. Durch diese Zusammenarbeit lernten sich die beiden vollkommen unterschiedlichen Charaktere kennen und auf eine gewisse Art auch lieben. Aufgrund von Jonny Graberths Expertise konnte Tannhacker den Täter ausfindig machen und überführen.

Aus der Zusammenarbeit wuchs eine kontroversielle Sympathie, die sie mehrmals in der Woche im »Hawara«, das nun »s'Graffiti« hieß, auslebten.

Die beiden Freunde nippten stumm an ihren Bieren. Plötzlich brach es aus Tannhacker heraus: »Du kennst mich, Jonny! Und du weißt, ich habe keine Angst. Vor nichts und niemandem! Aber es nervt. Es nervt ungemein, wenn irgendwelche Mächte auf mysteriöse Weise auftauchen und entfesselt ihre Spielchen durchziehen …«

»Walle, walle, manche Strecke, dass zum Zwecke Wasser fließe …«, murmelte Jonny, dann umarmte er den Oberst und sagte mit fester Stimme: »Du wirst sehen, Karli. Es wird nie so heiß gegessen, wie gekocht wird …«

Doch mit dieser Aussage sollte Jonathan Graberth irren.

10

Der Blätterwald rauschte. Alle Medien sprangen auf den dampfenden Zug, der das gewaltvolle Ableben des ehemaligen Finanzministers Uwe Engl in allen Facetten verbreitete. Jedermann schnupperte hinter diesem Verbrechen eine ausschlachtungswürdige Story.

Während sich die Rundfunkmedien noch hauptsächlich an Fakten orientierten, begannen die Printmedien in den Abendausgaben schon, mit den wildesten Spekulationen um sich zu werfen, sorgsam mit beteuerten Unschuldsvermutungen bedacht.

Bei ehemaligen Mitarbeitern und Vertrauten von Uwe Engl läutete das Handy im Minutentakt, Regierungsmitglieder wurden um Stellungnahmen gebeten und Nachbarn wurden befragt und fotografiert.

In den sozialen Medien ging es schon unverblümter zur Sache.

#gottesmuehlen
Jetzt weis es jederman. Engl war so keiner, wie er hies. Die strafe hat in nun ereilt, wie es jederman wiederfährt.

#konradduden
Deine Rechtschreibung zeigt, was du bist: eine dumme Nuss!

#eliotness
Die Mafia hat schon Fuss gefasst in Europa! Hütet euch vor den Russen!

#godzilla
Der Sumpf verschluckt die Monster, die von ihm geboren …

#lumpenpack
Der Mohr hat seine Schuldigkeit getan, er konnte nun gehen. Das Kapital hat einen der vielen Wegbereiter zu noch mehr Reichtum kaltblütig eliminiert. So wird es immer weitergehen. Die Reichen werden immer reicher, die Armen immer ärmer. Bis – wieder einmal in der Geschichte – die große Revolution alles gleich macht, den Boden wieder ebnet. Und dann wird das Spiel wieder von Neuem beginnen …

#russenhussen
Das waren die Russen!!!
#sprachpolizei
Wenn einer schon drei Rufzeichen macht …

#ibizagate
Ich weiß etwas, was ihr nicht wisst …!

Juliane Engl-Machat, die junge Witwe des ehemaligen Finanzministers, zog sich auf die Ländereien ihrer Eltern zurück, hermetisch abgeriegelt von den Zecken der diversen Zeitungen.

Rechtsanwalt Dr. Franz Uhl-Berger kündigte vollmundig einen Kreuzzug gegen die Unverfrorenheit einiger Journalisten an, die mit reißerischen Artikeln das Leben von unbescholtenen und rechtschaffenen Bürgern leichtfertig aufs Spiel setzten.

Oberst Karl Tannhacker schlief indessen seinen Rausch aus.

11

Dichte, ungewöhnlich fette Schneeflocken legten den Dienstagmorgenverkehr lahm. Die Staumeldungen nahmen den überwiegenden Teil der Radiosendungen ein, die entspannenden Musikeinlagen kamen viel zu kurz. Die sattsam bekannten Hauptverkehrsadern waren heillos verstopft, Auffahrunfälle und die daraus resultierenden Schaulustigen taten den Rest zu dem herrschenden Verkehrschaos.

Seit mehr als einer halben Stunde rannte Revierinspektor Frankie Gareis nervös vor Tannhackers versperrter Bürotür auf und ab.

»Na endlich!«, entfuhr es ihm, als dieser um die Ecke bog.

»Was ist mit dir, Gareis? Hast du eine Überdosis Mutpillen geschluckt oder bist du suizidgefährdet?«, fauchte ihn der Oberst an.

»Entschuldige, Karl. Das sind nur die Nerven, die mir zu schaffen machen. Aber wie ich sehe, bereitet dir der Fall auch schlaflose Nächte …«

»So ein Schwachsinn!«, entrüstete sich Tannhacker und sperrte sein Zimmer auf. »Ich habe mich gestern nur tierisch angesoffen. Was du heute von mir siehst, ist das ungewollte Resultat eines langen Abends und eines komatösen Schlafes. Aber warum läufst du vor meinem Zimmer herum, als ob du dringend aufs Häusl müsstest?«

Sie gingen ins Büro und Gareis legte vorsichtig einen Aktenumschlag auf den Tisch seines Vorgesetzten. »Das ist der Bericht von Dr. Schettenmayer. Sie hat nun was gut bei dir, soll ich dir ausrichten.«

Tannhacker winkte genervt ab, öffnete den Akt einen Spaltbreit, warf ihn wieder auf den Tisch und sah Gareis fragend an.

Dieser wusste im ersten Moment nicht, was der Oberst von ihm wollte. Schließlich fragte er: »Soll ich dir die Ergebnisse kundtun?«

»Sag mir einfach, was Wichtiges im Obduktionsbefund steht. Und steh um Himmels willen nicht wie ein Schulbub vor meinem Schreibtisch, sondern setz dich auf irgendeinen Sessel und leg los!«

»Also. Der Todeszeitpunkt ist mit 6:00 Uhr früh – plus minus einer halben Stunde – relativ genau festgelegt. Die Todesursache war ein Schuss ins Herz, in einem circa 35-Grad-Winkel, direkt unterhalb der Rippenbögen angesetzt. Bei der Tatwaffe handelt es sich vermutlich um eine Glock 17, Kaliber 9x19 Millimeter. Das Projektil, welches Schetti dem toten Körper entnommen hat, ist nun auch im Labor. Der tote Körper von Uwe Engl, also der noch lebende Körper von ihm, muss nach dem Schuss eben leblos gewesen sein. Kurz gesagt, Uwe Engl war nach dem abgegebenen Schuss eigentlich sofort tot.«

»Gibt es irgendwelche Anzeichen für einen Kampf?«

»Gut, dass du fragst. Frau Dr. Schettenmayer hat mir – ohne Garantie – gesagt, dass Uwe Engl seinen Mörder sicher gekannt haben musste, sonst wären ihr irgendwelche Abwehrindizien aufgefallen. Aber – das soll ich dir persönlich ausrichten – das konnte sie nicht in den Bericht aufnehmen, da dies nur Mutmaßungen seien.«

»Alles klar«, brummte Tannhacker und massierte seinen mächtigen Schädel. »Was steht weiter auf dem Programm?«

Gareis schlug seine Beine übereinander und blätterte in seinem Notizbuch. »Die Auswertung der am Tatort sichergestellten Patronenhülse sollte bald vorliegen, die Untersuchung des Fahrzeugs des Opfers wird wahrscheinlich noch einige Zeit in Anspruch nehmen. Engls Handy und sein Computer, den wir in seiner Investmentfirma sichergestellt haben, werden gerade von Madiba ausgelesen.«

Erst vor ein paar Monaten war der IT-Techniker Madiba Breyer, ein junger, freundlicher Afrikaner mit wuseligen Dreadlocks und blendend weißen Zähnen, dem Team von Oberst Tannhacker – zeitlich begrenzt – zugeordnet worden. Da sich aber seine Arbeit als äußerst hilfreich entpuppt hatte, hatte Tannhacker ihn sofort bei sich aufgenommen. In langwierigen Verhandlungen mit seinem Vorgesetzten, Hofrat Zwettler, hatte er diesen schlussendlich überzeugen können, dass Madiba Breyer nicht nur ein Belastungsposten auf einem schon schwer eingeschränkten Personalbudget, sondern eine Bereicherung für die gesamte Truppe war.

Abgesehen von seinen überragenden technischen Fähigkeiten war Madiba Breyer ein patenter Kumpel und ein unbeschwerter Sonnenstrahl im tristen Alltag der Polizeiarbeit.

»Selbstverständlich«, fuhr Gareis fort, »habe ich auch versucht, Uwe Engls Frau zu kontaktieren, die sich aber zurzeit auf dem Anwesen ihrer Eltern aufhält. Der Anwalt der – meiner Meinung nach recht einflussreichen – Familie hat mir am Telefon gesagt, dass er sich melden wird, wenn Frau Juliane Engl-Machat bereit ist, auszusagen.«

»Wie mich das ankotzt!«, fauchte der Oberst. »Die Gleicheren von den Gleichen! Immer bestehen sie auf einer Extrawurst!«

»Soll ich da nachhaken?«

»Vergiss es, Frankie. Das werde ich erledigen, denn ich bin kurz vor der Pension …«

Gareis zögerte noch, das Zimmer zu verlassen.

»Was noch?«, fragte Tannhacker.

Der junge Revierinspektor räusperte sich und sagte: »Ich muss dir eines sagen, Karl. Auch wenn Hofrat Zwettler einen gewissen Druck – möglicherweise unbewusst – auf uns respektive vielleicht nur auf dich ausübt, dann möchte ich doch betonen, dass ich Polizeibeamter geworden bin, um dem Recht Genüge zu tun! Und da halten mich auch versteckte Drohungen von Vorgesetzten nicht auf! Das wollte ich dir eigentlich nur gesagt haben …«

Mit seinen noch verquollenen Augen blickte Tannhacker wohlwollend auf den strammstehenden Gareis und sagte stolz: »Ich weiß ja, warum ich dich in mein Team geholt habe, du Captain America …« Dabei hatten die Augen des Obersts einen feuchten Glanz angenommen. Ob es der anstrengende Vorabend war oder die momentane Situation, würde sein Geheimnis bleiben.

12

»Sie können gerne morgen mit Herrn Dr. Uhl-Berger sprechen, heute ist er leider außer Haus. Wir danken für Ihren Anruf. Auf Wiederhören …«, flötete die junge Kanzleiassistentin in ihr Headset. Gemäß ihren Weisungen, die sie bei der Einstellung erhalten hatte, war Anita Schellhorn zu jedem Anrufer freundlich, aber bestimmt ablehnend. Und endgültig. Die Kanzlei konnte es sich leisten.

Franz Uhl-Berger hatte sich in den letzten Jahren als Strafverteidiger von komplizierten, nicht ganz so vorhersehbaren Fällen einen Namen gemacht. Er hatte einen Mörder, der seine Familie mit einer Axt abgeschlachtet hatte, verteidigt und trotz der Beweislage mildernde Umstände geltend machen können. In weiteren Fällen war seine Verteidigung beispielhaft für Gesetzesnovellierungen, seine Argumentation war ausschlaggebend für EU-Gesetze. Sein Bild war fast täglich in den verschiedenen Tageszeitungen zu sehen. Und seit geraumer Zeit war er auch für den ehemaligen Finanzminister Uwe Engl tätig.

Dr. Franz Uhl-Berger war gewissermaßen ein Star-Anwalt.

Das Telefon läutete bei der Kanzleiassistentin. »Ich bin's«, sagte er, bevor sie die einstudierte Begrüßungsformel herunterleiern konnte. »Schicken Sie mir einen Wagen, in 15 Minuten erwarte ich ihn vor meiner Haustür.«

Das war wieder einer dieser Momente, in welchen sie ihren Job verfluchte. Sie rief sofort bei dem Mietwagenservice an, der den Großteil ihrer Fahrten erledigte, gab die Adresse – die natürlich schon hinlänglich bekannt war – und auch die Dringlichkeit durch. Ob auch alles nach ihren Wünschen erledigt wurde, wusste sie nicht.

»Haben Sie meine Befehle missverstanden oder haben Sie meine Befehle ignoriert?«, war die häufigste Frage, die ihr in den letzten Monaten von Dr. Uhl-Berger gestellt worden war, wenn irgendetwas nicht nach seinen Vorgaben geklappt hatte. Er hatte diese Frage weder autoritär noch angriffslustig geäußert. Doch sein ruhiger Tonfall mit dieser unterschwelligen Schärfe, die Marmor wie Butter geschnitten hätte, war ohnehin bedrohlicher.

Dieses Mal hatte sie Glück. Der Mietwagenfahrer war schon einige Minuten früher da, Uhl-Berger stieg entspannt ein und fragte sogar den Fahrer nach seinem Namen, obwohl er ihm vollkommen egal war.

Der Mietwagen blieb in der Walfischgasse genau vor Uhl-Bergers Kanzlei in zweiter Spur stehen, er stieg aus und ließ sich seinen kleinen Koffer, den er im Fond des Taxis vergessen hatte, nachbringen.

Seine Kanzlei befand sich im ersten Stock eines ansehnlich restaurierten Hauses, herrschaftlich und pompös, wie es sich für ihn geziemte. Mit einem Chip an seinem Schlüsselbund kam auch sofort die minimalistische Aufzugsgondel, die angeblich für vier Personen ausgelegt war, aber Uhl-Berger mit seinem kleinen Koffer gerade noch so viel Platz einräumte, dass er nicht in eine klaustrophobische Angststörung verfiel.

Im Spiegel des Fahrkorbs fuhr er sich durch seine kurzen, dichten, tiefschwarzen Haare, ohne sie maßgeblich zu verändern. Gute Gene, dachte er sich schadenfroh und rief sich die schütteren und kahlen Köpfe einiger seiner Altersgenossen ins Gedächtnis. Und wirksam. Dabei dachte er an die Frau des Lebensmitteleinzelhandelsmoguls, die sich wahrscheinlich in diesem Moment in ihrem Badezimmer die klebrigen Reste einer aufregenden Nacht von ihrem Körper wusch.

Das Wildern in fremden Jagdgründen hatte ihn schon immer gereizt.

Freundlich nickte er beim Eintreten in seine Kanzlei

Anita Schellhorn zu, aber gab ihr gleich mit seinem indifferenten Blick zu verstehen, dass sie ihm vollkommen gleichgültig war und er das Zepter in der Hand hielt.

Die Klienten, die ihn zum ersten Mal aufsuchten, bat Uhl-Berger in den ersten Stock. Er bot ihnen den Aufzug an, aber 90 Prozent seiner neuen Klienten gingen zu Fuß zu seinem Büro und kamen dann außer Atem bei ihm an.

Eine der vielen Sonderheiten von Wien bestand nämlich in der Bezeichnung der Stockwerke von Wohnhäusern. Um steuerrechtliche Bestimmungen zu umgehen, wurden Zwischengeschosse gebaut und nicht als Stockwerk deklariert: Mezzanin, Halbstock, Hochparterre, wie auch immer diese Wohnebenen genannt wurden, sie waren da. Und diese galt es zu überwinden. Das Büro von Uhl-Berger war demnach im dritten Stock. Und er delektierte sich meistens an den ausgepumpten Antlitzen seiner Klienten.

Franz Uhl-Berger ging in sein Büro, schloss die Tür und rief sich auf seinem Computer die 40. Sinfonie von Mozart auf. Dieser lauschte er inniglich und wusste: Wir sind dort, wo wir hingehören, lieber Wolferl, wir haben es geschafft …

13

»Lieber Hofrat«, begann Oberst Tannhacker vorsichtig das Gespräch. »Deine letzte Ansprache ist unmissverständlich angekommen. Gareis geht jedenfalls nach deiner Gesichtswäsche der Arsch auf Grundeis. Aber trotz deiner Bedenken komme ich nicht umhin, ein paar größere Kaliber zu mir zum Gespräch einzuladen. Ich hoffe, das ist auch in deinem Sinne …«

»Verstehe ich alles, lieber Karl.« Hofrat Zwettler zeigte sich einsichtig. Trotzdem hatte er gerötete Wangen und nervöse Finger. »Tu mir nur einen Gefallen, Karl! Behandle sie mit Respekt, wenn du verstehst, was ich meine …«

Tannhacker genoss still diesen Moment. »Das werde ich tun, wie immer«, sagte er andächtig, verließ das Zimmer und kontaktierte Gareis.

»Danke, dass Sie sich Zeit genommen haben«, begrüßte Tannhacker Dr. Ludwig Mörz und bedachte ihn sogar mit einem kurzen Lächeln. Dr. Mörz nickte und nahm wieder eine demütige Haltung ein. Noch immer war er unrasiert, was ihn selbst unendlich störte.

»Zunächst eine rein formelle Frage: Wo waren Sie gestern zwischen 5:00 und 7:00 Uhr morgens?«

»Zu Hause. Ich verlasse mein Heim um 8:00 Uhr, um in die Arbeit zu fahren.«

»Sie waren – laut meinen Aufzeichnungen – vier Jahre lang der Generalsekretär von Uwe Engl?«

»So kann man es sagen«, antwortete Mörz ergeben.

»Kann man es so sagen oder waren Sie es wirklich?«, setzte Tannhacker nach.

»Wenn Sie es so wollen, Herr Oberst, ich war es wirklich.«

Tannhacker sprach ostentativ auf das mitlaufende Tonband: »Herr Dr. Ludwig Mörz bestätigt, dass er vier Jahre der Generalsekretär von Uwe Engl war. Korrekt?«

Mörz nickte.

»Für das Protokoll: Dr. Ludwig Mörz hat genickt. Das heißt für mich, dass Dr. Ludwig Mörz vier Jahre lang der Generalsekretär von Uwe Engl war. Das heißt für mich auch, dass Sie, Herr Mörz, über all seine Geschäftsgebarungen Bescheid wissen mussten.«

»Und genau dem war nicht der Fall«, erhob Mörz zögerlich Einspruch. »Was der junge Herr Finanzminister manchmal mit einigen Herrschaften besprochen hatte, das entzieht sich weitgehend meiner Kenntnis. Ich war für das Tagesgeschäft verantwortlich.«

»Lassen Sie mich das kurz zusammenfassen. Trotz Ihrer langjährigen Position als Generalsekretär für etliche Minister hatten Sie keineswegs den vollen Einblick in die Geschäftsgebarungen Ihres damaligen Vorgesetzten?«

»So könnte man es sagen …«

»KANN man es so sagen?«

»Ja, so kann man es sagen«, flüsterte Mörz und fühlte sich unendlich schlecht.

»Verstehe ich das richtig: Sie haben den Posten eines Generalsekretärs inne und haben keinerlei Ahnung, was Ihr Vorgesetzter so treibt? Na, das nenne ich einmal eine interessante Arbeitsaufteilung. Demnach werde ich auch bei meiner nächsten Frage nicht so wirklich auf Öl stoßen, nehme ich an: Wer hätte – Ihrer Meinung nach – ein großes Interesse am Tod von Uwe Engl?«

Dr. Ludwig Mörz erschauderte in seinem abgetragenen Anzug. »Da kann ich Ihnen wirklich nicht weiterhelfen, Herr Oberst …«

»Danke für Ihr Kommen, Herr Achtern«, sagte Tannhacker und überging die ihm angebotene Hand. »Eine rein formelle Frage: Wo waren Sie gestern zwischen 5:00 und 7:00 Uhr früh?«

»Zu Hause. Allein!«

»Sie waren vier Jahre lang Staatssekretär bei Minister Uwe Engl, ist das richtig?«

»Nun ja, doch es gab da einige Diskrepanzen.«

»Herr Achtern!«, gab sich Tannhacker staatsmännisch. »Das war eigentlich eine einfache Frage. Sie waren Staatssekretär unter Uwe Engl, korrekt?«

»Ja!«

»Na also! Demnach hatten Sie auch Kenntnis von all seinen Geschäften?«

Über Heimo Achterns Gesicht legte sich ein überhebliches Lächeln und er berief sich auf sein Recht, einen Anwalt bei seiner Befragung hinzuzuziehen.

Tannhacker betrachtete eine Zeit lang abschätzend sein arrogantes Gegenüber, dann sagte er: »Mit einem Wort, Sie wollen keine Aussagen tätigen über irgendwelche Angelegenheiten, die der Finanzminister Uwe Engl und Sie als sein Staatssekretär behandelt haben?«

»Ganz genau!«, reklamierte Achtern süffisant. »Es gibt eben manchmal Entscheidungen von Regierungsmitgliedern, die das gemeine Volk nicht nachvollziehen kann und die auch Ihre Gehaltsklasse bei Weitem übersteigt …«

»Na da bin ich ja bei den Richtigen gelandet …«, ächzte

Tannhacker und ließ Achtern von einem uniformierten Kollegen aus seinem Zimmer bringen.

14

Nachdem Jonny sich mit Bristol-Zeichenkarton, Acrylfarben, Markern und diversen anderen Grafikerutensilien in einem Fachgeschäft im zweiten Bezirk eingedeckt hatte, fuhr er heimwärts. An einer roten Ampel überlegte er es sich anders, vollführte mit seinem kleinen Audi A1 Sportback ein gewagtes Abbiegemanöver und fuhr in die Blumauergasse.

»Jonny, mein Freund!«, rief Ed Stelczmayer überschwänglich und breitete seine Arme aus. »Welch Glanz in meiner bescheidenen Hütte!« Er umarmte ihn ungestüm. »Was führt dich zu mir?«

»Ich war ganz in der Nähe und da habe ich mir gedacht: Warum schaust du nicht bei deinem alten Freund Edi vorbei. Das letzte Mal, soweit ich mich erinnere, haben wir uns ja in einem unfreundlichen Gerichtssaal gesehen …«

»Ach, diese alte Geschichte«, lachte Stelczmayer etwas gezwungen und winkte mit beiden Händen in Richtung Jonny. »Das war eben *business as usual*, nichts weiter …«

»Ich sehe das ein bisschen anders«, erwiderte Jonny trocken.

»Schwamm drüber!«, lachte der Chefredakteur. »Kennst du noch Herwig? Herwig Mischuretz, meinen Vize?«

»Klar«, sagte Jonny. »Wir saßen uns im Gerichtssaal auch gegenüber.« Sie gaben sich die Hand, wobei in Mischuretz' Gesicht eine leichte Röte aufzog.

»Willst du einen Kaffee oder eher etwas für richtige Männer?«

»Kaffee ist in Ordnung.«

Während Stelczmayer eine Kapsel in die Kaffeemaschine schob, plauderte er munter weiter. »Zurzeit haben wir gehörig Stress wegen des Interviews mit Engl, wie du sicherlich schon gehört hast …«

»Genau deswegen bin ich da«, sagte Jonny. Stelczmayer hielt kurz inne, dann drehte er sich lächelnd um und stellte die Tasse auf den Tisch. »Mit Milch und Zucker. Oder hat sich da was geändert?«

»Passt schon.«

»Wie hast du das gemeint, dass du wegen des Interviews mit Engl da bist?«, fragte Ed betont desinteressiert. Mischuretz hörte auf zu tippen und verließ den Raum.

Jonathan Graberth probierte erst den Kaffee, bevor er gemächlich antwortete: »Wie du vielleicht weißt, bin ich seit einiger Zeit Berater beim Landeskriminalamt.« Was natürlich so nicht stimmte. Aber das musste Ed nicht wissen, also fuhr er ungerührt fort: »Und wir bearbeiten aktuell eben den Mordfall Uwe Engl. Ich habe auch schon dein Interview mit ihm gelesen. Da fragen wir uns eben, ob es der Auslöser für den Mord war …«

Ed zog seine Mundwinkel fast bis zum Kinn und sagte pathetisch: »Ich muss gestehen, Jonny, daran hatte ich auch schon gedacht. Warte einen Moment, ich möchte dir was zeigen.« Er huschte ins Nebenzimmer.

Der Kaffee war gar nicht so schlecht, musste Jonny zugeben. Er ließ seinen Blick durchs Zimmer schweifen, reihenweise Rahmen mit Titelseiten von »THE WORM«. Auf Stelczmayers Schreibtisch herrschte das pure Chaos. Fotos, handgeschriebene Zettel, Zeitungen und unzählige Ausdrucke. Neben dem riesigen Monitor stand eine ebenso große Batman-Figur. Auf dem Ordnerschrank befanden sich ein paar Flaschen Hochprozentiges, daneben in einem dicken Rahmen ein vergilbtes Farbfoto, das drei Jugendliche zeigte, die vor einem Lokal namens »Tontschis Tschocherl« Grimassen schnitten. Einer davon war unverkennbar Ed Stelczmayer.

»Hier hast du das Manuskript vom Interview und hier drunter ist die Unterschrift von Uwe Engl, dass er den Abdruck freigibt«, kommentierte Stelczmayer eifrig die Ausdrucke, die er Jonny vorgelegt hatte. »Engl wollte reden. Meinst du, ich hätte ihn warnen sollen? Aber es konnte doch niemand mit diesen … mit diesen furchtbaren Folgen rechnen!«

Jonny warf einen flüchtigen Blick auf das Manuskript. Ein Tohuwabohu aus verschiedenen Schriftarten, Zeilenabständen und Schriftgrößen. Ein Abbild seiner wirren Haare, dachte sich Jonny. »Vor mir brauchst du dich nicht rechtfertigen, Edi. Das musst du mit dir selbst ausmachen. Mich interessiert nur das eine: Hat Engl dir gegenüber schon die Namen genannt, die er dann vor Gericht preisgegeben hätte?«

»Du kennst unseren Ehrenkodex, Jonny: Gib niemals die Identität eines Informanten preis!«

»Ich kenne die Identität deines Informanten«, gab Jonny kühl zurück. »Und mit mir Tausende deiner Leser. Schließlich war er ja auch auf deinem Titelblatt. Mich interessiert nur, ob er dir Namen genannt hat. Schließlich geht es hier um einen Mordfall!«

Mit hochgezogenen Schultern und ausgebreiteten Händen entschuldigte sich Stelczmayer: »Sorry, mein Freund. In diesem Fall sind mir die Hände gebunden, ich hoffe, du verstehst das. Zumal mich heute schon der Rechtsanwalt von Engl telefonisch kontaktiert und mir die Hölle heißgemacht hat. In einem halbstündigen Sermon hat er mir geschildert, weswegen er mich und die Zeitschrift verklagen wird.«

»Ist das dieser Uhl-Berger, der schon auf allen möglichen Sendern seinen Kreuzzug gegen die Medien propagiert?«

»Genau der.«

»Na gut, ich gehe dann wieder. Aber mach dich darauf gefasst, dass das LKA bald bei dir klingeln wird.«

»Danke für die Warnung, Jonny.«

»Das war keine Warnung, das war quasi ein save the date, Ed.«

»Vielleicht kannst du mir – da du ja in die Ermittlungen eingebunden bist – ein paar Informationen zukommen lassen.«

Jonny, der schon bei der Eingangstür war, drehte sich mit hochgezogenen Schultern und ausgebreiteten Armen um und sagte: »Bei laufenden Ermittlungen dürfen wir keinerlei Informationen weitergeben. Aber das verstehst du sicherlich.«

15

Das pappige Sandwich aus dem Automaten, welches sich Tannhacker an diesem Dienstag zu Mittag gönnte, schmeckte mehr nach einem chemischen Reinigungsmittel als nach Schinken-Käse-Ei. Daran änderte auch das riesige grüne Bio-Schild, das auf der Dreieckspackung prangte, nichts. Wie sehr sehnte er sich nach Jonnys Krautfleckerln, Grenadiermarsch oder dem unvergleichlichen Reisfleisch. Kochen kann er, der blöde Hund, musste er sich eingestehen. Und den Ausdruck »blöder Hund« bedachte er auch gedanklich mit lieb gemeinten Anführungszeichen.

Die Zimmertür wurde aufgerissen und Frankie Gareis stürmte atemlos herein.

»Hast du auch so ein grindiges Automaten-Weißbrot gegessen oder spinnst du genbedingt?«, fuhr ihn Tannhacker an.

»Wir haben einen Treffer, Karl!«

»Was jetzt? Ist wer angeschossen oder hast du Lotto gespielt? Red' schon!«

Gareis atmete noch ein paarmal tief durch, setzte sich seinem Chef gegenüber auf den Holzsessel und versuchte, ruhig und sachlich zu bleiben. »Das Labor hat die Patronenhülse, die wir auf dem Parkplatz neben Uwe Engl gefunden haben, untersucht und sie haben eine Übereinstimmung gefunden!« Er machte eine kurze Pause, um Tannhackers Reaktion zu genießen. Doch dieser saß ungerührt da und sah ihm in die Augen.

»Hast du verstanden, was ich dir eben ...«

»Frankie!«, fuhr der Oberst ihn an. »Ich habe alles verstanden und auch registriert. Wärst du nun so freundlich, mir mitzuteilen, worin die Übereinstimmung besteht?«

»Entschuldige, natürlich. Vor ungefähr einem Jahr wurde ein gewisser Aaron Weinberg auf der Jesuitenwiese erschossen aufgefunden. Glatter Durchschuss im unteren Brustkorbbereich, das Opfer ist verblutet. Angenommener Todeszeitpunkt so um 21:00 Uhr. Neben der Leiche lag eine einzelne Patronenhülse, das Projektil wurde trotz intensiver Suche mit Metalldetektoren nicht gefunden. Weinberg war 75 Jahre alt, unverheiratet und Bezirksrat in der Leopoldstadt. Ihm gehörten etliche Immobilien, die sein Neffe und seine Nichte erbten. Seine Wohnungsschlüssel wurden nicht gefunden, seine Geldbörse mit ungefähr 200 Euro war unberührt. Der Täter wurde bis heute nicht ermittelt. Hier ist eine Kopie des Aktes. Wie gehen wir nun weiter vor?«

»Du kümmerst dich einstweilen um Uwe Engl und ich werde mir diesen Akt zu Gemüte führen. Und zwar nicht hier, sondern in einer ideenträchtigeren Atmosphäre …«

»Du gehst ins ›s'Graffiti‹ …?«

»Bingo, du Jungspund! Aus dir kann noch einmal ein guter Ermittler werden.«

16

»Um es in aller Deutlichkeit zu sagen: Wir, damit ist das Vermächtnis von Uwe Engl gemeint und all das seiner Anverwandten, verwehren uns gegen diese infamen und ehrenrührigen Anschuldigungen, die aufgrund des veröffentlichten Interviews meines Mandanten in einer – da möchte ich einmal sagen, nicht so journalistisch ausgereiften – Zeitschrift in den diversen Medien gepostet wurde. Weiters überlege ich den kausalen Zusammenhang in Erwägung zu ziehen, dass ebendieses Interview den Mord an meinem Mandanten gefördert, wenn nicht sogar ausgelöst hat! Ich respektive die unschuldigen Hinterbliebenen werden mit all unserer zur Verfügung stehenden Macht diese Vorverurteilung zu bekämpfen wissen …«, so tönte er, Dr. Franz Uhl-Berger, aus allen Sendern und sozialen Medien.

17

Es war 15:00 Uhr. Jessy würde laut Plan um 20:00 Uhr landen. Mehr als Zeit genug für ein Bier, dachte sich Jonny.

Darum ging er die paar Stiegen hinunter in sein Stammlokal.

»Ich hatte schon das unangenehme Jucken in meiner großen Zehe«, motzte Tannhacker, als sich Jonny ungefragt zu ihm an den Tisch setzte.

»Sieh den Tatsachen ins Auge, lieber Karl. Du hättest Dutzende andere Möglichkeiten gehabt, dich alleine zurückzuziehen. Aber du bist hier im ›s'Graffiti‹. Daher liegt die Vermutung nahe, dass du mich vermisst hast und Rat von mir brauchst! Also, was ist bei euch los?«

Mit beiden Händen umklammerte Tannhacker den Akt, fixierte Jonny länger, als es die Situation erforderte, und murmelte: »Wenn du irgendwem erzählst, dass ich dir freiwillig einen streng vertraulichen Polizeiakt zur Durchsicht überlassen habe, dann wirst du von mir standrechtlich exekutiert!«

»Schon gut, Obstler. Sieh es einmal anders. Auch die größten Feldherren und Monarchen hatten immer irgendwelche Einflüsterer an ihrer Seite. Das ist nichts Verwerfliches. In den Geschichtsbüchern finden sich aber nur die Namen der Könige und Heerführer, die Souffleure werden nie erwähnt. Du bist Wallenstein, ich bin Ilow. Also, was hat es auf sich mit diesem Akt?«

Tannhacker legte ihn vorsichtig auf den Tisch und drückte sanft seine klobigen Hände auf den Umschlag, als ob er ihn schützen wollte. »Wie du weißt, wurde unser ehemaliger Finanzminister Uwe Engl auf einem Parkplatz erschossen. Man fand eine Patronenhülse, die im Polizeilabor ausgewertet wurde und die einen Treffer ergab.«

»Eine Patronenhülse ist quasi wie ein Fingerabdruck?«

»Ja, bitte frage mich nicht, warum! Das Labor sagt, man

kann eine Patronenhülse mit derselben Genauigkeit wie ein Projektil einer Waffe zuordnen. Da sind gewisse Parameter im Spiel, die mein Grundwissen überschreiten. Das sind Kratzspuren von der Auswurfkralle, der individuelle Schlagbolzeneindruck und andere Merkmale am Hülsenboden. Fakt ist: Die Glock 17, die Uwe Engl getötet hat, hat vor einem Jahr auch Aaron Weinberg getötet …« Nach dieser Darlegung lehnte sich Tannhacker zurück und schob Jonny den Akt zu. »Ich werde uns jetzt noch ein Bier bestellen. Wenn ich meines ausgetrunken habe, nehme ich wortlos dieses Schriftstück und rausche ab, nur dass wir uns verstehen.«

»Das ist unfair!«, protestierte Jonny. »Ich kenne deine Schlagzahl beim Biertrinken. Gib mir wenigstens noch die Möglichkeit eines zweiten Bieres, da der Akt ganz schön umfangreich ist!«

»Genehmigt, du zahlst.«

Jonny bestellte zwei Krügerl und schnappte sich das Konvolut. Der Oberst verhielt sich fair, er trank in ungewohnt kleinen Schlucken. Maria, ganz die aufmerksame Wirtin, stellte noch eine Hausrunde Jägermeister auf den Tisch.

»Fertig!«, verkündete Jonathan, schlug die Mappe zu und kippte das kleine grüne Fläschchen auf ex.

»Nun?«, beugte sich Tannhacker interessiert vor.

»Es war der Butler!«

»Du bist ein Vollidiot!«, knurrte der Oberst.

»Spaß beiseite, Hans Moser. Dieser Aaron Weinberg wurde also fast auf den Tag genau vor einem Jahr erschossen, mit derselben Waffe. Und was ich so auf die Schnelle gelesen habe, gibt es keine Verdächtigen.«

»Genau«, bestätigte Tannhacker und bestellte noch eine

Runde. »Die beiden einzigen Erben, die Kinder seiner verstorbenen Schwester – David und Ruth Weinberg-Rhomstein –, haben sich zu dieser Zeit gerade im Ausland befunden, einen weiteren Nutznießer gibt es nicht. Aber das Erbe war beachtlich, kann ich dir sagen …«

»Interessanter Name von diesen Geschwistern. Da brauchst du schon einige Minuten, um zu unterschreiben. Und von wie viel Beachtlichem reden wir hier?«, wollte Jonny wissen.

»Immerhin von fünf Zinshäusern, alle in den inneren Bezirken gelegen. Barvermögen war seltsamerweise keines da, obwohl Weinberg gerüchteweise einen riesigen Batzen Kohle – für spontane Transaktionen – in seiner Wohnung gehortet hatte.«

»Das Gerücht ist immer größer denn die Wahrheit …«

»Und was genau soll das heißen?«

»Keine Ahnung«, erwiderte Jonny. »Ich habe nur einen unbekannten Dichter, der diesen Aphorismus ersonnen hat, zitiert …«

»Wie auch immer. Der Fall Weinberg ist zwar noch offen, aber ich kann mir beim besten Willen nicht vorstellen, dass in den letzten Monaten noch irgendwelche besonderen Anstrengungen unternommen worden sind, um den Verlauf des Tatgeschehens aufzuklären. Zumal die beiden Nutznießer, also Neffe und Nichte, auch keinen übermäßigen Druck auf die Ermittlungsbehörde ausgeübt haben. Doch das wird sich jetzt ändern, wenn mich nicht alles täuscht …«

»Da wirst du wahrscheinlich richtigliegen, mein Freund. Übrigens, habt ihr schon den Stelczmayer vernommen?«

»Wer ist denn das?«, fuhr Tannhacker auf.

»Der Herausgeber und Chefredakteur von ›THE WORM‹. Der Mann, der wahrscheinlich das letzte Interview mit Uwe Engl geführt hat.«

»Ach der, jaja …«

Jonny trank sein Bier aus, klopfte Tannhacker jovial auf die mächtigen Handrücken, die er wieder auf dem ungelösten Akt Weinberg liegen hatte, und sagte: »Jessy kommt bald nach Hause, darum muss ich dich jetzt verlassen, um zu kochen. Ich hätte zwar genug für uns drei, aber ich ziehe heute Zweisamkeit vor, wenn du verstehst, was ich meine …«

»Lass gut sein. Ich könnte sowieso nicht kommen, hab noch einiges zu tun«, beschwichtigte der Oberst, gab Jonny seine rechte Pranke und deutete eine Umarmung an. Nachdem der Grafiker das Lokal verlassen hatte, schrieb Tannhacker eine SMS an Frankie Gareis: »Wichtig! Lass morgen den Chefredakteur vom ›WORM‹ bei mir antanzen. Er heißt Steltzmeier, oder so ähnlich.« Er bestellte sich noch ein Bier, aber irgendwie fühlte er sich allein und eine wehmütige Stimmung überfiel ihn.

18

Im Labor des Bundeskriminalamtes gab der zuständige Referent die Auswertungen des Projektils, das er vom LKA – Abteilung Gewaltverbrechen, Leitung Hofrat

Zwettler – bekommen hatte, in seinen Computer ein. Da es an diesem Dienstagabend schon kurz vor 18:00 Uhr war und er ein vielversprechendes Date hatte, wartete er nicht auf etwaige Ergebnisse, sondern schlüpfte in seine Jacke, besprühte sich noch oberflächlich mit seinem Lieblingsduft und schloss die Tür zu seinem Büro.

Das Ergebnis dieses Abgleichs konnte auch bis morgen warten …

Der Referent fühlte sich nicht wohl. Schweißperlen und Schüttelfrost begleiteten ihn auf dem Weg zu seinem Rendezvous, sodass er dieses trotz seines triefenden Testosterons kurzerhand absagte und stattdessen seinen Hausarzt aufsuchte, der praktischerweise in einer Nebenstiege seiner Wohnung ordinierte.

19

Der Kalbslungenbraten – neben den im Backrohr gegarten Erdäpfelspalten und den mit Honig gebratenen Karottenscheiben – sah hinreißend aus, die Frühlingstrüffel roch betörend.

Und doch verlor Jessy nach der ungewohnt kühlen Begrüßung kein Wort über die kulinarische Offenbarung, sondern sagte nur: »No? Gibt's einen besonderen Grund zum Feiern? Dann weihe mich bitte ein. Du hast nämlich schon gefeiert, wie ich das rieche …«

Empört widersprach Jonny: »Entschuldige bitte! Ich habe natürlich beim Kochen ein Bier getrunken! Was ist daran so verwerflich?«

Jessy setzte sich mit gütigem Blick an den Esstisch und sagte: »Überhaupt nichts, mein Schatz! Aber ich schätze dich auf mindestens vier Bier und irgendein höherprozentiges Getränk ein!«

Er wollte widersprechen, gab aber dann klein bei: »Ich habe Tannhacker getroffen, der brauchte Rat von mir. Aber ihr Frauen«, fuhr er aufgebracht fort, »ihr seid mir schon etwas unheimlich! Ihr liefert genauere Ergebnisse als ein Alkomat!«

»Das wurde uns in die Erbinformationen eingespeichert, als die Männer noch am Freitag ihre Lohntüte abgeholt und sie beim Wirt ums Eck versoffen haben!«

»Ich habe meine Lohntüte nicht versoffen«, lenkte Jonny ein. »Ich habe nur dem alternden Oberst ein bisschen unter die Arme gegriffen …«

»Schon klar. Nur, waren wir uns nicht einig, dass du dich nicht in irgendwelche Ermittlungsarbeiten einmischst? Oder täuscht mich meine Erinnerung?«

Jonny stocherte verlegen in seinen Karotten und suchte nach Worten. »Ganz genau so war's nicht … An vorderster Front, habe ich gesagt, werde ich mich nicht mehr einmischen. Oder so ähnlich war mein Wortlaut …«

»Bla, bla, bla«, kam Jessy auf den Punkt. »Einmal so, einmal so. Manchmal glaube ich, dass du gar nicht weißt, worum es mir geht!«

Mit einer hilflosen Handbewegung zeigte Jonny, dass dem so war.

»Ich mache mir Sorgen um dich, mein Freund! Ich möchte nicht, dass du mit Menschen verkehrst, die bei jedem unbedachten Rülpser einen Widersacher ins Herz stechen, ihn köpfen oder totschießen! Verstehst du, was ich meine?«

»Na ja, ganz so schlimm ist es ja doch nicht«, versuchte Jonny, ihre Argumente vom Tisch zu wischen. »Ich bin höchstens am Rande involviert, mehr nicht …«

»Und dass du vor ein paar Monaten mit einem dreifachen Mörder an einem Tisch gesessen bist, das nennst du ›nur am Rande involviert‹? Na komm!«

»Das sind Ausnahmen, Liebes! Was glaubst du, mit wie vielen Mördern oder anderen Halsabschneidern du schon geflogen bist?«

»Also, dieser Vergleich ist an den Haaren herbeigezogen, Jonathan!«

Jonny zuckte leicht zusammen, als Jessy seinen vollen Vornamen so tadelnd aussprach. War das die Vorstufe eines Ehestreits? Da ihre relativ kurze Beziehung bisher harmonisch und unkompliziert verlaufen war, waren so kleine Wölkchen am Himmel besonders schmerzhaft. Deswegen nahm er ihre Hand, streichelte sie und setzte seinen unwiderstehlichen Dackelblick auf.

»Ich meine es ja nur gut …«, lenkte auch Jessy ein.

»Kennst du die inoffizielle Ranking-Liste der nervigsten Aussagen? ›Ich meine es ja nur gut‹ steht ganz oben, dicht gefolgt von ›Ich habe es dir ja gesagt‹ und ›DAS ziehst du an?‹«

Sie mussten beide herzhaft lachen, das drohende Gewitter verzog sich und die wärmende Sonne der Zuneigung kam wieder zum Vorschein.

20

»Guten Morgen, Herr Stelczmayer, wenn Sie es sind«, sagte Tannhacker ungewohnt jovial, als er das Vernehmungszimmer betrat. »Ich freue mich immer wieder, Vertreter der Presse, die unsere Polizeiarbeit über den grünen Klee loben, bei mir begrüßen zu dürfen.«

Ed Stelczmayer grüßte misstrauisch zurück und dachte dabei schuldbewusst an einige Artikel, in denen er kein gutes Haar an der Exekutive gelassen hatte.

»Sie sind also der Herausgeber und Chefredakteur dieses farbenfrohen Magazins«, fuhr Tannhacker fort und wedelte mit der letzten Ausgabe dieser Zeitschrift. »Dann fangen wir einmal mit einer einfachen Frage an: Wo waren Sie vorgestern so zwischen 5:00 und 7:00 Uhr morgens?«

Der Journalist setzte ein nachdenkliches Gesicht auf, obwohl er die Antwort kannte. »Da dürfte ich mich noch in Frankfurt befunden haben …«

»In Frankfurt?«, gab sich der Oberst erstaunt. »Privat oder dienstlich? Allein oder in Begleitung?«

»Ich war auf einem Kongress mit Dutzenden anderen Kollegen, gereist bin ich alleine. Ungefähr um 7:00 Uhr früh habe ich im Hotel ausgecheckt und bin mit dem Taxi zum Flughafen gefahren. Kurz vor 11:00 bin ich gelandet und war um 12:00 Uhr in meinem Büro. Das können Sie gerne im Anschluss überprüfen.«

»Ob und wann ich etwas überprüfe, soll nicht Ihre Sorge sein, Herr Stelczmayer. Kommen wir jetzt zum Opfer, dem ehemaligen Finanzminister Uwe Engl. Haben Sie ihn schon vor dem – sagen wir einmal – brisanten Interview gekannt?«

»Gekannt ist vielleicht der falsche Ausdruck. Wir sind uns schon mal begegnet, könnte man sagen.«

»Und so einer Zufallsbekanntschaft vertraut man dann gleich so hochexplosive Informationen an …?«

Die roten Haare von Stelczmayer schienen sich noch mehr zu kräuseln als sonst, er zupfte linkisch an seinen Hosenbeinen herum und antwortete: »Unser Magazin genießt einen hervorragenden Ruf in der Bevölkerung …«

»Das ist mir neu«, antwortete Tannhacker knapp. »Trotzdem. Wie kommt Uwe Engl auf die Idee, sich gerade Ihrem – und ausschließlich Ihrem – Magazin zu offenbaren? Ein plötzlicher Anflug von Mitteilungsbedürfnis oder Reue?«

»Schauen Sie«, sagte Stelczmayer in belehrendem Tonfall. »Uwe Engl stand in nächster Zeit eine äußerst unangenehme Anhörung bevor, da versucht man sich an alle möglichen Strohhalme zu klammern! Und ich war einer davon. Freunde werden rar, wenn man mit massiven Anschuldigungen konfrontiert wird …«

»Hat er Ihnen gegenüber irgendwelche Namen erwähnt, die er laut dem Interview bei der Anhörung preisgeben wollte?«

Stelczmayer hüstelte gekünstelt. »Sie werden verstehen, dass ich solche Informationen natürlich nicht weitergeben kann, immerhin würde ich das Redaktionsgeheimnis verletzen.«

»Und Sie werden verstehen«, fuhr ihn der Oberst an, »dass ich hier in einem Mordfall ermittle, dass mir Ihr konstruiertes Schweigerecht am Arsch vorbeigeht und dass ich Ihnen Ihr jämmerliches Leben, das Sie im Komposthaufen der Schicki-Micki-Szene fristen, zur Hölle machen werde! Und wenn Sie mir jetzt mit Ihrem Geschreibsel ans Bein pinkeln wollen, dann ist mir das auch recht, denn mit einem

Bein stehe ich schon im Ruhestand. Daher stelle ich Ihnen nochmals die Frage: Hat Uwe Engl Ihnen gegenüber irgendwelche Namen erwähnt, die er bei der Anhörung preisgeben wollte?«

Mit hochrotem Kopf und pochenden Schläfen saß Stelczmayer vor ihm wie ein Erstklässler auf der Schulbank, völlig überfordert von Tannhackers emotionalem Ausbruch. Sein Innerstes wehrte sich, der Trotz meldete sich, dennoch flüsterte er resigniert: »Nein, hat er nicht.«

Oberst Karl Tannhacker beugte sich zutraulich und plötzlich wieder lammfromm über den schlichten Holztisch und sagte mit Engelszungen: »Das werde ich Ihnen einmal so glauben müssen, Herr Stelczmayer. Im Moment habe ich keine Fragen mehr an Sie. Aber lassen Sie mich Ihnen bitte noch einen klitzekleinen Ratschlag auf den Weg mitgeben: Wenn man die Keule gegen einen vermeintlichen Gegner schwingt, dann könnte dieser hypothetische Kontrahent einem wirklich zum Widersacher werden. Das will ich eigentlich nicht. Und Sie schon gar nicht, würde ich meinen. Auf Wiedersehen.«

Der ansonst so eloquente und taffe Chefredakteur schlich wie ein geprügelter Hund aus dem Vernehmungszimmer.

21

Nach dem opulenten Frühstück, das eigentlich ein früher Brunch war, räumte Jessy den Geschirrspüler ein und Jonny widmete sich dem Maskottchen für den Oldtimer-Club, welches schon kurz vor der Entbindung stand.

»Was hast du heute vor, mein Schatz?«, fragte Jessy freundlich. »Ich habe um 11:00 Uhr ein Emergency-Recurrent-Training am Flughafen. Schätzungsweise komme ich so um 17:00 Uhr heim.«

Ich komme heim, das ging Jonny runter wie Öl. Auch Foster wedelte in seinem Körbchen freudig mit dem Schwanz, obwohl er keine Ahnung hatte, wovon die beiden sprachen. Allein die Atmosphäre vermittelte ihm Harmonie.

»Ich werde mit Foster eine ausgedehnte Praterrunde drehen, ein paar geniale Ideen am Zeichentisch auswerfen und dann werde ich uns ein schmackhaftes Abendessen auf den Tisch zaubern. Worauf hättest du denn Appetit?«

Jessy setzte sich auf Jonnys Schoß, umarmte ihn und plapperte vor sich hin: »Lass mich mal nachdenken. Wir hatten schon lange kein Filet Wellington oder Hummer Thermidor mehr, vielleicht ein Steak vom Kobe-Rind oder Beluga-Kaviar auf Blinis. Nein, wart einmal!«, sagte sie, offenbar war ihr die ultimative Mahlzeit eingefallen. »Ich hätte Mörder-Bock auf Krautfleckerl. Aber nur, wenn so ein exquisites Essen zu deinem Repertoire gehört ...«

Jonny lächelte milde. »Verzeihen Sie bitte, gnädige Frau, gerade solch extraordinäre Wünsche kann ich zu Ihrer vollsten Zufriedenheit erfüllen, mon cher.«

Sie küssten sich innig, Foster hielt es nicht mehr in seinem Körberl aus und stürmte um das Paar herum, dann ging jeder seiner Wege.

Nach einem ausgedehnten Spaziergang auf der Jesuitenwiese im zweiten Wiener Gemeindebezirk zog es Jonny mit dem mittlerweile ausgepumpten Foster in die ein paar Hundert Meter entfernte Josef-Gall-Gasse, wo der vor einem Jahr erschossene Aaron Weinberg gewohnt hatte. Ein paar Meter weiter – in der Schüttelstraße – lockte ein heruntergekommenes Lokal namens »Maukis Tee- und Likörstube« Gäste an, die es eigentlich gar nicht mehr geben dürfte. Jonny nahm Foster an die Leine und ging hinein. Ein undefinierbarer Geruch nach Alkohol, Rauch und Moder empfing ihn. Das Mobiliar war dunkel, schäbig und unansehnlich, aber voller Geschichten und Schicksale. Von den sieben Gästen und dem älteren Mann hinter dem Tresen – höchstwahrscheinlich Mauki – schlug ihm Ablehnung und Misstrauen entgegen. Es war kurz nach 10:00 Uhr morgens.

»Servus«, grüßte Jonny unterwürfig. »Kann ich einen Tee mit doppeltem Inländer-Rum haben?«

Die Stimmung in dem Lokal lockerte sich ob der Bestellung zusehends, die Gespräche der sieben Gäste nahmen wieder Fahrt auf und der Mann hinter der Theke wurde gesellig. »Schöner Hund! Du warst aber noch nicht bei mir, oder?«

»Nein«, sagte Jonny und kippte das unscheinbare Glas mit den vier Zentilitern Rum in seinen Tee. »Ich bin erst vor einigen Tagen in der Josef-Gall-Gasse eingezogen.«

»Schau an!«, sagte der Mann hinter der Buddel misstrauisch. »Und wo?«

»Nummer zwei. Schönes Haus.«

»Wie bist du zu dieser Wohnung gekommen?«

»Ich kenne den Eigentümer, David Weinberg-Rhomstein.«

Der Mann hinter dem Tresen verspannte sich, was Jonny sofort auffiel. »Alles cool, Mauki. Bist du doch, oder?« Der Mann nickte. »Okay, ich bin Jonny. Eigentlich war ich ein Freund von Aaron Weinstein, deshalb habe ich die Wohnung bekommen ...«

Mauki gab ein undefinierbares Grunzen von sich, während er Gläser polierte. »Wir wollen hier keine Schlauberger und Schnüffler, wenn du verstehst, was ich meine. In dieses Lokal kommen die graden Micheln. Kein Schnickschnack, kein Larifari, kein Kokolores. Wir sind hier, wie wir sind. Alle haben ihre Narben und Wunden, doch keiner spricht darüber. Wir hängen unseren Träumen nach, lassen aber die Kirche im Dorf.«

»Perfekt«, sagte Jonny begeistert. »Dann bin ich angekommen.« Energisch schlürfte er seinen Tee, ohne das Lokalgeschehen zu beachten. Nach ein paar Minuten beugte er sich vor und sagte leise und kryptisch: »Kannst du mir einen Gefallen tun, Mauki? Wenn sich jemand nach mir erkundigt, dann war ich nie da! Okay?«

»Okay«, flüsterte Mauki. »Aber wer soll sich nach dir erkundigen?«

»Na zum Beispiel David Weinberg-Rhomstein!«

»Ich kenne ihn zwar vom Sehen, aber er war noch nie bei mir im Lokal. Wahrscheinlich passt ihm mein Stammpublikum nicht. Er gehört nämlich zu den feinen Pinkeln ...«

»Ich mag ihn auch nicht«, vertraute ihm Jonny an, obwohl er diesen Weinberg-Rhomstein nur dem Namen nach kannte. »Aber seinen Onkel mochte ich gerne ...«

Das war zwar ein etwas gewagter Schachzug, aber Jonny riskierte ihn. Mauki schaute einen Moment in Jonnys offenes Gesicht, schließlich sagte er: »Ich mochte ihn auch, ein anständiger Kerl. Schade, dass er so enden musste.«

»Genau!«, setzte Jonny nach. »Und das verstehe ich bis heute nicht! Wer konnte ihm das antun? So einem anständigen Kerl!«

»Meine Worte!«, fühlte sich der offenbar recht einfach gestrickte Mauki bestätigt. »Er hat fast jeden Morgen dort drüben an dem Tisch gesessen und seinen Kaffee mit einem Weinbrand getrunken. Manchmal hab ich mich zu ihm gesetzt. Einmal hat er zu mir gesagt: ›Mauki, um dein Leben beneide ich dich. Du hast Leute um dich, die dir die Treue halten. Das kann ich von mir nicht behaupten ...‹«

»Weißt du vielleicht, wen er da im Speziellen gemeint haben könnte?«

»Keine Ahnung«, sagte Mauki und schüttelte nachdenklich seinen Kopf. »Mir kam der Ari – so nannten wir den alten Weinstein – immer so bodenständig vor. Nichts konnte ihn überraschen, er war immer so abgeklärt. Wie wenn er schon vorher gewusst hätte, dass etwas Schlimmes passieren würde, und sich damit abgefunden hätte. Und so war es auch, bevor er erschossen wurde.«

»Sag bloß, er hat gewusst, dass ihm jemand nach dem Leben trachtete?«

Mauki verzog sein faltiges Antlitz, wiegte mit seinen Schultern und platzte schließlich heraus: »Doch! Wenn du mich jetzt so fragst, doch! Er hat es gewusst! An diesem Morgen zum Beispiel hat er zwei Weinbrände getrunken. Das war ungewöhnlich! Sonst hat er immer nur einen getrunken, in der Früh natürlich. Am Nachmittag einen Tee mit Weinbrand vielleicht, aber in der Früh war es immer nur einer! Darüber habe ich bis jetzt noch gar nicht nachgedacht!«

»Hast du das der Polizei gesagt, Mauki?«, wisperte Jonny verschwörerisch.

»Nein! Das ist mir ja eben erst aufgefallen!«, empörte sich der Wirt. »Und schließlich rede ich ja nicht über die Trinkgewohnheiten meiner Gäste. Das Wirtsgebot ist strenger als das Beichtgeheimnis, wie schon mein Vater sagte.«

»Ich vertrau dir jetzt auch was an, Mauki, weil ich weiß, dass es bei dir gut aufgehoben ist: Ich bin ein Mitarbeiter vom Landeskriminalamt, undercover, wie du sicher schon vermutet hast, deswegen hast du auch keine Ressentiments von meiner Seite zu befürchten.«

»Ich hab's sofort gewusst, als du hereingekommen bist«, fauchte Mauki ärgerlich, »dass mit dir irgendetwas nicht stimmt! Du bist zu bieder für meinen Schuppen!«

»Schon gut, mein Freund. Ich war mir sogar ziemlich sicher, dass du – als altgedienter Profi – meine Maskerade sofort durchschaust! Aber um das geht es gar nicht. Sag mir einfach: Warum treibt sich ein wohlhabender Mann wie unser Ari Weinberg um 21:00 Uhr auf der Jesuitenwiese herum?«

Mauki strahlte wissend über sein verbrauchtes Gesicht. »Weißt du, warum? Weil er ein Arschstecher war, geil auf junge, pubertäre Männerfotzen! Das war sein Untergang! Diese Jungärsche sind noch dein Untergang, habe ich ihm gesagt …«

»Du glaubst also …?«, tastete sich Jonny weiter vor.

»Sicher! Da bin ich absolut sicher! Irgendeiner von diesen Fotzen hat ihn gemaxelt wie das Amen im Gebet! Ich habe ihm immer gesagt: Ari, du in deiner Position musst dich ein bisschen vorsehen. Diese jungen Schwänze schaden deinem Ruf!«

»Welche Position genau?«

»Na, der Ari war bis kurz vor seinem Tod Bezirksrat! Ein recht hohes Viech! Bei all den Granden war er daheim.«

»Blöde Frage«, sagte Jonny, während er die Rechnung beglich und ein fürstliches Trinkgeld dazugab, »wie hat unser Ari bezahlt?«

»Immer bar!«, antwortete Mauki und streifte wie selbstverständlich Jonnys großzügige Zeche ein. »Immer mit großen Scheinen. Denn die hatte er zuhauf. In seiner Wohnung hatte er so viele Scheine, dass er leicht ein ganzes Wohnhaus kaufen konnte.«

»Wir verstehen uns!«, zwinkerte Jonny Mauki zu. »Ich war nie bei dir!«

»Ehrensache«, sagte Mauki und schien sich ein bisschen wichtiger zu fühlen.

22

Nervös stöckelte Lisa Bonn vor dem Büro des Obersts herum. Vor einer guten halben Stunde hatte sie Revierinspektor Frankie Gareis telefonisch informiert, dass sie – um nicht noch mehr unnötige Aufregung im Finanzministerium zu verursachen – freundlicherweise im Landeskriminalamt zu einer Vernehmung in Sachen Todesfall Uwe Engl vorbeischauen würde.

»Danke, dass Sie so schnell Zeit gefunden haben, Frau Bonn«, sagte Tannhacker leutselig, während er einladend seine Zimmertür öffnete. In seiner plumpen Art ging er ihr bis vor den Besuchersessel vor, machte eine ungelenke Handbewegung und warf sich auf seinen ramponierten Bürostuhl.

»Frau Lisa Bonn …«, begann er das Gespräch und musste unwillkürlich lächeln.

»Ich weiß«, sagte sie geduldig. »Meine Eltern hatten eine etwas eigenwillige Art von Humor, wenn Sie das meinen …«

»Mir gefällt es. Egal. Wie Sie sicherlich wissen, war Ihr direkter Vorgesetzter, Dr. Ludwig Mörz, schon bei mir und hat seine nicht sehr nützliche Aussage getätigt.« Er wartete kurz auf ihre Reaktion und fuhr fort. »Ihr ehemaliger – ebenfalls – Vorgesetzter, Heimo Achtern, war auch schon bei mir, war aber eher verschlossen. Nun habe ich Sie hierherbemüht, um einige Sachverhalte aufzuklären. Vorweg muss ich betonen, dass ich ausschließlich an der Antwort auf die Frage interessiert bin: Wer hat Uwe Engl ermordet? Ihr vermeintlicher Saustall im Ministerium schert mich einen feuchten Kehricht, wenn Sie verstehen, was ich meine.«

Lisa Bonn versuchte einen empörten Gesichtsausdruck, ging aber über zu einem zögerlichen Nicken.

»Gut!«, deutete Tannhacker ihre Mimik und sagte lächelnd: »Dann schneiden wir das Geschwür auf, würde ich sagen.« Ihr verhaltenes Lächeln war mehr als krampfhaft. »Wie uns inzwischen bekannt ist, hat sich Uwe Engl ab dem Zeitpunkt seiner Ernennung zum Finanzminister ein gar nicht so kleines Vermögen erwirtschaftet. Ich weiß schon, dass man als Minister recht gut verdient und kaum irgendwelche Ausgaben zu Buche stehen, aber trotzdem. Nehmen wir an, dass Engl sein gesamtes Jahresgehalt auf ein Konto gelegt hätte, und das vier Jahre lang! Das angehäufte Vermögen übersteigt das Hundertfache dieser Summe. Und das nur auf den uns bekannten Konten. Können Sie mir das erklären?«

Bonns Gesichtsausdruck wurde hart und vergrämt. »Selbstverständlich kann ich das. Diese Herren können ihren Hals nicht voll genug kriegen. Und wenn sie dabei über Leichen gehen müssen, natürlich nur bildlich gesprochen. Und die Frauen sind keinen Deut besser. Wenn sie einmal Blut und Trüffel geleckt haben, werden sie gierig wie die Geier.«

Tannhacker schien erstaunt über diesen emotionalen Ausbruch und packte die Gelegenheit beim Schopf. »Und von wem hat Engl nun solch große Summen erhalten?«

Sie lachte höhnisch auf. »Fragen Sie mich lieber, von wem nicht! Es hatte sich bei den großen Wirtschaftsbossen schon sehr bald herumgesprochen, dass Uwe Engl ein offenes Ohr für die Anliegen der Kapitalisten hat. Und eine offene Hand …«

»Was ist mit Heimo Achtern?«

»Der ist genauso eine Ausgeburt der Habgier! Vielleicht ein bisschen dämlicher als Engl, aber das macht ihn noch skrupelloser, schätze ich.«

»Und Ludwig Mörz?«

Lisa Bonn überlegte ein paar Sekunden, bevor sie antwortete: »Ich würde sagen: ein überaus loyaler Mitarbeiter, der aufgrund seiner – wie soll ich sagen – etwas unglücklichen

Art und seines hausbackenen Aussehens mehr als dankbar ist, dass er in einem Ministerium arbeiten darf. Sie haben ihn ja schon kennengelernt. Seine Treue geht so weit, dass er mich am Montag Heimo Achtern anrufen ließ, um ihn über den Artikel im ›THE WORM‹ zu informieren.« Sie beugte sich vertrauensvoll zu Tannhacker. »Wenn es nach mir gehen würde, dann könnte dieser affektierte Achtern auch krepieren. Ich würde ihm keine Träne nachweinen.«

»Und ist Mörz auch in diesen Sumpf involviert?«

»Um Gottes willen, nein!«, schrie Bonn auf. »Dr. Mörz ist der korrekteste Mensch, den ich kenne!«

»Frau Bonn, ich danke Ihnen für Ihre Offenheit.« Tannhacker wollte sich aus seinem Stuhl erheben, hielt aber inne und sagte fast entschuldigend: »Eine Frage hätte ich noch, nur fürs Protokoll: Wo waren Sie am Montag zwischen 5:00 und 7:00 Uhr früh?«

Sie lächelte wissend und antwortete: »Da mein Tagesablauf in geregelten Bahnen abläuft, fällt mir die Antwort nicht schwer. An Arbeitstagen läutet der Wecker um halb sechs, wir frühstücken, duschen und ziehen uns an. Pünktlich um 7:00 Uhr setzt mich mein Mann – er unterrichtet in einer HTL – am Stubenring ab. Und diese Routine lief auch am Montag ab.«

Der Oberst geleitete sie zur Tür, sie drehte sich noch einmal um und sagte: »Der Täter, den Sie suchen, hat der Menschheit einen großen Dienst erwiesen.«

»Schon möglich«, erwiderte Tannhacker, »aber das hat mich nicht zu interessieren.«

23

Nervös spielte Ed Stelczmayer mit seiner Batman-Figur, während er telefonierte. Mit einem Prepaid-Handy. Er wippte nervös mit beiden Beinen und fuhr sich mit einer Hand durch sein wirres Haar. Nach mehr als einer halben Stunde beendete er sein Gespräch mit knappen Worten und setzte sich an seinen Computer.

Er rief sein Desktop-Publishing-Programm auf und öffnete eine neue Seite. »Verfickte Anwälte«, schrieb er in riesiger Schrift in die Titelzeile. Dann goss er sich einen Jack Daniel's ein – für Fortgeschrittene – und labte sich an ihm und dem Geschriebenen. Schließlich wurde aus der Überschrift für die Titelstory ein gemäßigter Wortlaut: »Recht oder Gerechtigkeit – Anwälte lassen die Grenzen verschwimmen«.

Er goss sich noch einen Stimmungsmacher ein und seine geschriebenen Worte wurden einen Deut direkter. »Wie soll sich ein Normalbürger, der das gefinkelte Studium eines Rechtsgelehrten nicht absolviert hat, gegen die gesetzkonforme Willkür eines Winkelschreibers durchsetzen?«

Stelczmayer zitierte Prozessprotokolle, Richtersprüche und Plädoyers. Er schrieb über die bezahlten Inkasso-Anwälte, die verletzte Parkplatzregelungen mithilfe einer Besitzstörungsklage in enormen Höhen eintrieben, er prangerte die Urheberrechtsexperten an, die eine Vielzahl von unbedarften Anbietern in diversen Foren mit Klagschriften überschütteten, er erzählte von diffusen Büros, die komparable Logos und anderweitige Ähnlichkeiten vor den Kadi zerrten.

Schlussendlich schrieb er über Franz Uhl-Berger, der laut Stelczmayers Worten den Ausbund eines kommerziellen Anwaltes darstellte. Die Schlussworte seines Artikels lauteten: »Und dennoch – wie bei dem geständigen Tschetschenen, der vor einigen Wochen vom Einsatzkommando Cobra mit einem bluttriefenden Messer in der Hand in seiner abgesperrten Wohnung in Favoriten neben den erstochenen Leichen seiner beiden Kinder und seiner Frau gestellt wurde – gilt die Unschuldsvermutung!«

Er genehmigte sich noch den Rest der Flasche Jack Daniel's und genehmigte auch die Freigabe dieses Artikels für die nächste Nummer des investigativen Magazins »THE WORM«, welche kommenden Montag erscheinen würde.

24

Die Fleckerln wurden von Jonny kernig abgekocht, abgeseiht und kurz abgeschwemmt. In einer Pfanne ließ er den groben Kristallzucker karamellisieren, gab Schweineschmalz und Zwiebel dazu, danach das geschnittene Weißkraut. Er löste den angelegten Pfannenboden mit einem Schuss qualitativ hochwertigem Weißwein, etwas Sojasauce und angesetzter Rindssuppe. Er mengte die Fleckerln unter, schmeckte mit Salz und Pfeffer ab, fertig!

»Genial!«, schwärmte Jessy und schob sich noch eine volle Gabel Krautfleckerln in den Mund. »Das ist großes Kino! Wie schafft man diese Vorstellung?«

»Keine Ahnung, wahrscheinlich die kreative Ader. Kannst du gut zeichnen, dann kannst du gut kochen, oder so ähnlich …«

Jessy kaute mit vollem Mund und versuchte nebenbei noch mehr Lob auszusprechen. »Trotzdem! Versuch mir bitte zu erklären, warum ein – ehemals – alleinstehender Grafiker althergebrachte Rezepte so originalgetreu umsetzen kann …?«

»Und wenn du mich folterst, ich habe wirklich keinen blassen Schimmer! Möglicherweise habe ich zu viele Kochsendungen geschaut …«

»Habe ich auch. Ungeachtet dessen, ich liebe deine Kreationen!«

»Gut so! Aber vielleicht könnten wir gemeinsam einen Nachtisch kreieren?«

»An was hast du da so gedacht?«

»Wie wäre es mit Vanilleeis und heißen Himbeeren. In echt, meine ich …«

»Das klingt nach einer ausgesprochen guten Idee«, schnurrte Jessy mit laszivem Blick und erhob sich aufreizend.

Nach einer intensiven halben Stunde zogen sich beide an, vermittelten Foster, der vorbildlich in seinem Körberl ausgeharrt hatte, dass nun eine Gassi-Runde geplant war, und fuhren auf die Jesuitenwiese.

Hand in Hand gingen sie einträchtig über die grüne Lunge von Wien. Weitläufige Grasflächen, üppige, mannshohe Sträucher, mächtige Bäume und sudelige Reste von kleinen Schneehaufen.

Fosters Nase arbeitete im Akkord. Jeder Geruch wurde aufgenommen und in dem kleinen Hundegehirn katalogisiert. In einem niedrigen Gebüsch von Hainbuchen, Liguster, Hartriegel und Ahornsträuchern schnüffelte er besonders intensiv.

Jonny überlegte zweimal, bevor er beiläufig erwähnte: »Hier wurde vor einem Jahr ein erschossener Mann, ein gewisser Aaron Weinberg, gefunden. Es ist schon faszinierend, was Hundeschnauzen leisten können …«

»Das hat jetzt aber nichts mit dem aktuellen Fall von Karl Tannhacker zu tun, von dem du mir erzählt hast, oder?«, fragte sie scharf und zielgenau.

»Ach wo!«, sagte Jonny reflexartig und viel zu schnell.

Sie löste ihre Hand aus seiner und sagte streng: »Jonathan!«

Ihre Beziehung war zwar noch nicht einmal ein Jahr alt, aber Jonny kannte die beinharten Spielregeln. Bei »Jonny«, »Mausi«, »Schatzi« und »Bussibär« war die Welt in Ordnung, bei »Jonathan« – zumal mit Ausrufezeichen – wurde es eng. Es war wie der Schwur auf die Bibel, ein Sitz im Beichtstuhl, eine Antwort beim Lügendetektor.

»Indirekt schon irgendwie …«, gab er überrumpelt zu.

Triumphierend bedachte sie Jonny mit einem Blick, der sagte: »Du bist ein offenes Buch für mich, ich kenne die Geschichte hinter jedem deiner Worte, du bist durchschaut, du bist mein zweites Ich!«

Der smarte Grafiker fügte sich in diese Abhängigkeit wie ein Alphatier, das seinen Habitus an einen Ranghöheren verloren hatte. Einerseits fühlte sich diese Demaskierung ein bisschen unheimlich an, andererseits aber doch recht mollig und behaglich.

»Ich liebe dich!«, sagte Jonny, umarmte Jessy innig und verlieh ihr somit das Eiserne Kreuz. Sie war der Silberrücken. Das Um und Auf.

»Gehen wir noch einen Sprung ins ›s'Graffiti‹?«, fragte er demütig.

»Wenn du willst, gerne«, sagte sie gönnerhaft.

Im »s'Graffiti« saßen Revierinspektor Frankie Gareis und IT-Referent Madiba Breyer mit je einem Bier an einem Vierertisch, so lag es nahe, dass sich Jessy und Jonny zu ihnen setzten.

»Wo ist euer Chef?«, fragte Jonny verwundert.

»Der kommt sicher noch«, sagte Frankie.

»Wir sind aber nur kurz da!«, reklamierte das Alphatier, also Jessy. »Hast du nicht auch eine Frau zu Hause, die auf dich wartet?«, sprach sie Gareis mit vorwurfsvollem Unterton an.

Er wechselte kurz seine Gesichtsfarbe auf ein Tiefrot und antwortete: »Ja, schon. Aber manchmal geht die Arbeit vor. Und das ist mein erstes Bier heute!«, fügte er entschuldigend hinzu.

Du erbärmlicher Hosenscheißer, dachte sich Jonny und bestellte sich vorsichtshalber einen Kaffee. »Wie schaut der Fall aus mit dem ehemaligen Finanzminister?«

Gareis schnitt eine nichtssagende Grimasse und wippte wie ein Kakadu. »Wir treten ein bisschen auf der Stelle. Obwohl Karl nicht auf die bänglichen Boykottversuche von Zwettler eingeht, stehen wir irgendwo an. Das Motiv für den Mord drängt sich zwar auf, nämlich das angekündigte Outing durch Uwe Engl. Aber genau dort stoßen wir auf massive Mauern.«

»Habt ihr gewusst, dass Aaron Weinberg ein Schwuler war?«

»Das war offensichtlich anhand der Auswertung seines Computers und der in seiner Wohnung sichergestellten Utensilien. Lauter krankes Zeug.« Gareis fröstelte.

»Was denn genau?«, wollte Jessy wissen.

»Dildos in allen Größen und Stärken, Gasmasken, Gummiwäsche, Brustklammern, sogar ein Unterarm mit geballter Faust aus so einem gallertartigen Material! Und ein Set Harnröhrendehner.«

»Und wie erkennt man ein solches?«, fragte Jonny hämisch.

Wieder wurde Gareis rot. »Ein Kollege hat darüber gelesen ...«

»Könnte ich auch manchmal gebrauchen, wenn ich zu lange im ›s'Graffiti‹ war!«, wollte Jonny die Situation retten.

Jessy bedachte ihn mit einem Rempler und einem semibösen Blick.

Madiba Breyer lenkte die Unterhaltung mit seinem gewinnenden Lächeln in seriöse Bahnen, als er sagte: »Tannhacker trifft sich morgen – meines Wissens – mit dem Ermittler, der den Fall Weinberg bearbeitet. Da könnte sich einiges klären. Aber anhand der Auswertung von Engls Handy hat sich mir noch keine direkte Verbindung zu Aaron Weinberg erschlossen.«

»Nur so am Rande. Ist es nicht seltsam«, wurde Jonny geheimnisvoll, »dass Weinberg Bezirksrat war? In derselben Partei wie Uwe Engl? Ist euch dieser Zusammenhang nicht bemerkenswert vorgekommen?«

»Wem ist was nicht bemerkenswert vorgekommen?«, donnerte Tannhacker, der unbemerkt an den Tisch getreten war.

»Schön, dass du kommst. Wir retten gerade deine Karriere!«, tönte Jonny überschwänglich.

»Was findest du nur an diesem aufdringlichen Radaubruder?«, wandte sich der Oberst an Jessy. »Versuch ihn einmal ein bisschen stubenrein zu machen, bevor du ihn in Erwachsenenlokale ausführst!«

Jessy legte schützend einen Arm um Jonny. »Sei nicht so streng mit ihm, Karl. Er hat einen vielversprechenden Kern …«

»In manchen Kernen findet man Blausäure«, motzte Tannhacker.

»Jonny hat gemeint, dass Aaron Weinberg Bezirksrat war. In derselben Partei wie Uwe Engl. Hast du diesen Zusammenhang gewusst?«, fragte Gareis und bereute es in der nächsten Sekunde.

»Natürlich!«, plärrte der Oberst und bestellte bei Maria eine Tischrunde Bier. Niemand erhob Einspruch. Nicht einmal Jessy. »Natürlich habe ich das gewusst! Und genau darum geht es in diesem Fall. Beide Opfer hatten einen prestigeträchtigen Job, beide waren angesehen, beide hatten ein Netzwerk von Gebern und Saugern. Zusätzlich hatten beide in ihren Kellern Leichen verscharrt. Und jetzt komme ich als unliebsamer Außenstehender und möchte ein bisschen mehr über die Hintergründe erfahren.« Er nahm einen mächtigen Schluck von seinem Bier und fuhr niedergeschlagen fort. »Mir geht die gesamte Situation gehörig am Arsch! Die Antworten verstecken sich nämlich hinter sogenannten loyalen Mitstreitern, die ebenfalls Dreck am Stecken haben, und paranoiden Sesselfurzern, die Angst um ihre Karriere haben!« Er saugte regelrecht sein Glas aus, knallte es auf den Tisch und erhob sich. »Die Zeche geht auf mich, macht euch noch einen schönen Abend! Ich werde mich demnächst in den Ruhestand verabschieden!«

Diesmal enthielt sich sogar Jonny einer spitzfindigen Bemerkung.

25

Der Donnerstag begann mit einem mehr als feuchten Schneeregen, gegen den es kein probates Mittel gab. Schirm, Kapuze und Ähnliches versagten. Die Nässe kroch zielstrebig den Weg durch die Kleidung zum Körper. Dementsprechend war auch die Stimmung von Tannhacker.

Sie trafen sich in einem Lokal in der Beatrixgasse, das dem kollektiven Sterben der altgedienten Wirtshäuser durch eine Vielzahl von Stammkunden noch entgangen war, aber man hörte schon die Uhr ticken.

Oberstleutnant Viktor Braun, den alle nur Charlie nannten, saß schon in einer Ecke im Raucherbereich und schlürfte seinen Tee mit beachtlichem Slibowitz-Anteil, was unschwer zu riechen war.

»Die übliche Morgenmischung?«, grüßte Tannhacker mürrisch und schüttelte sich wie ein nasser Hund.

»Ich bin schon im nächsten Level. Der Tee ist nur ein geduldeter Kollateralschaden«, grinste Charlie Braun und sah der Comic-Figur von den »Peanuts«, der er seinen Spitznamen verdankte, verdammt ähnlich.

Tannhacker bestellte sich auch einen Tee mit einem doppelten Inländer-Rum, teils um seinen Kollegen nicht zu kompromittieren, teils weil ihm auch nach einer Entschleunigung war.

»Hast du mir mitgebracht, worum ich dich gebeten habe?«

Braun zündete sich eine Memphis Blue an und tippte auf seinen Kopf. »Mehr, als du in meinem Akt finden würdest …«

»Dann lass mal hören.«

»Vor fast genau einem Jahr meldete anonym ein junger Bursche – wahrscheinlich ein Stricher – einen Leichenfund im Strauchwerk auf der Jesuitenwiese im Prater.«

»Das ist mir aus deinen Berichten schon bekannt. Kürzen wir das Verfahren ab, denn in unserem Alter wird Zeit immer kostbarer. Also die Waffe war eine Glock 17, neun Millimeter?«

»Ja. Vermutlich mit Schalldämpfer, wie aus den Schmauchspuren erkenntlich war. Der Täter hatte Weinberg die Waffe direkt am Körper angesetzt. Glatter Durchschuss im oberen Bauchbereich. Er muss relativ zügig verblutet sein, da eine Arterie verletzt wurde. Das Projektil wurde nie gefunden …«

Tannhacker unterbrach ihn mit einer abrupten Armbewegung und nahm sein Handy aus der Jackentasche. »Frankie … Haben wir eigentlich schon die Auswertung von dem

Projektil, das die Schetti im Finanzminister gefunden hat? … Na dann mach ihnen Beine, wir waren eh schon mehr als geduldig!« Grußlos trennte er die Verbindung.

»Stress mit den Wasserträgern?«, fragte Braun süffisant.

»Gar nicht. Meine Burschen sind schon in Ordnung. Stress habe ich nur mit den Obergurus, die in einer ständigen Angst leben, irgendeinem anderen aus den oberen Zehntausend auf die Zehen zu steigen.«

»Kenn' ich«, seufzte Charlie Braun und ähnelte wiederum seinem Comic-Namensvetter.

»Zurück zu deinen Problemen. Hast du noch die Hoffnung, dass der Fall aufgeklärt wird? Ich meine, nach einem Jahr …?«

»Eher nicht«, sagte Braun resigniert. »Anfangs waren wir ziemlich sicher, dass wir den Mörder in der Stricher-Szene finden würden, obwohl eine Pistole nicht so zu denen passt. Von einigen Seiten wurde bestätigt, dass Weinberg immer eine riesengroße Summe Bargeld bei sich zu Hause hortete, das war wohl bekannt. Es steht auch außer Zweifel, dass der Täter nach dem Mord die Wohnungsschlüssel an sich nahm und seelenruhig die Bude inspizierte. Kein Anzeichen von hektischem Beutezug, keine durchwühlten Schubladen, keine abgehängten Bilder. Aber wir wissen, dass sich nach dem Mord noch jemand in der Wohnung des Opfers aufgehalten haben muss. Die Eingangstür war nämlich nur zugezogen und nicht versperrt. Zeugen aus dem Haus haben einstimmig über die akribischen Absperrrituale berichtet, die Weinberg sorgfältig abspulte, wenn er auch nur für zwei Minuten die Wohnung verließ. Oder die geöffnete Klobrille, ein nicht abgedrehtes Licht, kleine Erdbrocken im Schlafzimmer. Allesamt kleine Ideenlosigkeiten, die Weinberg niemals passiert wären. Ach ja! In seinem Safe fanden wir nur Verträge und Dokumente, aber kein Bargeld. Den Schlüssel zum Safe hatte er auch am Bund mit den Wohnungsschlüsseln.«

Oberstleutnant Braun zündete sich erneut eine Zigarette an und bestellte zwei Bier. Tannhacker ließ ihn wortlos gewähren. Er wusste, dass da noch mehr Informationen in seinem Kollegen schlummerten, die dieser loswerden wollte.

»Die Tatortgruppe hat jedenfalls besonders gründlich gearbeitet. Jedes Fuzerl gesammelt und eingesackt. Von sämtlichen einschlägigen Kontakten, die wir in Weinbergs Telefonverzeichnis, in den SMS-Nachrichten, auf WhatsApp und in diversen Chat-Verläufen gefunden hatten, wurde ein DNA-Vergleich gemacht. Drei Burschen ergaben einen Treffer, waren also schon einmal bei ihm in der Wohnung gewesen. Aber alle drei – übrigens Stricher aus der eher teuren Champions League – hatten unumstößliche Alibis, einer sogar von einem Kardinal. Und einen günstigen Straßenstricher hätte Weinberg niemals zu sich in seine Wohnung gelassen, da war sich jedermann sicher. Das widersprach seinem vorsichtigen Naturell.«

Charlie Braun nahm einen tiefen Schluck und fuhr fort: »Schließlich verwarfen wir die Theorie vom mordenden Lustknaben und konzentrierten uns auf seine Verwandten.«

»Neffe und Nichte. Mit dem unaussprechlichen Namen …«

»Ganz genau, David und Ruth Weinberg-Rhomstein. Die beiden haben durch den Mord an ihrem Onkel so richtig fett abgesahnt. Beide sind alleinstehend, ihr Privatleben wurde komplett durchleuchtet, mit allen legalen und teilweise auch nicht so vorschriftsmäßigen Methoden. Nichts! Beide führen ein fast asketisches Leben. Und zum Zeitpunkt des Mordes waren sie schon seit mehr als zwei Wochen in einem Kibbuz in Israel. Weinbergs Anwalt, der sogar seinen Urlaub auf den Seychellen abgebrochen hatte, brachte sie ein paar Tage später persönlich zu mir ins Büro.«

Resigniert hob Charlie Braun beide Arme und seufzte gottergeben: »Schließlich blieb uns nur noch die unüberschaubare Gruppe der politisch aktiven Freunde und Bekannten über. Und da brauche ich dir nicht erzählen, wie schleppend und substanzzehrend sich unsere Ermittlungen dahinzogen. Die Besteigung von einem Achttausender ist im Vergleich ein Kindergeburtstag. Logisch, dass wir auch hier nicht sehr erfolgreich waren. So sind uns nach und nach die Verdächtigen ausgegangen, und darum sitze ich hier mit dir und versuche mir mit Schnaps und Bier das Ergebnis schön zu trinken.«

Tannhacker klopfte ihm aufmunternd auf den Arm und prostete ihm zu.

»Das Lustigste ist aber«, fuhr Oberstleutnant Braun fort, »dass jedermann zufrieden ist. Sogar der Polizeipräsident hat meine vorbildliche Arbeit gelobt. Die einhellige Meinung lautet: Der Bezirksrat Weinberg hat mit dem Feuer gespielt und es hat ihn verbrannt. Punkt. Niemand macht sich Gedanken darüber, dass da draußen noch ein Mörder frei herumläuft!«

In stiller Eintracht tranken sie noch ein Bier, dann verabschiedete sich der Oberst. »Mach's gut, Charlie Braun. Mir stehen jetzt auch noch Gespräche mit Politikern und Anwälten ins Haus. Darauf muss ich mich vorbereiten.«

»Der Uhl-Berger war recht kooperativ …«, brabbelte Braun mit schon schwerer Zunge.

»Sagtest du eben: Uhl-Berger?«, wurde Tannhacker hellwach. »Ist das etwa auch der Anwalt von Weinberg?«

»Wieso auch?«, fragte Charlie verdutzt.

»Weil er auch der Anwalt von meinem ermordeten Finanzminister war, mein Freund!«, strahlte der Oberst triumphierend. »Natürlich mag das ein Zufall sein. Aber bei solchen Zufällen werde ich sofort hellhörig. Da bin ich schon viel zu lange im Geschäft. Servus, mein Freund. Ich werde mir jetzt diesen Uhl-Berger zur Brust nehmen und schauen, wie weit seine Kooperation wirklich geht …«

26

Jonny stellte seinen Einkauf in der Küche ab, umschwärmt von dem hektisch schnüffelnden Foster, der es sich anscheinend zur Aufgabe gemacht hatte, alle Gerüche, die Herrchen vom Naschmarkt mitgebracht hatte, zu identifizieren.

Der Staubsauger brummte aus dem Arbeitszimmer. Jonny folgte dem Geräusch und umschlang Jessy innig. Ihr entfuhr ein schreckhafter Ausruf, sie schaltete das Gerät ab und sagte entschuldigend: »Daran muss ich mich noch gewöhnen …«

»An mich?«

»Nein, allgemein an das unvermutete Auftauchen von Lebewesen in einer abgesperrten Wohnung.«

»Ich werde dir hilfreich zur Seite stehen, wenn du diesen Teilbereich einer Partnerschaft zu ergründen suchst.«

Wange an Wange standen die beiden da, drückten sich gegenseitig und schunkelten dabei in einem sinnlich langsamen Rhythmus.

»Was hast du von deinem Raubzug mitgebracht, mein Herr und Meister?«

»Fleisch, getrocknete Pilze und einen göttlichen Parmigiano Reggiano vecchio …«

»Klingt verlockend. Und was zauberst du daraus?«

»Ein glasiertes Schweinsfilet auf Steinpilzrisotto.«

»Dann würde ich vorschlagen, dass du dein Küchenatelier aufsuchst, während ich noch die niederen Arbeiten vollende.«

Das Backrohr wurde auf 120 Grad vorgeheizt, während Jonny den Schweinslungenbraten parierte. Danach mischte er Honig mit einem älteren Aceto balsamico zu einer sämigen Substanz und pinselte damit das Fleisch ein. In einem Topf erhitzte er Olivenöl, gab die klein gewürfelten Schalotten hinein und dünstete sie glasig. Nun begann die relativ einfache Prozedur, das perfekte Risotto herzustellen, an der sich schon manche die Zähne ausgebissen hatten: Reis dazu, ebenfalls glasig andünsten und mit hochwertigem Weißwein ablöschen. Danach kam ein Teil des Fonds, den Jonny schon vor einigen Tagen aus Kalbsknochen gezogen hatte, dazu und nun begann auf kleiner Flamme das große Rühren. Die Steinpilze dazu und schlussendlich den Parmigiano unterrühren. Das Fleisch, das ungefähr 20 Minuten im Rohr war, briet er von allen Seiten scharf an, um noch Röstaromen zu bekommen.

»Du schaust ein bisschen bekümmert«, sagte Jonny teilnahmsvoll, als sie das Gericht kurz darauf verspeisten. »Schmeckt's dir nicht?«

»Oh doch, mehr als ausgezeichnet!«, antwortete Jessy begeistert. »Nur habe ich mir gerade überlegt, wo du die letzten zehn Jahre warst und wen du alles bekocht hast ...«

Jonny lächelte nachsichtig. »Kennst du Paul Watzlawick? In seinem Büchlein ›Anleitung zum Unglücklichsein‹ geht er genau auf solche Fragen ein, wie du sie gerade stellst. Genieße einfach den Augenblick und das Essen, dann wirst du sehen, dass keine Zeit übrig bleibt, um trübsinnigen Gedanken nachzuhängen.«

»Du hast recht«, antwortete sie einsichtig, während sie gemeinsam den Tisch abräumten. »Ich brauche noch ungefähr eine Stunde. Machen wir dann eine kleine Wanderung?«

»Bisamberg, Semmering oder Rax?«

»Bisamberg reicht, würde ich sagen.«

Während Jessy mit dem Staubsauger noch die ganze Wohnung heimsuchte, saß Jonny an seinem Computer und gab in eine Suchmaschine »Aaron Weinberg« ein. Die Trefferanzahl hielt sich in Grenzen. An vorderster Stelle drängten sich die Social-Media-Plattformen auf, auch Amazon und Ebay boten seltsamerweise Links zu diesem Namen an.

Zwischen Zeitungs- und Rundfunkmeldungen fand Jonny einen Artikel aus dem Archiv von »THE WORM« und öffnete ihn. Der Titel lautete: »Das abzusehende Ableben eines Wiener Bezirksrates«, von Ed Stelczmayer.

Die ersten Absätze des Artikels widmeten sich der traurigen Kindheit Weinbergs. Er wurde im Jänner 1944 als Sohn eines jüdischen Schneiders und einer Halbjüdin in Wien geboren. Anfang 1945 wurden seine Eltern und die anderen noch lebenden Verwandten mit einem der letzten

Deportationszüge vom Nordbahnhof nach Theresienstadt verfrachtet, wo sie bei einem angeblichen Fluchtversuch ums Leben kamen. Weinberg und seine ältere Schwester wurden von einem wohlhabenden Ehepaar, das einen rein arischen Stammbaum besaß, aufgenommen, da die beiden Familien ein mehr als freundschaftliches Verhältnis verband.

Als junger Mann engagierte er sich bei Simon Wiesenthal im Dokumentationszentrum und in der Israelitischen Kultusgemeinde. Er wurde von der Rückstellungskommission am Wiener Landesgericht für Zivilrechtssachen als Berater für Restitutionsfragen angestellt, dadurch fand er auch den Weg zur Bezirkspolitik.

Nach dem Ableben seiner Zieheltern erbte er einige Immobilien und ein kleines Vermögen, das er durch sinnvolle Investitionen sukzessiv vermehrte.

Im fortgeschrittenen Alter machte er aus seiner Neigung zu jungen Männern keinen Hehl mehr.

»Es obliegt mir nicht zu richten«, schrieb Stelczmayer am Ende seines Artikels, »aber wenn man sein Gefährt abseits der befestigten Straßen lenkt, dann darf man nicht allzu überrascht sein, wenn ein Reifenplatzer, ein Achsbruch oder noch Schlimmeres die Weiterfahrt unmöglich macht. Rudolph Moshammer, Gianni Versace und viele andere da oben werden mir vorbehaltlos zustimmen.«

Das ist also die vielgepriesene journalistische Objektivität, dachte sich Jonny leicht verärgert und schaltete seinen Computer aus.

27

In der Galerie Roth & Thybus in der Paulanergasse im vierten Wiener Gemeindebezirk wurde von einer Angestellten in einem dunkelblauen Zweiteiler eine Flasche Pommery Brut Royal serviert. Mit geübten Griffen entfernte Klaus Thybus die Agraffe, zog behutsam den Korken und goss den edlen Tropfen in zwei Chardonnaygläser.

Zwei bequeme Fauteuils waren in einigem Abstand zu einem Gemälde platziert. Auf dem einen saß eine aufgeputzte Dame, der man schon von Weitem etliche – paradoxerweise sogenannte – Schönheitsoperationen ansah. Sie nahm ein Glas in Empfang.

»Ich weiß nicht, Herr Thybus, die Größe könnte ja hinkommen …«

Vor ihr hing ein hochformatiges Bild, 80 mal 200 Zentimeter, das auf anthrazitfarbenem Untergrund eine Vielzahl von Farben als Striche, Kleckse, Tropfen und Spritzer zeigte.

»Lassen Sie sich Zeit, gnädige Frau. Schließlich ist der Kauf dieses Bildes keine Anschaffung im herkömmlichen Sinn, sondern kommt fast einer Adoption gleich. Sie gewähren immerhin dem Künstler einen Platz in Ihrem Heim, ein Auserwählter für den inneren Kreis!«

Andeutungsweise konnte man ein Lächeln in ihrem botoxgelähmten Gesicht erkennen. »Warum heißt dieses Bild eigentlich ›Sanfte Schwellung‹?«

»Schauen Sie, gnädige Frau. Der Künstler hatte die Absicht, dass Sie seine momentane Gefühlsintensivität spüren. Sein revolutionärer Stil soll Ihnen mit Farbe und Leinwand ein Erlebnis von Empfindungen vermitteln, ohne auf die Banalität des Erkennbaren zugreifen zu müssen. Die Bedeutung dieses Werks wird man nie in Worte fassen können. Es wurde geschaffen, um dieser Erwartung zu trotzen!«

Sie nickte gefällig, als ob sie verstanden hätte, was Thybus gesagt hatte.

»Und einen Umstand, gnädige Frau, sollte man auf keinen Fall vernachlässigen, auch wenn er in Ihrer Position vollkommen unerheblich ist: Der Kauf des Bildes von diesem Künstler ist eine Investition für die Zukunft! In ein paar Jahren – so weit traue ich mich, mich aus dem Fenster zu lehnen – werden diese Werke um ein Vielfaches ihres Anschaffungspreises gehandelt werden. Also, eigentlich bin ich ein Dummerle, dass ich Ihnen zu diesem Zeitpunkt dieses Bild offeriere. Aber was soll's …«

Klaus Thybus – noch nicht einmal 40 Jahre alt, etwas klein und untersetzt – fuhr sich seufzend mit beiden Händen über seinen kahlen Schädel, zwirbelte seinen mächtigen Schnurrbart und setzte sich vorsichtig auf die vorderste Kante des zweiten Fauteuils. »Aber wenn Sie sich noch mit Ihrem geschätzten Gemahl …?«

Sie bedachte ihn mit einem strafenden Blick. »Lieber Herr Thybus!«, sagte sie belehrend. »Mein Gatte mag zwar recht erfolgreich in der Geschäftswelt wirken, aber die Ansprechpartnerin für musische Belange bin noch immer ich!«

»Sie verzeihen, gnädige Frau. Ich habe mich verstiegen …« Er füllte wieder die Gläser.

»Leonard Simon Drake«, raunte sie vor sich hin. »Ich habe ja von ihm schon einiges gehört und gelesen. Recht schlimme Sachen, wie ich meine. Aber ganz im Vertrauen: Stimmt das wirklich, dass in jedem seiner Bilder … wie soll ich sagen … etwas von ihm verewigt ist?«

»Gnädige Frau, das ist mir jetzt etwas peinlich …«

»Kommen Sie schon, Herr Thybus! Es bleibt unter uns.«

Er wand sich wie ein Aal im Kübel, schließlich platzte er heraus: »Ich bitte inständig um Verzeihung für meine Unverfrorenheit, aber: Ja, es stimmt! In jedem Gemälde von Leonard Simon Drake kann man Spermien von ihm nachweisen … Aber bitte, das bleibt unter uns!«

»Selbstverständlich! Und das andere Gerücht?«

»Sie meinen …?«

»Genau! Die Größe seines Gemächts …«, wollte sie fordernd wissen.

»Um es so zu formulieren: Es ist kein Gerücht, es ist monströs!«

»Welchen Preis hatten Sie mir genannt?«

»72.250 Euro.«

»Ich lasse Ihnen noch heute das Geld überweisen.«

Du hast dir sicher auch deine Schamlippen fassonieren lassen, du dämliche Fotze, dachte sich Klaus Thybus, während er sich mit einem angedeuteten Handkuss demütig von ihr verabschiedete.

Als 19-jähriger Bursche mit Matura und abgeleistetem Wehrdienst hatte Klaus Thybus versucht, eine Anstellung in einem der großen Autohäuser in Wien zu finden. Wenn man mit einem souveränen Verkaufstalent – das Thybus zweifelsohne besaß – ausgestattet war, dann konnte man mit dem Vertrieb von Personenkraftwagen so richtig fett Kohle machen. Nach einigen Monaten vergeblicher Bewerbungsschreiben und Vorstellungsgesprächen heuerte er in der Galerie Jakob Roth an, nur zur Überbrückung, wie er oftmals beteuerte.

Doch das Geplauder mit – vorwiegend – betuchten Kunden und das Einlesen in einschlägige Abhandlungen über die Kunstszene faszinierten ihn immer mehr, bis er schließlich seine Zukunft als erfolgreicher Galerist sah.

Nach fünf Jahren ließ der kinder- und verwandtschaftslose Jakob Roth seine Galerie in der Paulanergasse renovieren, nahm Klaus Thybus als Teilhaber bei sich auf und benannte seine Galerie auf Roth & Thybus um.

28

In einer Ladezone in der Walfischgasse blieb Tannhacker mit seinem Honda CR-V stehen, stellte die ausgeschaltete Blaulichtlampe aufs Armaturenbrett und läutete beim Eingang von Uhl-Bergers Büro.

»Polizei, Oberst Tannhacker!«, sagte er bestimmt. »Falls Ihr Aufzug nur mit Schlüssel oder Chip funktionieren sollte, dann schicken Sie ihn mir ins Parterre!«

Fünf Minuten später stand er vor der mehr als aufgeregten Anita Schellhorn. Er zeigte seine Kokarde und drängte sich in den Empfangsraum. Erst dann erklärte er dem verschreckten Mädchen den Grund seiner Anwesenheit. »Ich muss mit Franz Uhl-Berger sprechen.«

»Haben Sie einen Termin? Der Herr Doktor ist zurzeit bei Tisch«, sagte sie unsicher.

»Den brauche ich nicht. Ich habe eine Generalvollmacht, dass ich mit jedermann jederzeit sprechen kann! Also, würden Sie ihn freundlicherweise informieren, dass ich da bin?«

Schellhorn sprach flüsternd in ihr Headset, nickte fügsam und sagte zu Tannhacker: »Der Herr Doktor kommt in ein paar Augenblicken …«

»Mein lieber Oberst!«, kam Dr. Uhl-Berger ein paar Minuten später freudestrahlend zur Tür herein und schüttelte mit beiden Händen Tannhackers Hand. »Es tut mir furchtbar leid, dass Sie auf mich warten mussten, aber auch ich brauche ab und zu etwas Nahrhaftes zwischen meinen Zähnen. Kaffee?«, fragte er zuvorkommend und fügte – ohne jeden Unterton – hinzu: »Oder darf es was anderes sein?«

»Kaffee ist in Ordnung. Wo können wir uns unterhalten?«

Uhl-Berger führte Tannhacker in ein gediegenes Besprechungszimmer und wartete, bis dieser in einem bordeauxroten Lederdrehstuhl Platz genommen hatte. Dann breitete er überschwänglich seine Arme aus und sagte: »Ich stehe voll zu Ihrer Verfügung, Herr Oberst!«

Anita Schellhorn brachte den Kaffee in unförmigen Glasbechern.

»Sie können sich vorstellen, warum ich hier bin?«, fragte Tannhacker lauernd.

»Ich bin mir ziemlich sicher, dass der mysteriöse und tragische Tod von Herrn Uwe Engl der Auslöser Ihres Besuches ist«, sagte Uhl-Berger entwaffnend.

»Warm«, antwortete der Kriminalbeamte mit eisiger Miene und ließ sein Gegenüber nicht aus den Augen. »Es geht auch um den – wie Sie so treffend sagten – mysteriösen und tragischen Tod von Aaron Weinberg …«

Uhl-Berger nickte anerkennend und faltete andächtig seine Hände. »Sie machen Ihre Hausaufgaben, Herr Oberst, Chapeau! Zwei Klienten nur innerhalb eines Jahres zu verlieren, ist schon etwas außergewöhnlich. Nun ja, was soll ich dazu sagen? Mir fällt da nur ein Zitat ein: Der Zufall ist ein hämisch kecker Dämon …«

»Genau da kommt mein Atheismus ins Spiel: Ich glaube nicht an Dämonen!«

Und wieder breitete der Anwalt seine Arme aus und setzte einen märtyrerhaften Blick auf: »Ihre Weltanschauung in allen Ehren, Herr Oberst. Aber manchmal spielt das Leben Akkorde, die für einige dissonant klingen.«

»Schluss jetzt mit dem philosophischen Gelaber!«, fauchte Tannhacker. »Beide Opfer waren Klienten von Ihnen und beide Opfer – aufgepasst – wurden mit derselben Waffe ermordet! Können Sie mir das erklären?«

Rechtsanwalt Uhl-Berger schaute einige Zeit versonnen aus dem Fenster, als ob er seine Gedanken ordnen müsste, dann sagte er mit fester Stimme: »Zwei Menschen wurden – laut Ihren Angaben – von ein und derselben Waffe getötet. Warum? Das kann ich Ihnen nicht erklären. Diese beiden Menschen waren auch Klienten meiner Kanzlei. Warum? Das kann ich Ihnen gerne erklären. Beide waren in ein und derselben Partei politisch aktiv. Für diese Partei war ich schon des Öfteren erfolgreich tätig. Darum ist es wahrlich nicht überraschend, dass ich etliche Mitglieder aus dieser Partei zu meinen Klienten zählen kann. So auch Uwe Engl und Aaron Weinberg. Ich bin mir sicher, Herr Oberst, dass Sie im Leben dieser beiden Opfer noch unzählige Parallelen herausfinden werden, die ebenfalls dem Zufall geschuldet sind. Vielleicht waren beide bei derselben Buchgemeinschaft, hatten denselben Friseur oder besuchten dieselben Lokale. Ich hoffe, Sie verstehen, was ich meine …«

Regungslos hatte Tannhacker diesem Sermon, der schon fast ein Plädoyer war, gelauscht. Unbeeindruckt fragte er: »Wo waren Sie vergangenen Montag um 6:00 Uhr früh?«

Mitleidig lächelnd zückte Uhl-Berger sein Handy, tippte einige Zeit darauf herum, hob belustigt seine Augenbrauen und sagte: »Um diese Zeit schlief ich noch im Ehebett einer äußerst attraktiven Frau, deren einziger Makel ihr älterer Gatte ist. Ich schreibe Ihnen ihren Namen und ihre Telefonnummer auf in der Gewissheit, dass Sie bei der Überprüfung meines Alibis diskret vorgehen werden. Ihr Gemahl ist leider ein sehr einflussreicher Mann, der meinem Ansehen gehörig schaden könnte.«

Ungerührt nahm Tannhacker den Zettel entgegen. »Wenn sich diese Dame kooperativ zeigt, sehe ich keinen Grund, ihre Seitensprünge in alle Welt hinauszuposaunen. Dafür verschaffen Sie mir den schnellstmöglichen Termin mit der Witwe von Uwe Engl.«

Der Jurist verbeugte sich fügsam. »Ich werde sofort Kontakt mit Juliane Engl-Machat aufnehmen, Herr Oberst. Da werden wir sicher etwas arrangieren können.«

»Das würde ich uns wünschen«, grummelte Tannhacker. »Andere Frage. Aaron Weinberg soll ein beachtliches Barvermögen in seiner Wohnung gehortet haben. Können Sie das bestätigen?«

Uhl-Berger lächelte vielsagend. »Wie hartnäckig sich doch Gerüchte halten«, murmelte er und fuhr lauter fort: »Seltsamerweise bin ich zu diesem Umstand noch nie befragt worden, obwohl Ihr Kollege, Oberstleutnant Braun, viel Zeit mit mir verbrachte. Nun gut, um es kurz zu machen. Ich hoffe, ich darf offen mit Ihnen reden. Der ausschweifende Lebenswandel von Aaron Weinberg war mehr als kostspielig. Er war ein alter, unappetitlicher Mann, der sich gerne mit jungen, knackigen Burschen umgab. Wie Sie sicherlich verstehen werden, lassen sich diese Jungs für ihre Dienste recht üppig bezahlen. Und das summiert sich zwangsläufig. So wird sukzessive aus einem riesigen Barvermögen ein klimperndes Sparschwein, das nur noch ein paar Kupfermünzen enthält.«

»Na, das ist recht aufschlussreich!«, grübelte Tannhacker über das eben Gesagte nach. Sein Handy läutete, er ignorierte es. »Eine Frage hätte ich noch zu Engl: Glauben Sie, dass das abgedruckte Interview in dem Magazin ›THE WORM‹ ausschlaggebend für seine Ermordung war?«

»Das glaube ich nicht nur, davon bin ich überzeugt!«, brauste Uhl-Berger auf. »Im Namen von Uwe Engl und seiner bedauernswerten Familie setze ich gerade einige Klagschriften auf, um sie diesem Revolverblatt um die Ohren zu hauen! Und eine Privatklage gegen diesen Steltzvogel oder wie auch immer dieser Schmierfink heißen mag!«

Tannhackers Handy meldete nun eine eingegangene SMS. Sie kam von Frankie Gareis.

»Wir haben einen neuen Mord mit der Glock! Bitte komm ins Büro!«

29

Im Hinterhof eines vierstöckigen Wohnhauses in der Albertgasse befand sich der Eingang zu Leopold Mosers Souterrain-Wohnung. Eigentlich war diese Wohnung nur ein riesiger Kellerraum mit teilweise unverputztem Ziegelmauerwerk, an die hundert Quadratmeter ohne Zwischenwände. Riesige Neonleuchten erhellten den Raum, da die schmalen Fensterluken kaum für Licht sorgten. An der einen Wand stand eine schäbige Küchenzeile, die vor schmutzigem Geschirr überquoll. In der Mitte des Raumes – angeschlossen an einen gemauerten Kamin – ragte ein voluminöser gusseiserner Ofen hervor, in dem noch ein schwaches Feuer glomm. Gleich daneben lag eine große Rosshaarmatratze auf dem Boden. Zwei fahrbare Kleiderständer in der einen Ecke und eine unhandliche Truhe, die noch aus dem 19. Jahrhundert stammen musste, ergänzten das Mobiliar.

Bis auf diese paar Einrichtungsgegenstände war der Kellerraum vollgepflastert mit Staffeleien, aufgespannten Leinwänden, Farbeimern, Tuben, Pinseln, Spachteln und unzähligen anderen Malutensilien. Leere Spirituosenflaschen standen und lagen überall. Ebenso waren im ganzen Raum Zigarettenstummel verteilt, Lucky Strike, filterlos.

Auf der Rosshaarmatratze kniete eine nackte junge Frau, vornübergebeugt und auf ihren Händen abgestützt. Hinter ihr kniete Leopold Moser und penetrierte sie mit langsamen, einfühlsamen Stößen. Nach einiger Zeit wurden seine Bewegungen schneller, eine Hand legte er auf ihren durchgebogenen Rücken, die andere Hand hielt er in die

Höhe. Seine Haltung erinnerte an einen konzentrierten Rodeo-Reiter.

»Und zack!«, stöhnte er, während er seinen Samen in die junge Frau schoss. Behutsam zog Moser seinen abschwellenden Penis aus ihr, klopfte ihr anerkennend aufs Hinterteil und zündete sich eine Lucky Strike an.

In diesem Moment kam Klaus Thybus mit einem prall gefüllten Plastiksack zur Tür herein und stöhnte genervt auf.

»Klaubus, du alter Schwerenöter«, rief Moser erfreut auf und erhob sich. »Hast du mir was mitgebracht?«

Thybus räumte kompromisslos mit einer aggressiven Handbewegung den halben Tisch leer und knallte die Einkaufstüte auf die freie Fläche. »Schick einmal deine Schlampe heim …«

»Was bist du nur für ein verklemmter Biedermann«, grinste der Maler und stellte sich breitbeinig vor Thybus. »Vielleicht besorgt Marlene es auch dir, wenn du schön bittest.«

»Und zieh dir um Gottes willen was an!«, schrie Thybus. »Ich muss wahrlich nicht deinen abgelutschten Schwanz vor meinen Augen baumeln haben!«

Während sich Moser anzog, sagte er zu Marlene: »Schätzchen, du weißt, was wir vorher besprochen haben. Wenn du nun so nett wärst …«

Sie hockte sich über eine aufgespannte, unbefleckte Leinwand, die am Boden lag, und ließ das Sperma von Leopold Moser aus ihrer Scheide auf das Bild tropfen. Dann schlüpfte sie in ihre Sachen, warf dem Maler eine Kusshand zu und verließ den Kellerraum.

»Siehst du, Klaubus, das ist doch viel schöner, als auf die Leinwand zu wichsen«, lachte Moser und bürstete sein dünnes, langes Haar, das ihm weit über die Schultern hing.

Er sah überhaupt fast aus wie der Country-Sänger Willie Nelson in den letzten Jahren, nur war Leopold Moser noch nicht einmal 50 Jahre alt.

Thybus holte aus der Plastiktasche drei Flaschen Whiskey, je eine Flasche Cognac und Gin, ein großes Päckchen Marihuana und ein kleines Säckchen Kokain. »Deine Wochenration, Meister. Aber bedenke: Du schuldest mir noch zwei Bilder!«

»Mach dir nicht ins Hemd, Klaubus. Die kannst du in ein paar Tagen haben, wenn die Farbe trocken ist. Mit den antörnenden Malutensilien, die du mir mitgebracht hast, kann ich dir auch vier Bilder malen …«, schmunzelte Moser, der sich seit vier Jahren Leonard Simon Drake nannte.

Vor mehr als vier Jahren hatte Klaus Thybus den am Existenzminimum nagenden Künstler Leopold Moser in einem Gasthaus kennengelernt, als dieser seine Landschaftsmalereien den speisenden Besuchern zu einem Spottpreis angeboten hatte. Sie kamen ins Gespräch, Thybus lud ihn auf ein Menü und etliche Getränke ein, kaufte ihm ein Bild ab und sie verabredeten sich für die kommende Woche.

»Das ist Shmuts!«, wetterte Jakob Roth, als ihm Thybus am nächsten Tag das Bild zeigte. »Kein Mensch kauft diesen Tinnef! Versudel mir nicht meine Galerie mit diesem Plunder! Bring mir was Avantgardistisches, was Surreales! Das wollen die Leute kaufen!«

Beim nächsten Treffen mit Moser war Thybus schon besser vorbereitet. Er zeigte ihm Fotografien von einigen Werken von Jackson Pollock. »Kriegst du das hin?«

»Leichte Übung«, lächelte Moser. »Solche Bilder mach ich dir tageweise.«

Sie schlossen einen Vertrag, der Thybus das uneingeschränkte Nutzungsrecht an Leopold Mosers Bildern gewährleistete. Im Gegenzug bekam Moser, der infolge seiner Neupositionierung seine Bilder mit LSD, die Abkürzung seines kreierten Künstlernamens – Leonard Simon Drake –, unterfertigen musste, eine monatliche Pauschale in der Höhe eines hochdotierten Angestellten. Ebendieser Leopold Moser, der bis zu diesem Zeitpunkt von gutgemeinten Spenden sein kostenintensives Leben finanziert hatte, unterschrieb ohne Vorbehalte diesen Fesselvertrag von Thybus. Jetzt galt es nur noch, den Mehrheitseigentümer der Galerie, nämlich Jakob Roth, von Mosers neuen Fähigkeiten zu überzeugen.

Wie es der Zufall wollte, wurde ein paar Monate später Jakob Roth in seiner Galerie erschossen aufgefunden. Der Hauptverdächtige, nämlich Kompagnon Klaus Thybus, der finanziell den größten Vorteil von Roths Ableben hatte, konnte anhand eines unumstößlichen Alibis, da er sich nachweislich im Ausland befunden hatte, als Tatverdächtiger ausgeschlossen werden. Ab diesem Zeitpunkt war Leopold Moser alias Leonard Simon Drake das Aushängeschild der Galerie Roth & Thybus. Eine Eskalation des Künstlers folgte der anderen, da er mit einem fast animalischen Sexualtrieb bedacht war und seine Manieren auch nicht die besten waren.

Seine Werke, die anfänglich für ein paar Euro den Besitzer wechselten, wurden schon bald für einen fünfstelligen Betrag angeboten.

30

Mit weit aufgerissenen Augen kam ihm Gareis fast schon im Laufschritt entgegen. »Er wurde krank … Damit hat keiner rechnen können … verdammte Scheiße!«, stammelte er und fuchtelte wild mit seinen Händen herum.

Tannhacker schritt gemächlich an ihm vorbei, zog sich langsam aus und setzte sich an seinen Schreibtisch. »Krieg dich ein, Frankie, und entspanne dich. Diese paar Minuten machen das Kraut auch nicht fett. Und jetzt versuche, mir einen sachlichen Bericht über die neuesten Entwicklungen zu erstatten.«

Gareis atmete dreimal tief durch, setzte sich auf den Besuchersessel und begann konzentriert seine Schilderungen: »Das Projektil, das Dr. Schettenmayer in Uwe Engls Leiche sichergestellt hatte, wurde ordnungsgemäß ans Labor übermittelt. Ein Kollege hatte es auch sofort gescannt und in den Vergleichslauf eingelesen. Leider – und das ist das verfluchte Pech an dieser Sache – wurde dieser Kollege am selben Abend mit einer ausgewachsenen Lungenentzündung ins Spital eingeliefert. Sein Stellvertreter war auf Urlaub und kam erst heute Morgen ins Büro. Er hat uns auch sofort das Ergebnis geliefert.«

»Komm zum Punkt, Frankie«, sagte Tannhacker mit seiner sonoren Stimme.

»Schon klar. Bei diesem Projektil gab es eine frappante Übereinstimmung mit einem Geschoss, das bei einem Mordfall vor drei Jahren sichergestellt wurde. Der Kollege war so nett und hat beide mit einem neuartigen 3-D-Lasermikroskop überprüft und kann uns daher mit einer 98-prozentigen Wahrscheinlichkeit bestätigen, dass beide Projektile aus ein und derselben Waffe stammen.« Er sah kurz Tannhacker an, der seine Arme hinter dem Kopf verschränkt hatte und im Sessel wippte.

»Das Projektil, das in unserem System gespeichert war, gehört zu einem Mord im vierten Bezirk, begangen vor ungefähr drei Jahren an einem gewissen Jakob Roth, Inhaber einer Kunstgalerie.«

»Der Galerie-Mord!«, schrie Tannhacker auf. »Ich kann mich erinnern! Ein Schuss in den Hinterkopf, keine Zeugen, keine Verdächtigen!«

»Genau. Vor drei Jahren wurde Jakob Roth wahrscheinlich zwischen 9:00 und 10:00 Uhr in seinem kleinen Büro, das im hinteren Bereich seiner Galerie angesiedelt war, erschossen. Wie du schon erwähnt hast, keine Zeugen. Als Hauptverdächtiger galt sein Kompagnon, ein gewisser Klaus Thybus, der als Einziger einen finanziellen Vorteil vom Ableben Roths hatte. Doch dieser befand sich zu der fraglichen Zeit auf einem Kongress in Amsterdam, dazu gibt es Dutzende Zeugenaussagen. Roths Privatleben war sauber. Keine Affären, keine krummen Dinger. Er lebte und starb für seine Galerie. Alle Künstler, die in der Galerie ausgestellt waren – natürlich nur die lebenden –, wurden auch einvernommen, auch alle anderen Kontakte wurden überprüft. Nirgends ergab sich irgendein Anhaltspunkt. Ebenso akribisch ist man bei seiner Kundenliste vorgegangen. Daher liegt dieser Akt irgendwo auf einem Schreibtisch und verstaubt.«

Tannhacker gab ein unwilliges Grunzen von sich. »Super. Nicht nur, dass ich den Mord an einem prominenten Fuzzi aufklären muss, jetzt habe ich noch zwei andere ungeklärte Mordfälle am Hals! Warum wurde nie eine Verbindung zwischen Aaron Weinberg und Jakob Roth hergestellt, Frankie?«

»Ganz einfach, Karl. Bei dem Mord an Jakob Roth vor drei Jahren wurde nur das Projektil in seinem Kopf sichergestellt, keine Patronenhülse. Und bei dem Mord an Aaron Weinberg fand man nur die Patronenhülse, das Projektil wurde nie gefunden. Deswegen gab es auch keine forensische Verbindung.«

Mit beiden Händen schrubbte sich Tannhacker durch seine gewellten Haare. »Mir brummt der Schädel, Frankie, und weißt du, warum? Ich sag's dir. Meine erste Idee war, nachdem du mir die SMS geschickt hast: Wir haben es hier mit einem Auftragskiller zu tun!«

»Das würde vieles erklären ...«, stimmte Frankie Gareis zu.

»Ja, das würde es«, murmelte Tannhacker nachdenklich. »Wir müssen eigentlich nur eine Verbindung von drei potenziellen Verdächtigen zu einem – noch unbekannten Auftragskiller – herstellen.«

»Genial!«, rief Gareis euphorisch aus. »Ich werde Madiba darauf ansetzen.«

»Mach das«, sagte Tannhacker gedankenversunken. »Vielleicht ergibt sich da wirklich ein Gefüge, obwohl ich nicht daran glaube. Man wird sehen.«

Gareis verließ euphorisch das Büro des Obersts.

Jetzt würden mir die kruden Ideen von dem irrationalen Grafiker ein bisschen weiterhelfen, überlegte Tannhacker, schrieb ihm eine SMS und begab sich ins »s'Graffiti«.

31

»Schön, dass du kommen konntest, lieber Wickerl, wenn ich dich noch so nennen darf«, flüsterte Heimo Achtern an dem mehr als kleinen Tisch in der Trattoria »Adesso«.

»Natürlich, Heimo, es hat sich nichts geändert. Von meiner Seite«, fügte Dr. Ludwig Mörz ergeben hinzu.

»Das freut mich zu hören, lieber Wickerl. Ganz außerordentlich, möchte ich hinzufügen. Schließlich waren unserer Beziehung nur ein paar Jahre geschenkt!«, lächelte Achtern und massierte unbeholfen Mörz' Unterarm. »Was möchtest du trinken? Einen Sekt? Komm schon! Ein Sekterl um diese Zeit muss doch drinnen sein!«

Heimo Achtern ließ eine Flasche kommen, probierte aufreizend lange, dann nickte er wohlwollend dem Kellner zu, der beide Gläser zur Hälfte anfüllte.

»Das mit Engl ist schon irgendwie arg!«

Mörz nickte mitfühlend.

»Aber irgendwie hatten wir schon eine spannende Zeit, oder, Wickerl?«

Und wieder nickte Dr. Mörz, allerdings eher abwesend.

»Die Polizei hat dich schon befragt?«

Abermals ein Nicken.

»Mich nämlich auch schon. Es ist schön, dass wir zwei nichts zu verbergen haben. Aber wie ich die Kriminalisten kenne, wollen sie nicht nur die Muskeln kennenlernen, sondern auch die Knochen. Und da möchte ich dich etwas bitten, lieber Wickerl. Kannst du dich an den Dr. Breymann vom Glühbirnenkartell erinnern?«

Dr. Ludwig Mörz nahm einen kleinen Schluck von seinem Sektglas und sagte: »Nicht, dass ich wüsste …«

Achtern schenkte erleichtert nach und fuhr fort: »Dieser Dr. Breymann hat auch überhaupt keinen Kontext zu dieser unangenehmen Sache. Darum wollte ich nochmals sichergehen, dass auch du das so siehst.«

Mörz nippte an seinem Glas und fragte vorsichtig: »Das sehe ich auch so, Heimo. Nur, was erwartest du von mir?«

Ein schallendes Gelächter, das ein bisschen gezwungen klang, war die Antwort. Dann beugte sich Achtern vor und flüsterte: »Nichts anderes, lieber Wickerl, nichts anderes. Ich wollte eigentlich nur sichergehen, dass Phoebus und das Glühbirnenkartell und ebendieser Dr. Breymann überhaupt nichts mit diesem tragischen Vorfall zu tun haben. Nicht mehr und nicht weniger. Meine Sorge war eigentlich nur, dass die Polizei sich gerne auf so Nebenschauplätzen herumtreibt, wenn sie irgendwo anstehen. Dann sind wir uns also einig, dass wir unsere Polizei nicht mit irgendwelchen falschen Fährten irritieren? Wir lassen sie ihre Arbeit machen?«

Mörz nickte und fühlte sich schlecht. Noch ein paar Jahre bis zur Pension.

»Du bist ein echter Kumpel«, sagte Achtern und klopfte mit seiner Faust auf das abgetragene Sakko von seinem ehemaligen Mitarbeiter. »Wenn du von mir was brauchst, dann ruf mich an«, sagte Achtern, aber meinte es überhaupt nicht so.

Heimo Achtern zahlte die 132 Euro, ließ sich eine Rechnung geben und warf ein volles Glas auf den Boden. Dann sah er emotionslos zu, wie eine Reinigungskraft die Scherben und den Inhalt entsorgte.

Dr. Ludwig Mörz war dieser Auftritt mehr als unangenehm.

32

Foster tänzelte siegessicher ins »s'Graffiti« und wurde belohnt. Sein fordernder Blick verhalf ihm zu einem Schinkenblatt, gespendet von Maria.

»Danke, Maria, dass du meinen Hund vor dem schleichenden Tod des Verhungerns bewahrst! Rette mich noch vor dem Verdursten, dann bist du eine Heilige …!«

»Ist Jessy zu Hause?«

»Was hat dieser Umstand mit meinen Trinkgewohnheiten zu tun?«

»Na, sehr viel, würde ich sagen. Ich schenke dir einmal ein Bier ein und du sagst einfach Ja oder Nein!«

»Ja.«

»Na bitte! Also ist Jessy am Flug, würde ich sagen …«

»Ich darf auch alleine fortgehen, liebste Maria! Gib mir noch ein zweites Bier, weil der Oberst sich auch bald zu mir gesellen wird. Und übrigens hast du recht …«

Tannhacker brummte einen nicht definierbaren Gruß, als er sich zu Jonny an die Bar setzte. »Meins?«, sagte er nur zu dem vollen Glas, erwartete keine Antwort und leerte es auf einen Zug. »Wenn ich alle Probleme wegsaufen könnte, wäre ich der glücklichste Mensch.«

»Immerhin kannst du dir keine Vorwürfe machen, dass du es nicht versucht hättest …«, grinste Jonny, wurde aber gleich ernst. »Lass mich teilhaben an deinem Weltschmerz, zusammen erträgt er sich leichter.«

»Nicht nur, dass ich die Leichenbefunde von einem toten Finanzminister und einem schwulen Bezirksrat auf dem Schreibtisch liegen habe, nun kommt auch noch der seit drei Jahren ungeklärte Mord an einem Galeristen dazu!«

»Sag bloß der Galerie-Mord im vierten Bezirk?«, fuhr Jonny auf.

»Ganz genau dieser verfickte Mordfall!«, fluchte Tannhacker und sank noch mehr in sich zusammen. »Und jetzt ist der Scheißhaufen am Dampfen! Der Zwettler wird mir die Ohren vollsingen, dass ich diskret und rücksichtsvoll vorgehen soll, da es sich bei den Verdächtigen um hochangesehene Mitglieder unserer Gesellschaft handelt! Und da verspüre ich schon diesen reflexartigen Brechreiz. Wir haben Gesetze, die für alle gelten! Warum sollte ich irgendwen, den das Schicksal mehr begünstigt hat, in Watte packen? Das ist für mich ein absolutes Nein, ein No-Go, ein Strich gegen das Fell!«

»Erzähle mir mehr von dem Galerie-Mord. Ich habe nur das Wissen aus den diversen Gazetten und Medien, und die sind – wie man weiß – mehr als zu hinterfragen.«

Entgegen seiner sonstigen Art erzählte Tannhacker alle Ermittlungsergebnisse detailgetreu und ungeschmückt. Dann bestellte er noch eine Runde Bier und schloss mit den Worten: »Da das wahrscheinlich mein letzter Mordfall sein wird, bin ich noch mehr sauer, dass mir von oben so viele Steine in den Weg gelegt werden …«

»Erstens«, sagte Jonny gouvernantenhaft, »höre ich von dir seit Jahren, dass du dich in den Ruhestand verabschieden willst. Ich bin überzeugt, dass du noch viele Jahre den bösen Buben einen All-inklusiv-Aufenthalt in diversen Haftanstalten bescheren wirst. Und zweitens bin ich überzeugt, dass du auch diese Fälle lösen wirst.«

»Dein Wort in Gottes Ohr«, brummte Tannhacker. »Nur

fürchte ich, dass diese Fälle eher nicht zu meinem Ruhm beitragen werden.«

»Da wirst du dann nicht in die Hall of Fame aufgenommen werden. Meines Wissens haben Columbo, Holmes, Poirot, Marple und Maigret alle ihre Fälle gelöst. Egal. Hast du überhaupt schon eine Idee, wohin die Reise gehen wird?«

Sein Nicken war vielversprechend. »Im Moment gehen wir davon aus, dass ein Auftragskiller all diese Morde mit der besagten Glock 17 begangen hat. Madiba versucht über diverse Telefonverbindungen, E-Mail-Accounts und Social-Communities einen roten Faden zu finden. Ob er erfolgreich sein wird, steht in den Sternen …«

»Dieser Verdacht drängt sich geradezu auf. Ein professioneller Killer, der unliebsame Zeitgenossen eliminiert. Klingt logisch.«

Akribisch wischte Tannhacker das Kondenswasser von seinem Bierglas. »Keine Frage, klingt logisch und einleuchtend …«

Jonny horchte auf, da er seinen Freund zu gut kannte. »Aber du glaubst nicht daran, Obstler. Oder täusche ich mich?«

Sein Kopf sank kraftlos zwischen seine Schulterblätter, seine Hände versuchten irgendwelche hilflosen Gesten. Tannhacker sah aus wie ein Geier, der sich seines Fressens nicht sicher war. »Es klingt logisch, keine Frage. Aber mir fehlt dieser Aha-Effekt. Ein Auftragsmörder, der dem einen Opfer in den Kopf schießt, das nächste in den Bauch, es verbluten lässt, und schließlich der Finanzminister, der wahrscheinlich aus einem Autofenster heraus erschossen wurde. Das ist für mich überhaupt nicht schlüssig. In meiner Karriere habe ich schon viel mit Tötungs-Professionisten zu tun gehabt. Keiner von denen hat sich je so verhalten. Also entweder haben wir es hier mit einer wirklich komplizierten Art des Mordens zu tun, oder wir stehen einem einzelnen Killer gegenüber, der vollkommen anders tickt, als wir es uns erdenken können ...«

»Mit einem Wort: Das Schubladisieren von Tätern hat nicht wirklich Zukunft. Jeder Mensch, auch diese kranken Typen, tickt anders.«

»Und«, Tannhacker hob seinen Zeigefinger, »man darf nicht alles glauben! Beispielsweise das enorme Barvermögen vom Weinberg soll auch nur ein Gerücht sein. Das hat er nämlich angeblich für all die strammen Schwänze verschustert, im wahrsten Sinne des Wortes!«

»Na bravo«, antwortete Jonny. »Und von wem weißt du das?«

»Von Uhl-Berger, seinem Anwalt!«

Sie tranken noch ein Bier und schwiegen nebeneinander über die manchmal irrwitzigen Richtungen, die ein Menschenleben so einschlug.

33

Mit einem spitzen Körner stieß Leopold Moser alias Leonard Simon Drake in die Farbdose. Es war eine mit indischgelber Farbe. Mit ungelenken Bewegungen, die dem reichhaltigen Einkaufskorb von Klaus Thybus geschuldet waren, ließ er willkürlich Farbe auf die Leinwand tropfen, die schon von seiner Zufallsbekanntschaft Marlene mit seinem Sperma beträufelt worden war. Er musste lauthals lachen. Vor einigen Jahren war er noch mit qualitativ hochwertigen Bildern von Wirtshaus zu Wirtshaus geschlichen, um sich ein warmes Essen zu verdienen. Nun hatte er ein mehr als komfortables Leben mit Werken, die er so nie freigegeben hätte. Leinwände, die im rauschhaften Zustand willkürlich bestrichen, angespritzt und beträufelt wurden, planlos und aufs Geratewohl. Arbeitsaufwand pro Bild: ausnahmslos nicht mehr als drei Stunden! »Ficken mit Marlene« würde er dieses Bild taufen. Klaus Thybus hatte wahrscheinlich einen anderen Namen im Sinn. Auch egal.

Leonard Simon Drake nahm eine neue Leinwand, bespannt auf einem Rahmen aus Akazienholz. Eine kleine Prise Kokain, ein tiefer Schluck aus einer der Flaschen und nun begann der Rundruf bei seinen willigen Musen. Unglücklicherweise hatte keine seiner Gespielinnen Zeit, daher rauchte er noch einen Joint, trank ein paar Schlucke von den diversen Flaschen und onanierte auf das neue Bild.

Das Werk könnte »Lustloses Wichsen« heißen, dachte er sich. Dann drückte er willkürlich Farbreste von verschiedenen Tuben auf die Leinwand, verschmierte sie unkoordiniert mit riesigen Pinseln, die ansonsten von Maurern verwendet wurden, und verteilte mit ein paar aufgestochenen Farbdosen tropfenweise Farbe über dem Bild.

Eigentlich führte er heute ein mehr als angenehmes Leben, wenn er an die Zeit vor der Begegnung mit Klaus Thybus zurückdachte, in der er von der Hand in den Mund gelebt hatte. Oft hatte er kein Geld gehabt, um Malutensilien zu kaufen, ganz zu schweigen von regelmäßigen Mahlzeiten, hochprozentigen Getränken oder irgendwelchen Suchtmitteln. Ein Gratisgetränk hier, eine Einladung zu einem Mittagsmenü da, eventuell ein paar Hundert Euro für ein verkauftes Bild, die aber schnell für Frauen und Drogen aufgebraucht waren.

Nun hatte er sein monatliches Fixgehalt in respektabler Höhe, ein riesiges bezahltes Atelier, einen schier nie versiegenden Brunnen an Alkohol und Drogen und sonstiger Annehmlichkeiten. Dafür musste er surreale Bilder herstellen und in regelmäßigen Abständen für aufsehenerregende Schlagzeilen sorgen. Leopold Moser lachte. Vor ungefähr 14 Monaten war er mit Thybus in einer Jugendstilvilla in Währing bei einem Industriellenehepaar eingeladen gewesen, um über den Ankauf eines Werkes zu sprechen. Nach etlichen unfruchtbaren Gesprächsstunden war Moser schon etwas angefressen und illuminiert ins geräumige Vorzimmer gegangen und hatte ausgiebig auf eine weiße Wand uriniert. Dann war er, ohne sich von den potenziellen Käufern zu verabschieden, gegangen.

Er hatte bis spät in die Morgenstunden geschlafen, als ihn ein Anruf von Thybus weckte. Das Industriellenehepaar hatte das eine Bild schon gekauft und – das war mehr als überraschend für ihn – sie hatten sich keineswegs über seinen unappetitlichen Austritt an der Vorzimmerwand echauffiert, ganz im Gegenteil, sie wollten seine markanten Urinflecken an der Wand versiegeln lassen und darüber das neu erstandene Gemälde hängen.

Diese Art von Wertschätzung hatte ihn seine Bedeutung als Künstler überdenken lassen. Schließlich gab es auf Key West einen Baum, den Ernest Hemingway nach seinen ausgiebigen Barbesuchen angeblich regelmäßig bewässert hatte.

Leopold Moser alias Leonard Simon Drake fühlte sich kurz vor seinem Zenit.

34

Die SMS von Dr. Uhl-Berger erreichte Tannhacker um 7:00 Uhr früh an diesem Samstagmorgen. Der Top-Jurist bot dem Oberst an, in zwei Stunden Uwe Engls Frau, Juliane Engl-Machat, zu befragen. Er werde mit ihr um 9:00 Uhr im Landeskriminalamt erscheinen, Hofrat Zwettler sei auch unterrichtet worden, er werde bei der Vernehmung anwesend sein.

»Na bravo!«, grunzte Tannhacker und begab sich ins Bad, um seinen Körper in einen annehmbaren Zustand zu bringen.

»Liebe Frau Engl-Machat!«, sülzte Zwettler und begrüßte die frischgebackene Witwe wie eine alte Freundin. »Vorerst mein aufrichtigstes Beileid. Es tut uns wirklich so leid, dass wir Sie in diesen schweren Stunden auch noch mit unseren administrativen Angelegenheiten belästigen müssen. Sie können sich sicher sein, dass wir Ihre Geduld nur aufs Minimalste strapazieren werden, uns ist bewusst, welchen Verlust Sie erlitten haben!«

Sie dankte mit einem dezenten Nicken. Uhl-Berger legte tröstend seine Hand auf ihre Schulter.

»Ich bin Oberst Karl Tannhacker und ich bin mit der Lösung dieses Falles betraut. Wenn Sie sich bei meinen Fragen auf irgendwelche Art und Weise auf den Schlips getreten fühlen, dann sagen Sie es bitte. Denn meine Intention liegt allein daran, den Mord an Ihrem Ehemann aufzuklären. Wenn Sie das auch wollen, dann haben wir zwei schon eine vielversprechende Basis …«

Die Witwe nickte wieder, Hofrat Zwettler rutschte nervös auf seinem Sessel herum und Dr. Uhl-Berger blätterte in Unterlagen.

»Die empörendste Frage zuerst: Wo waren Sie am vergangenen Montag so zwischen 5:00 und 7:00 Uhr in der Früh?«

»Ich war schon einige Tage zuvor zu meinen Eltern nach Kärnten gereist, das dürften einige Personen bestätigen können.«

»Hatte Ihr Mann irgendwelche Feinde?«

Juliane Engl-Machat lächelte mitleidig, sah Tannhacker nachsichtig an und antwortete verbittert: »Lieber Herr Oberst! Mein Mann war der jüngste Finanzminister aller Zeiten, er war erfolgreich, er versuchte die starren Strukturen zu bewegen, er suchte neue Wege, und Sie fragen mich nach Feinden? Wenn Sie seine Social-Media-Seiten überprüfen würden, dann könnten Sie sehen, wer ihn angefeindet hat!«

Tannhacker machte eine hilflose Handbewegung, um ihr zu vermitteln, dass er mit diesen neumodischen Kommunikationsmitteln wenig am Hut hatte.

Er wirkte überhaupt etwas fehl am Platz mit seinem ausgewaschenen, seltsam gemusterten Hemd und den abgetragenen Jeans. Neben ihm stand Hofrat Zwettler in seinem graugestreiften, maßgeschneiderten Doppelreiher, mit einer eleganten Krawatte und den klappernden Lederschuhen. Dr. Uhl-Berger trug einen Slim-fit-Anzug, der zurzeit groß in Mode war – obwohl er eher an einen Firmlingsanzug erinnerte, aus dem Uhl-Berger schon herausgewachsen war. Seine Füße steckten in schwarzen, rahmengenähten Oxford-Schuhen. Dazu trug er einen semmelblonden Kamelhaarmantel, den er sorgfältig über eine Sessellehne gelegt hatte. Juliane Engl-Machat trug situationsgemäß einen schwarzen Hosenanzug, aufgepeppt mit einem skurrilen Paillettenmuster.

»Gibt es eine Lebensversicherung oder ähnliche Vorteile, die Ihnen durch den Tod Ihres Mannes zuteilwerden?«, fragte Tannhacker unvermittelt.

»Also ich muss schon bitten!«, brauste Uhl-Berger auf. »Was wollen Sie damit andeuten? Verdächtigen Sie etwa meine Mandantin? Das ist absurd! Herr Hofrat, wären Sie so nett und würden gegen diese Art der Befragung einschreiten?«

Zwettler war diese Situation mehr als unangenehm. Mit kleinen Schritten bewegte er sich weg von Tannhacker und stellte sich neben Uhl-Berger. »Herr Oberst, lieber Karl«, begann er unbeholfen. Und wandte sich entschuldigend an die beiden Besucher. »Wir sind hier eine große Familie, darum duzen wir uns.« Er räusperte sich umständlich und sagte dann: »Der Herr Rechtsanwalt meint, dass solche Anschuldigungen vielleicht nicht so ganz …«

»Welche Anschuldigungen?«, brauste Tannhacker auf. »Das war eine rein informative Frage, die ich gerne beantwortet hätte!«

Juliane Engl-Machat schaute hilflos ihren Anwalt an, der nickte ihr beruhigend zu und antwortete bedächtig: »Selbstverständlich hat mein Mandant für sein undenkbares frühzeitiges Ableben für seine Familie Vorsorge getroffen. Doch diese Bonitäten stehen in keinem Verhältnis zu dem Verlust, den meine Mandantin erlitten hat!«

Tannhacker grunzte nichtssagend und fragte die Witwe: »Können Sie mir Ihre Handynummer mitteilen, falls ich noch irgendwelche Fragen habe?«

Blitzschnell zückte Uhl-Berger eine Visitenkarte, legte sie auf Tannhackers Schreibtisch und wandte sich provokant an Zwettler. »Ich bin mir ziemlich sicher, Herr Hofrat, dass es auch in Ihrem Interesse liegt, wenn der Oberst sich bei weiteren Fragen zunächst an mich wendet und wir erst in weiterer Folge die schon genügend strapazierte Ehefrau und ihre Familie mit einbeziehen.«

Zwettler nickte stumm und verabschiedete sich ehrfurchtsvoll von den beiden.

»Wann genau bist du so ein Arschloch geworden?«, zischte Tannhacker eisig und bedachte seinen Vorgesetzten mit einem geringschätzenden Blick.

35

Einen bitterkalten Samstagvormittag, an dem viele ihre Einkäufe erledigten, nutzte Jonny, um sich mit Foster in die Praterauen aufzumachen. Vielversprechende Hundehinterteile wurden von Foster erforscht, aber sein Herrchen zog es in die Schüttelstraße zu »Maukis Tee- und Likörstube«.

»Der Undercover!«, freute sich Mauki. »Bist du noch immer auf der Spur?«

»Sicherlich, und sie wird wärmer …«, antwortete Jonny und zwinkerte.

»Jetzt? Nach einem Jahr? Ich kann's nicht glauben ...«

»Wir gehen Gerüchten nach, die sehr vielversprechend sind.«

»Ah so? Und welchen?« Mauki putzte sorgsam Gläser, die schon längst sauber waren, zumindest für seinen Standard.

»Zum Beispiel: Aaron Weinberg hatte aufgrund seines Lebenswandels kein Barvermögen mehr ...«

»Schwachsinn!«, sagte Mauki und deutete auf einen Gast, der vor einem Viertel Wein allein an einem Tisch saß. »Rede einmal mit dem Guggi, der war der Nachbar von Ari, dann weißt du, dass das Schwachsinn ist.«

»Schöner Hund«, sagte Guggi, als sich Jonny mit Foster zu ihm an den Tisch setzte. »Ein schöner und folgsamer Hund. Gehen Sie mit ihm abrichten?«

»Nein. Ich sage ihm, was ich von ihm erwarte, und das macht er halt. Übrigens, ich bin Jonny. Mauki hat mir gesagt, dass du der Guggi bist. Darf ich dich so nennen?«

»Sicher. Aber warum?«

»Ich möchte eigentlich nur herausfinden, wer Ari ermordet hat und natürlich auch warum!«

Guggi trank wortlos sein Glas leer. Jonny bestellte zwei Viertel.

»Menschen sterben. Gründe wird man immer finden. Dieser hat zu viel getrunken, dieser hat geraucht, dieser hat mit Männern gefickt, dieser hat zu viel Fleisch gegessen. Wie gesagt, Gründe wird man hinterher immer finden. Mir geht so fürchterlich auf den Keks, wenn so selbsternannte Gesundheitsapostel dir dein Ablaufdatum vorhalten: Wenn du so und so lebst, dann wird dein Leben um zwölf Jahre verlängert. Als ob die wüssten, wann ich abkratze, nicht wahr?«

»Sicherlich hast du recht, Guggi!«, seifte ihn Jonny ein. »Aber abgesehen von diesen – schon fast philosophischen – Grundsätzen möchte ich doch lieber über deinen Nachbarn Ari reden. Ist das in Ordnung für dich?«

Er deutete fordernd auf sein fast leeres Glas und meinte: »Kein Problem für mich, solange ich Schmierstoff für meine Stimmbänder habe …«

Mit einer marginalen Handbewegung deutete Jonny auf den Tisch und Mauki brachte eine neue Runde.

Mit diesem Joker setzte Jonny seine Befragung fort: »Wie gut wart ihr eigentlich befreundet, Ari und du?«

»Auf einer Skala von eins bis zehn?«, fragte Guggi und deutete einen Scheibenwischer an. »Lieber Freund, wir waren Wohnungsnachbarn, wir saßen im selben Lokal und soffen unsere Getränke, das war's. Und wenn du mich fragst, dann haben wir uns mehr offenbart als irgendwelche Leute, die auf dieser Skala eine Elf nehmen würden!«

»Alles klar, Guggi!«, beschwichtigte Jonny. »Du läufst bei mir offene Türen ein, mein Freund! Darum kommt jetzt auch meine Frage, die wahrscheinlich niemand außer dir beantworten kann: Hat Ari sein gesamtes Geld für leichte Jungs mit willigen Schwänzen ausgegeben?«

Guggi trank sein Glas leer und bestellte sofort ein neues. »Keine Frage, diese Burschen hatten es ihm angetan. Aber Ari war Jude, wenn du verstehst, was ich meine! Seine Neigung war die eine Sache, aber er hätte niemals ein Kapital angegriffen, um dieser Sache zu frönen. Er war Jude, wie gesagt!«

»Das habe ich schon verstanden, er war Jude. Und was genau fehlt mir da, um deine Aussagen zu begreifen?«

»Niemals, und das kannst du mir glauben«, beschwor Guggi mit blutunterlaufenen Augen. »Niemals hätte Ari sein Kapital angegriffen, weder für willige Ärsche noch für stramme Schwänze. Er hatte Kohle zum Schweinefüttern. Bar und unanständig. So habe ich es in seinem Safe gesehen. Und wer das Gegenteil behauptet, der lügt!«

Auf dem Heimweg rief Jonny Oberst Tannhacker an. »Und von wem hast du diese Information?«, fragte er nur.

»Von einem älteren Wohnungsnachbarn, der in einer halben Stunde vier Vierteln Weißwein vertilgen kann, ohne sichtbare Veränderungen. Und er roch ein bisschen streng ...«

»Na schau. Ich habe die Information, dass Weinberg pleite war, von einem Akademiker, der erfolgreich seine Kanzlei führt, mit der Hautevolee auf Du und Du ist und recht angenehm duftet. Also, wer sticht?«

»Mein Informant klang ehrlich ...«

»Und meiner verkörpert die Ehrlichkeit. Also verschone mich mit diesen schrägen Typen, die du dir in irgendwelchen dubiosen Lokalen eintrittst ...!«

»Du kannst mir auch den Hobel blasen, Obstler ...«, fauchte Jonny und unterbrach die Verbindung.

36

»Was machst du denn hier?« Erstaunt blickte Tannhacker Gareis an. »Es ist Samstag und du hast eine liebe Frau daheim sitzen …«

»Gerli ist bei Freundinnen, eine Baby-Party oder so«, antwortete Frankie Gareis beiläufig. »Und da dachte ich mir, ich schau kurz im Büro vorbei, um zu erfahren, ob sich was bei der Befragung von Engls Witwe ergeben hat …«

»Deinen Eifer in Ehren, Frankie, aber die Einvernahme von Juliane Engl-Machat war so was von überflüssig! Eine Rhapsodie von Eitelkeiten und Arschkriechereien, mit einem Wort: eine komplette Niederlage …«

»Kein Hinweis, keine möglichen Verdächtigen?«

»Verdächtig sind alle Staatsbürger von Österreich, zusätzlich auch alle Staatsbürger von den befreundeten EU-Staaten, nicht zu vergessen auch die Staatsbürger von allen anderen Ländern, die irgendwelche Abkommen oder auch keine Abkommen mit unserem Land haben. Natürlich ebenso alle Staatsbürgerinnen, auf die auch dieses Raster zutrifft! Wolltest du das hören?«

»Ich habe mir eigentlich gar nicht mehr erwartet, Karl«, sinnierte Gareis und wartete auf Tannhackers Reaktion. Da dieser leidenschaftslos in seinem Sessel hängen blieb, fuhr er zaghaft fort. »Darüber habe ich schon öfters nachgedacht, über diese Abhängigkeit, wenn du verstehst. Diese gemeinsamen Interessen. Es gibt eine Gruppe, die sagen kann: Wir haben Macht, wir können Sachen bewegen, wir repräsentieren eine Mehrheit, wir können gewisse Sachen beschließen. Und diese sind dann Gesetz! Und weißt du auch, warum die das machen? Weil sie von irgendwelchen Leuten beeinflusst werden!«

»Na geh, das ist mir jetzt neu! Sag mir bloß, dass unsere Staatsvertreter sich von irgendwelchen profitorientierten Lobbyisten kaufen lassen?«

Gareis zögerte kurz. Dann drang es zu ihm durch. »Du verarscht mich, Karl! Ist es nicht so? Du stellst mich als Vollidioten hin, oder?«

»Nicht dich, mein Freund. Aber unzählige andere. Die nämlich offenkundige Korruptionsanfällige auch noch wählen! Aber das hat mich nicht zu interessieren. Ich respektive wir sind dazu da, um Verbrechen aufzuklären! Das ist unser Job und den werden wir ausführen, ganz egal, ob wir irgendjemandem von dieser elitären Gruppe auf den Schlips treten oder nicht. Wenn sich diese Machthaber korrekt aufführen, habe ich überhaupt kein Problem. Nur wenn sich diese – wohlweislich zeitlich beschränkten – Machtinhaber plötzlich auf neubeschrittenen Pfaden ihren Schandlohn verdienen wollen, dann setzt bei mir der Gehorsam aus. Dann werde ich zum Zorro, zum Remonstrator, da kommt in mir der Robin Hood zum Vorschein, da sehe ich in mir den maskierten Rächer!«

Gareis druckste herum, suchte nach Worten und sagte schließlich: »Genau deswegen fühle ich mich so wohl bei dir, Oberst. Du hast zwar Umgangsformen, die gewöhnungsbedürftig sind, aber deine Grundeinstellung behagt mir. Und darum bin ich gerne unter deiner Fuchtel, wenn du verstehst, was ich meine …«

Mit einem tiefen Brummen nahm Tannhacker dieses Kompliment großmütig zur Kenntnis. »Und was genau passt dir an meinen Umgangsformen nicht, du Wappler?«, sagte er wohlwollend und stopfte sein Hemd in die abgetragenen Jeans.

»Zum Beispiel«, antwortete Gareis trocken.

Diese Antwort entlockte Tannhacker ein anerkennendes Nicken.

37

Seinen schwarzen Labrador-Mix Foster hatte Jonny nur für ein paar Hundert Euro von einem Bauern gekauft. Gerade tobte er sich so richtig auf der Hundewiese im Stadtpark aus. Es galt einer eleganten Vizsla-Dame – die sicherlich ein Vielfaches von Foster gekostet hatte – zu imponieren und einen ungestümen Münsterländer in seine Schranken zu weisen. Beides gelang ihm annähernd.

Nach einer Stunde pfiff Jonny Foster zu sich und sie fuhren heim in die Reichsratsstraße. »Gehen wir noch auf ein Schinkenstück zur Maria?«, lockte Jonny seinen Hund, allerdings nicht ganz uneigennützig.

Mit rotierender Rute nahm Foster die Schinkenstücke, die eigentlich für die Schinken-Käse-Toasts vorgesehen waren, freudig in Empfang, während sein Herrchen ein

Bier bestellte und zufrieden die Anwesenheit von Frankie Gareis zur Kenntnis nahm.

»Was treibt dich an einem Samstag hierher, Inspektor? Ist Gerli böse auf dich?«

»Ach wo! Ich war beim Oberst in der Bude und wollte helfen. Aber sie hatten ja am Vormittag das ach so vertrauliche Gespräch mit der Witwe von Engl. Dabei sind so Randfiguren wie ich nicht gefragt.«

»Jetzt stelle dein Licht nicht so unter den Scheffel, mein Freund!«, beruhigte ihn Jonny. »Tannhacker leidet genauso wie du unter diesen politischen Vorgaben, wenn nicht sogar mehr …«

Mit einem müden Nicken nahm Gareis diese Aussage zur Kenntnis. Fast etwas niedergeschlagen antwortete er: »Hoffentlich wird jedem das zuteil, was ihm gebührt!«

»Dein Wort in Gottes Ohr«, antwortete Jonny. »Aber dafür musst auch du sorgen, mein Freund. Deswegen hat dich der Oberst geholt! Also, wie laufen die Ermittlungen?«

Gareis seufzte tief und hob hilflos beide Arme in die Höhe. »Wir stehen mittlerweile noch einen Schritt weiter zurück als am Anfang. Wir haben drei Mordopfer, die nachweislich mit derselben Waffe getötet wurden, aber wir haben noch keine Ahnung, wie wir diese drei Opfer in Zusammenhang bringen können. Madiba versucht zurzeit über verschiedene Wege, einen gemeinsamen Nenner zu finden.«

»Irgendwas verbindet diese drei Opfer«, sagte Jonny. »Dessen bin ich mir sicher! Und diesen roten Faden werden wir finden.«

Er klopfte Gareis auf die Schulter, nahm Foster an die Leine und verließ das Lokal.

38

»36 mit Knoblauchrand?«, fragte der Pizzabote und öffnete sein Thermobag.

»Passt schon«, antwortete Madiba Breyer, gab ihm einen Zehn-Euro-Schein und nahm den Karton in Empfang.

Mitte der Achtzigerjahre wurde Madiba Breyer in einer Privatklinik in Wien geboren. Sein Vater war Chauffeur von einem UNO-Delegierten aus Nigeria, seine Mutter war Sekretärin in dessen Büro. Er entstand aus dieser Liebesbeziehung, melangebraun, mit Dreadlocks und einer blendend weißen Phalanx von weißen Zähnen.

Schon von klein auf wuchs Madiba mit Computern und deren Innenleben auf. Die Programme waren mit ihm auf Du und Du.

Bei der 36er handelte es sich um eine Pizza mit Artischocken und Schinken. Diese legte er neben seine Keyboards und begann auf dunklen Kanälen Hintergrundinformationen zu dem aktuellen Fall zu recherchieren.

Jakob Roth, Aaron Weinberg und Uwe Engl. Drei Mordopfer, mit derselben Waffe ermordet. Er schrieb einen relativ einfachen Algorithmus, der sämtliche Dateien, Konten und andere Netzmarkierungen dieser drei Personen durchforstete und in Zusammenhang brachte. Dieser Vorgang war illegal und verletzte mehrere Grundrechte, die Ergebnisse würden sie auch nicht bei Gerichtsverhandlungen geltend machen können, sie dienten nur als Hinweise, um diese Morde aufzuklären.

Die Einzahlungen auf die Bankkonten der drei ergaben keine Übereinstimmungen, bei den Auszahlungen gab es minimale Überschneidungen. Engl hatte Bücher über einen großen Anbieter bestellt, Roth hatte eine Registrierkasse und diverse Gebrauchsgegenstände über dieselbe Plattform eingekauft und Weinberg hatte darüber Sex-Spielzeug erhalten.

Da ein großer Prozentsatz der Bevölkerung über diesen Anbieter bestellte, hatte diese Übereinstimmung keine große Aussagekraft.

Madiba Breyer prüfte einzeln die Eingänge auf den Konten, versuchte die Einzahler zuzuordnen und zu personifizieren, stellte Listen zusammen und suchte in dunklen Ritzen. Diese spärlichen Informationen druckte er aus und gab sie in einen Ordner.

Dann trennte er die Verbindung zu den auf dem Erdball verteilten Servern, die ihm die Möglichkeit gegeben hatten, diese Informationen zu erhalten. Mit ein paar Mouse-Clicks und einigen Tastenkombinationen änderte er in weniger als einer Minute seine fiktive IP-Adresse, die er dafür verwendet hatte.

Er aß seine Pizza auf und legte sich nieder. Die Übermittlung des Resultats seiner Recherche konnte bis Montag warten.

39

Dieser Sonntagmorgen begann für Foster ganz nach seinem Geschmack. Spätes Aufstehen, ein fürchterlich stinkendes, getrocknetes Etwas und ein langer Spaziergang in den Praterauen. Wieder daheim machte Jonny gebratenen Speck, Spiegeleier und getoastetes Schwarzbrot und weckte Jessy auf. Ein starker Kaffee brachte sie auf Betriebstemperatur und sie genossen zu dritt diesen milden Februarvormittag.

Heimo Achtern begann diesen Tag mit einem dicken Schädel. Der Vortag war schlimmer gewesen als gedacht. Die für eine halbe Stunde anberaumte Besprechung mit einem neuen Kunden hatte viel länger gedauert, als er angenommen hatte. Der Funke, der schon in den ersten Minuten übergesprungen war, hielt bis in die frühen Morgenstunden. Nach einem starken Kaffee mit einem Schuss Cognac fühlte sich Achtern wieder topmotiviert. Er durchforstete seine Unterlagen nach Schriftstücken, die auch nur im Entferntesten mit dem Kartell Phoebus und Dr. Breymann zu tun hatten, sortierte sie aus und ließ sie durch den Reißwolf laufen. Die Papierstreifen warf er in seinen offenen Kamin und ergötzte sich an dem Flammenmeer.

Ed Stelczmayer saß mit seinem stellvertretenden Redakteur Herwig Mischuretz im Büro in der Blumauergasse über den Andrucken, die eben die Druckerei geliefert hatte. Sie diskutierten über die Artikel, die es aufs Cover geschafft hatten. »Lassen wir den Engl auf dem Titelblatt?« Mischuretz nickte heftig. »Unbedingt, Ed! Das ist unser Ticket zu höheren Sphären! Wir haben ein Zuwachs an Inseraten, wir verkaufen Artikel und Interviews, was willst du mehr?« Stelczmayer stimmte dem Gesagten zu und fragte: »Haben wir genug Geld in der Kriegskasse, um einer Klage standhalten zu können?« Mischuretz hob seine Augenbrauen: »Kommt auf die Klage an, mein Freund ...!« Dann gaben sie der Druckerei die Freigabe.

Oberstleutnant Viktor »Charlie« Braun fand sich an diesem Sonntagmorgen in seinem Stammlokal ein, bestellte – wie jeden Tag – seinen Tee mit dem speziellen Zusatz und checkte sein Handy. Keine Anrufe? Eine kleine Rückmeldung von Tannhacker hatte er sich erhofft. Also noch einen Tee mit dem speziellen, hochprozentigen Zusatz ...

Dr. Ludwig Mörz hatte sich an diesem Morgen rasiert und saß nun beim Frühstück mit seiner lieben Frau, mit der er schon mehr als 35 Jahre zusammen war. Als er ihre besorgte Miene sah, beschwichtigte er sie: »Keine Angst, Liebes! Zurzeit weht nur ein etwas rauer Wind. Aber, wie gesagt, keine Angst, ich habe meiner Meinung nach nichts Unrechtes getan!« Dann presste er Blutorangen aus und dachte über gewisse Situationen nach, die ihm aufgestoßen waren, aber die er aus Loyalität nie zur Sprache gebracht hatte. Und er fragte sich: War mein Handeln wirklich korrekt?

Klaus Thybus sortierte im Keller seiner Galerie die Werke von Leopold Moser alias Leonard Simon Drake. Er musste lachen. Viele seiner betuchten Kunden investierten hauptsächlich in Aktien, Edelmetalle, Immobilien, Krypto-Währung und Kunst. Und im Kunstbereich hatte er sich mit

Leopold Moser ein Ass-Pärchen zugeschanzt. Nun musste er nur noch den Einsatz ein bisschen erhöhen, Ideen hatte er schon. Moser war eigentlich nur ein Angestellter von ihm mit gewissen Ansprüchen, die zeitweise ganz schön ins Geld gingen. Doch solange die Kuh hochwertige Milch gab, durfte sie nicht nur gemolken, sondern auch gefüttert werden.

Lisa Bonn wurde an diesem Sonntag von ihrem Mann überrascht, er hatte ein Mittagessen in einem angesagten Sternelokal reserviert. Die Freude und der Genuss wollten sich aber bei ihr nicht so recht einstellen, da noch zu viele Vorkommnisse und Entscheidungen aus der Vergangenheit in ihr tobten. So gingen die delikaten und – für ihren Mann – kostspieligen Bemühungen der Küchen-Crew leider ins Leere.

Oberst Karl Tannhacker nutzte diesen Sonntag für Aufräumungsarbeiten, wie er es nannte. Fünf Dosen Bier, zwei angebrochene Bouteillen und eine halbe Flasche Williams-Birne fielen dieser Aktion zum Opfer. Noch immer ärgerte er sich über die Vorgehensweise von Hofrat Zwettler, während er lustlos zwischen den einzelnen Fernsehprogrammen herumzappte, und verschlief schließlich den ganzen Nachmittag.

Dr. Franz Uhl-Berger setzte an diesem Sonntag etliche Klagschriften auf, absolvierte einige Anrufe und lud sich eine attraktive Juristin, die sich bei ihm beworben hatte, zu sich nach Hause ein. Er hatte mit ihr kurzen, einvernehmlichen Geschlechtsverkehr, versprach ihr alles, aber nichts. Sie zogen sich an, damit war für Uhl-Berger die Sache erledigt. Sein Leben war zu wichtig, um sich von jungen, untalentierten Vaginen ablenken zu lassen.

Revierinspektor Frankie Gareis zelebrierte den Sonntagstisch, sprich Schweinsschnitzel auf Wiener Art, dazu Gurkensalat und Erdäpfelsalat. Gerli, seine Frau, zollte ihm dafür höchstes Lob, was ihn natürlich zu Höchstleistungen antrieb. Darum gab es erstmalig einen Paradeisersalat. Und den Abwasch ließ er sich auch nicht nehmen. Dann vertiefte er sich auf einem bequemen Ohrensessel in seine Skripte vom Kurs für dienstführende Beamte. Diese Fortbildung sollte ihm den Aufstieg zum qualifizierten Sachbearbeiter und den Dienstgrad »Bezirksinspektor« ermöglichen.

Juliane Engl-Machat machte sich mit ihrem Chauffeur auf zu ihren Wurzeln und erholte sich in dem riesigen Wellness-Hotel ihrer Eltern davon, was der unerwartete Tod ihres Gemahls bei ihr angerichtet hatte. Selbstverständlich war sie schockiert über diesen plötzlichen Verlust, eigentlich auch irgendwie empört, da einige Unannehmlichkeiten auf sie zugekommen waren. Aber das Gefühl von Trauer kam nicht so richtig in ihr hoch. Sie dachte an ihren Dalmatiner-Rüden Ascot, der vor drei Monaten gestorben war, und musste bitterlich weinen.

Leopold Moser alias Leonard Simon Drake kämpfte sich durch die flüssigen Lebensmittel, die ihm Klaus Thybus mitgebracht hatte, und telefonierte mit unzähligen Groupies. Keine von diesen Tussis hatte heute Zeit, obwohl er ihnen Sex und Drogen in Aussicht gestellt hatte. Wie auch immer, er erfüllte sein Plansoll, sprich er fertigte an diesem Sonntag noch drei Bilder an. Natürlich mit den legendären

Sperma-Spuren, zwar aufgeteilt, aber authentisch. Nach ein paar Stunden exzessiver Ausschweifungen kotete er sich unabsichtlich ein, fand es dennoch lustig und ließ Teile dieses Exkrements in einem Bild einfließen.

Madiba Breyer wärmte sich die Reste von der Pizza vom Vortag auf, spielte »Call of Duty«, ein Ego-Shooter-Spiel, und verlor seinen Avatar. Mit einer neuen Identität stieg er ins Spiel ein und hievte sich gleich in ein Toplevel.

Dr. Breymann saß in seinem Hotelzimmer in Wien, trank einen Gespritzten und dachte darüber nach, was er seinen Geschäftskollegen mailen sollte. Ein Politiker, der ihnen nach wie vor zugetan war, aber keinen direkten Einfluss auf die Entscheidungen der Regierung mehr hatte, hing ihm in der Tasche. Man konnte ihn kaltlächelnd abschießen, aber niemand wusste, wie viel Restkraft in ihm steckte. Oder man konnte ihn weiter füttern, ohne zu wissen, wie viel Einfluss er noch hatte. Alles in allem ein gewagtes Spiel mit relativ hohen Einsätzen und einem ungewissen Ausgang. Aber sie hatten schon viel größere Kaliber bewältigt.

Mauki saß mit Guggi in seinem Lokal und sie tranken den Spezial-Tee. Halb, halb, mit Zucker. »Wo ist heute der Undercover?«, fragte Guggi.

»Keine Ahnung«, sagte Mauki. »Aber dafür zahle ich heute, Guggi.«

Dieser nickte. »Ist mir auch recht. Aber mir ist's lieber, wenn ich mir die Trankl'n verdiene.« Dieser Ehrenkodex saß tief und fest: Ich lass mich doch nicht von jedem x-Beliebigen auf ein Getränk einladen! Dazu muss derjenige schon in den erlauchten Kreis aufgenommen werden.

Die Aufnahmebedingungen dafür waren aber gar nicht so schwer.

Hofrat Zwettler streckte sich in seinem Seidenpyjama und sagte zu seiner Frau: »Wollen wir heute das Frühstück gemeinsam vorbereiten?« Frau Hofrat lächelte krampfhaft und sagte hämisch: »Gerne, aber heute habe ich schon alles vorbereitet!«

»Na dann!«, erwiderte Zwettler, setzte sich an den Tisch und dachte sich in der in ihm so festgesetzten Denkweise: Da haben wir aber ein tolles Frühstück hingezaubert!

Dr. Martina Schettenmayer duschte ausgiebig, bevor sie in ihren Softshell-Anzug schlüpfte und ihre Laufkilometer abspulte. Verschwitzt duschte sie noch einmal, als ob sie sich das Vergängliche ihrer Klienten abwaschen könnte. Dann nahm sie sich ihr Notebook und loggte sich bei einem Online-Pokerspiel – »Texas Hold'em« – ein. Dort war sie als »Shettyboob« seit einigen Jahren gelistet und galt als gefürchtete Gegnerin.

Anita Schellhorn bedachte ihren Vibrator fast liebevoll mit einer Schicht Gleitgel und bescherte sich einen orgastischen Höhepunkt. Dann schminkte sie sich übertrieben, zog ein sexy Outfit an und ging auf die Straße und in Lokale, um Männern eine Abfuhr zu erteilen. Die ratlosen Gesichter der vor den Kopf Gestoßenen brannten sich bei ihr ein und sie ließ sie wie einen Film vor ihrem geistigen Auge ablaufen, wenn sie masturbierte.

David und Ruth Weinberg-Rhomstein saßen in einer Wohnung, die sich in einem ihrer geerbten Häuser befand, und überprüften Abrechnungen der Hausverwaltung, die noch von ihrem Onkel eingesetzt worden war. »Wir werden uns nach neuen Verwaltern umsehen müssen!«, sagte David Weinberg-Rhomstein und seine Schwester nickte nur. »Misstrauen ist eine schlechte Basis für geschäftliche Angelegenheiten!« Warum können nicht alle Männer so gewandt und stilvoll sein wie mein Bruder, dachte sich Ruth Weinberg-Rhomstein und stieß einen tiefen Seufzer aus.

40

Mit einem dicken Schädel kam Tannhacker an diesem Montagmorgen ins Büro. Frankie Gareis stand schon zappelig in seinem Zimmer. »Lass mich bitte wenigstens noch einen Kaffee trinken«, murrte der Oberst. Nach den ersten Schlucken zeigte Tannhacker mit einer lässigen Handbewegung seine Bereitschaft für dienstliche Belange.

»Es geht um das Alibi von Dr. Uhl-Berger. Ich war bei der Dame, mit der er angeblich die Nacht verbracht hatte. Weißt du, wer diese Frau ist?«

»Frankie, komm schon! Ich habe dir den Zettel gegeben!«, fauchte Tannhacker genervt. »Da ist ihr Name, ihre Adresse und ihre Telefonnummer darauf gestanden!«

»Ja, schon!«, ereiferte sich Gareis. »Der Name sagt aber überhaupt nicht aus, wer die Frau wirklich ist! Du wirst es nicht glauben, mit wem sie verheiratet ist! Du darfst dreimal raten.«

»Meier, Berger, Schneider. Und?«

»Wie kommst du auf diese Namen?«, fragte Gareis erstaunt.

»Egal. Ich habe nur dreimal geraten. Wärest du jetzt endlich so freundlich, mir zu sagen, mit wem sie verheiratet ist?«, knurrte Tannhacker.

»Also gut. Mit Bernhard Grumbolsky, dem Inhaber von über 1.500 Lebensmittel-Filialen!«

»Und?«

»Was und?«

»Und hat sie das Alibi von Uhl-Berger bestätigt, ja oder nein?«

»Ja … hat sie«, sagte Gareis verstört. »Aber sie ist die Frau von einem der größten Super-Markt-Inhaber …«

»Geschnackselt wird überall, sogar im Buckingham-Palast oder im Vatikan. Hat dieser Umstand irgendetwas mit unserem Fall zu tun? Nein! Also, was soll's …«

In diesem Augenblick betrat Madiba Breyer das Arbeitszimmer. »Störe ich?«, fragte er aufgrund der seltsamen Stimmung, die in diesem Raum herrschte.

»Keineswegs, mein Freund!«, tönte Tannhacker. »Gareis wollte mich gerade mit der fremdgehenden Frau eines Tycoons überraschen, ist ihm aber nicht gelungen. Was kannst du mir bieten?«

»Eher wenig, Karl«, gab Madiba offen zu. »Anhand meiner – nennen wir sie grenzwertig beschafften – Hintergrundinformationen hat sich nichts ergeben, was die drei Mordopfer verbindet.«

»Okay, Freunde. Das heißt, wir suchen entweder einen

gefinkelten Auftragskiller oder einen wild mordenden Psychopathen. Korrekt?«

Beide Mitarbeiter zögerten und sahen sich an.

»Na gut. Nehmen wir an, dass ein Auftragskiller diese Arbeiten erledigt hat. Dann müssten im Zahlungsverkehr der verdächtigen Personen irgendwelche Abbuchungen erscheinen. Wenn du also so nett wärst, Madiba, und derartige Kontobewegungen überprüfen könntest? Selbstverständlich ohne offizielle Anordnung …«

»Keine Frage, mach ich. Und da darf ich auch die tabuisierten Typen miteinbeziehen?«, fragte Madiba Breyer freudig.

»Darfst du. Falls es Probleme mit dem Hofrat gibt, komm zu mir«, sagte Tannhacker, hatte aber leichte Bauchschmerzen dabei.

Für Madiba Breyer war diese Zusage gewissermaßen ein Freibrief für all seine Aktionen. Aber ganz so hatte es Oberst Karl Tannhacker nicht gemeint.

41

»Ich hätte einmal so richtig Gusto auf gefüllte Paprika«, sagte Jessy an diesem Montagmorgen. »Ganz so wie bei Mama …«

Na super, dachte sich Jonny, jetzt muss ich schon mit Mutti konkurrieren. Nichtsdestotrotz ging er am frühen Morgen auf den Naschmarkt zu seinem Gemüsehändler, der schon seit Langem sein Vertrauen genoss, kaufte grüne Paprikaschoten und mehr als ein Kilo Roma-Paradeiser mit dem pikant würzigen Geschmack, die um diese Jahreszeit wahrscheinlich aus Italien kamen. Ein gemischtes Faschiertes vom Fleischhauer und offenen Basmati-Reis vom Chinesen.

Auf dem Heimweg kam Jonny bei einer Trafik vorbei, in deren Auslage das neue Magazin von »THE WORM« ausgestellt war. Er war schon vorbei, doch dann übermannte ihn die Neugier. Er kaufte ein Exemplar und verließ etwas beschämt das Geschäft.

Jonny kochte den Reis, ließ die Paradeiser in einer Salzlake schmurgeln, würzte das Faschierte, vermengte es mit dem garen Reis und stopfte diese Mischung in die ausgehöhlten Paprikaschoten. Mit einer Flotten Lotte, die kaum mehr in einem Haushalt zu finden war, passierte er die Paradeiser. Die Sauce ließ er langsam mit Zucker und anderen Gewürzen einkochen und goss sie über die gefüllten Paprika. Die Kasserolle kam in das vorgewärmte Backrohr.

Dann nahm er sich »THE WORM« zur Hand. Die Titelzeile lautete: »Wusste er zu viel?« Im Innenteil standen auf vier Seiten aus der Luft gegriffene Vermutungen, warum Uwe Engls Tod unumgänglich gewesen war. Natürlich wurden keine direkten Beschuldigungen gegen irgendwen geäußert – das hätte sich Ed Stelczmayer finanziell nicht leisten können –, aber mit gefinkelten Mutmaßungen brachte er den Leser auf seine vorbereiteten Spuren. Zumal er neben seinem Artikel in einer Fact-Box alle Personen aufgelistet hatte, die in der Amtsperiode von Uwe Engl neben oder unter ihm gearbeitet hatten. In einer anderen Fact-Box wurden alle Firmen genannt, mit denen er als Finanzminister vermutlich einen mehr oder weniger direkten Kontakt gehabt hatte.

Journalismus aus der untersten Schublade, dachte sich Jonny, blätterte aber trotzdem weiter. Er kam zu dem Artikel: »Recht oder Gerechtigkeit – Anwälte lassen die Grenzen verschwimmen«. Recht heftig, aber gar nicht so unwahr, musste sich Jonny eingestehen. Aber der persönliche Angriff auf Dr. Franz Uhl-Berger könnte Stelczmayer lange und kostspielige Gerichtsverfahren bescheren. »Es gibt Anwälte, wie den hochangesehenen Dr. Franz Uhl-Berger, der die Ausgeburt des kommerziellen Geldeintreibers darstellt!« Starker Tobak, zollte er Stelczmayer Lob und Achtung. »Und dennoch – wie bei dem geständigen Tschetschenen, der vor einigen Wochen vom Einsatzkommando Cobra mit einem bluttriefenden Messer in der Hand in seiner abgesperrten Wohnung in Favoriten neben den erstochenen Leichen seiner beiden Kinder und seiner Frau gestellt wurde – gilt die Unschuldsvermutung!«

Starkes Ende, kam Jonny in den Sinn. Er blätterte lustlos weiter. »Russischer Oligarch kauft zum Rekordpreis ein Gemälde von Leonard Simon Drake!« Der Untertitel war noch reißerischer. »Der exzentrische Künstler belästigte die Frau des Oligarchen mit obszönen Gesten und ordinären Worten«. Stelczmayer ging so weit, dass er in seinem Artikel den Maler Drake als soziopathischen Proleten mit ausgeprägter Libido bezeichnete.

Neben dem Artikel sah man auf einem Foto Leonard Simon Drake mit erhobenem Mittelfinger vor einem seiner Gemälde. Der Untertitel lautete: »Der eigenwillige Kunstschaffende in der Galerie Roth & Thybus, die exklusiv seine Werke vertreibt.«

Jonny hielt inne. Roth & Thybus? Dort hatte doch auch der illustre Galeriemord stattgefunden …

Es war an der Zeit, wieder Zeichenutensilien zu besorgen, entschied Jonny kurz darauf. Er drehte das Backrohr ab, ließ die gefüllten Paprika in der Resthitze weiter schmurgeln und fuhr in das grafische Fachgeschäft im zweiten Bezirk.

Danach suchte er sein eigentliches Ziel, die Chefredaktion von »THE WORM«, auf.

»Dich schickt der Himmel!«, rief Ed Stelczmayer euphorisch aus und rückte einen Stuhl für Jonny zurecht. »Kaffee, Tee oder was Höherprozentiges?«

»Bleiben wir beim Kaffee …«

Ed ordnete sein wirres rotes Haar, während der Kaffee geräuschvoll in die Tasse floss. »Hör zu, mein Freund! Unser Stern geht am Himmel auf!«, begann er kryptisch. »Wir haben unsere Seitenanzahl erhöht, die Auflage mehr als verdoppelt und die Inserenten rennen uns die Türen ein! Und jetzt brauchen wir einen Cartoonisten. Da habe ich natürlich an dich gedacht.« Er breitete seine Arme aus und erwartete anscheinend, dass Jonny aufsprang und ihn laut jubelnd koste.

Doch dieser nippte an seinem Kaffee und sagte ernüchternd: »Danke Ed für das Angebot, aber ich glaube, wir haben zu unterschiedliche Ansichten über die Qualität eines Handschlages.«

»Jetzt komm!«, brauste Stelczmayer auf. »Bist du mir wirklich noch böse wegen der unsäglichen Geschichte vor ein paar Jahren?«

»Böse bin ich dir keinesfalls, nur bin ich jetzt ein wenig

vorsichtig. Wenn ich etwas mit Handschlag besiegle, dann ist das für mich wie ein Evangelium. Wenn ich mich dann vor einem unbedarften Richter wiederfinde, der im Akkord seine Fälle abarbeitet, ohne auf irgendwelche Argumente einzugehen, dann fühle ich mich verarscht, wenn mir die zustehende Entlohnung so mir nichts dir nichts um die Hälfte gekürzt wird! Wie gesagt, ich bin dir keineswegs mehr böse, aber vorausschauend vorsichtig!«

»Das heißt …?«

»Ich bin am Überlegen, okay?«

»Gut. Und ich werde nie von dir verlangen, dass du eine Mohammed-Karikatur zeichnest«, grinste Stelczmayer.

»Danke. Aber der Grund, warum ich gekommen bin, ist ein anderer. In der heutigen Ausgabe deines Magazins ziehst du wieder über Leonard Simon Drake und die Galerie Roth & Thybus her. Darum würde mich interessieren: Warum hast du dich gerade auf diese Galerie eingeschossen?«

Der Chefredakteur lehnte sich sinnierend zurück und lächelte vielsagend. »Irgendwann einmal habe ich einen Artikel über diesen ungustiösen Maler und seine Eklats geschrieben, prompt wurde ich von diesem Thybus verklagt. Obwohl meine Darstellungen der Wahrheit entsprachen, musste ich eine fettumrandete Entgegnung in meiner Zeitschrift bringen und einen Batzen Geld an die Galerie überweisen. Seitdem gehören diese beiden zu meinen Lieblingsfeinden.«

»Wie der Rechtsanwalt Uhl-Berger?«

»Richtig. Der ist auch einer meiner Lieblingskontrahenten! Von diesem Typen habe ich schon mehr Schreiben bekommen, als jemals Leserbriefe bei uns eingegangen sind. Heute ist wieder einer eingetroffen. Eingeschrieben, versteht sich.«

»Warum tust du dir das an?«, fragte Jonny verständnislos.

»Keine Ahnung. Möglicherweise sitzt in mir ein Gerechtigkeits-Gen oder einer meiner Vorfahren war Robin Hood. Also, was sagst du zu meinem Angebot?«

»Gib mir ein paar Tage Zeit«, sagte Jonny und trank seinen Kaffee aus.

»Nehmen wir noch ein Glas Männermilch zu uns?«, fragte Ed und zeigte auf seinen Ordnerschrank, auf dem ein paar Flaschen Hochprozentiges standen.

»Stand da oben nicht ein altes Foto von dir vor einem Lokal?«

»Du hast vollkommen recht, mein Lieber. Aber unsere Duška ist nicht die Geschickteste. Da geht schon manchmal was zu Bruch. Hauptsache, mein Batman überlebt ihren Putzfimmel!«, lachte Stelczmayer und streichelte die DC-Figur.

»Ich melde mich bei dir«, sagte Jonny und schickte sich an zu gehen.

»Mach das.« Stelczmayer nickte. »Und halte mich weiter auf dem Laufenden bei euren Ermittlungen.«

Jonathan Graberth drehte sich genervt um und widersprach impulsiv: »Hallo? Ich habe dich noch nie über unsere Ermittlungen auf dem Laufenden gehalten!«

»Schon klar! Danke trotzdem, mein Freund. Wir wären ein gutes Team …«

Jonny empfand diese Aussage nicht als Kompliment.

42

Bei der Zentralbank von Luxemburg ging an diesem Montag eine Einzahlung in der Höhe von 1.632.554.32 Euro auf das Konto der »PROFYT INC.« ein, eingezahlt von einem renommierten Goldhändler aus Amsterdam. Der zuständige Sachbearbeiter, der gerade in dem filialnahen Lokal ein Judd mat Gaardebounen, geselchter Schweinehals mit Fisolen, gegessen hatte und dementsprechend zufrieden und gesättigt war, überprüfte die Einzahlung und verbuchte sie als korrekt. Gemäß den internen Vorgaben seines Bankinstituts unterließ er auch die eigentlich vorgeschriebene Meldung von hohen Kapitalzuflüssen an die zuständigen europäischen Stellen.

Der Kunde war König, das Kapital war Kaiser. Und die EU-Vorgaben waren lästig. Aber der vorgeschriebene Bräunungsgrad von Pommes frites wurde nachweislich flächendeckend in Luxemburg streng eingehalten.

43

»Kannst du dir vorstellen, wie viele Leute mich jeden Tag anrufen? Und das sind sehr einflussreiche Leute, nebenbei erwähnt. Was soll ich denen sagen? Ein bisschen Geduld, wir sind knapp vor einer Verhaftung, wir haben schon eine Spur. Oder soll ich sagen: Wir haben noch überhaupt keine Ahnung, was hier abgeht? Wir strampeln am Stand? Wir tauchen in trüben Gewässern? Was soll ich denen sagen?«, beschwor Hofrat Zwettler seinen Chefermittler.

Oberst Karl Tannhacker saß mit abgetragenen Blue Jeans, einem seltsam gemusterten Hemd, darüber einen abgewetzten Parker, entspannt im Büro seines Chefs. »Sag ihnen, dass wir dran sind …«

»Ich brauche Ergebnisse, Karl!«, quiekte Hofrat Zwettler hysterisch und klapperte mit seinen Lederschuhen nervös auf seinem Parkettboden und zupfte aufgekratzt an seinem grauen Zweireiher herum. »Sie sitzen mir im Nacken!«

»Lass mich meine Arbeit machen, Hofrat, und halte mir den Rücken frei! Mehr erwarte ich gar nicht von dir«, grummelte Tannhacker und spielte mit seiner Kokarde. »Ich habe mir auch schon überlegt, ob ich mich nicht zurückziehe …«

»Schlag dir das aus dem Kopf, Karl! Dem werde ich nie und nimmer zustimmen!«

»Na bitte!«, sagte Tannhacker. »Ich werde dir einen Täter präsentieren!«

»Eher heute als morgen«, setzte Zwettler nach.

»Früher habe ich dich eigentlich recht gut leiden mögen«, sagte Tannhacker, bevor er Zwettlers Zimmer mit einem Kopfschütteln verließ.

44

Foster sah mit traurigen Augen aus seinem Körbchen zu Jessy auf, die schon voll adjustiert in roter Uniform mit ihrem Trolley im Vorzimmer stand. Er fing kurz mit seiner Nase diese Vielzahl an fremden Gerüchen ein, die an ihrer Kleidung und dem Koffer hingen, und seufzte tief.

»Ich bin ja morgen wieder da, kleiner Mann!«, flüsterte sie gerührt und liebkoste ihn beruhigend.

»Und?«, monierte Jonny, der im Türstock lehnte. »Hast du auch tröstende Worte für den großen Mann? Übrigens, du hast noch jede Menge Paradeisersauce auf deinen Lippen …«

Jessy verdrehte ihre Augen, umarmte ihn fest und sagte fast schon entschuldigend: »Wir müssen uns schminken, dazu gehört auch Lippenstift. Ist mein großer Mann wieder einmal eifersüchtig?«

»Wer sollte es mit mir aufnehmen?«, tat er erstaunt. Räumte aber ein: »Vielleicht ein klitzekleines Stückchen schon, weil du zum Anbeißen aussiehst …«

Sie umarmten sich innig und bewegten sich in einem langsamen Rhythmus dazu, fast sah es aus, als ob sie zu einem Lamourhatscher tanzten. »Hältst du es aus bis morgen Nachmittag?«, fragte sie leise.

»Schwer«, flüsterte er. »Ich werde mir Alternativen suchen müssen …«

Jessy stieß sich von ihm weg, hob den Zeigefinger und sagte streng: »Kein Alkohol, keine Drogen und keine fremden Frauen! Und vor allem keine Einmischung in Tannhackers Mordermittlungen!«

»Das mit den Drogen und den fremden Frauen kann ich dir versprechen …«

Sie gab ihm einen zärtlichen Rempler, nahm ihren Trolley auf und meinte: »An den anderen beiden Punkten werden wir noch arbeiten.«

Das klang fast wie eine Drohung.

Nach einem ausgedehnten Spaziergang mit Foster, der sich gegenüber den Hunden, die ihnen entgegenkamen, unleidlich und geduldlos verhielt, versorgte Jonny seinen Mischling, verließ die Wohnung und kehrte ins »s'Graffiti« ein.

Oberst Tannhacker saß mit Dr. Vilbrand in einer Ecke und sie starrten schweigsam ins Leere. Beide knotzten mit hängenden Schultern an dem Tisch, ein Glas Weißwein in der Hand. Jonny fragte erstaunt Maria, die emsige Wirtin: »Was ist denn los mit unseren beiden Oldtimern? Können sie sich überhaupt noch bewegen?«

»Also zum Bestellen reicht's …«, lautete ihre knappe Antwort.

»Dann werde ich einmal diese zwei Mumien zum Leben erwecken«, raunte Jonny und ging zu ihrem Tisch. »Habt ihr eine spiritistische Sitzung oder ist euch – abgesehen vom Alkohol – irgendetwas über die Leber gelaufen?«

»Mein Glück ist nun perfekt!«, stöhnte Tannhacker und verdrehte seine Augen. »Mein Ischias ist zurückgekehrt!«

Dr. Vilbrand zog sich vorsorglich an den Tresen zurück und Jonny setzte sich auf den frei gewordenen Platz. »Verstehe ich nicht. Hast du Schmerzen? Oder bezeichnest du mich, wie ich fast vermute, als Ischiasnerv?«

»Bingo!«, rief Tannhacker aus. »Der Schmerz hat sich selbst diagnostiziert!«

»Krieg dich ein, Obstler! Ich bin nicht dein Schmerz, ich bin dein Medikament!«

»Mit unzähligen Seiten von dem kleingeschriebenen Beipacktext, der die möglichen Nebenwirkungen auflistet, ich weiß!«, knurrte der angeschlagene Ermittler.

»Du gibst dich als ungenießbare Frucht, die jedermann ablehnt! Aber eigentlich bist du recht schmackhaft, wenn man auf deinen Kern gebissen hat.«

»Verschone mich mit deinen kruden Gedankenexperimenten! Ich bin eine ungenießbare Frucht! Punktum! Ich will keineswegs Freude bereiten, sondern Furcht und Schrecken verbreiten! Das ist meine Aufgabe.«

»Schon klar, Obstler! Die Bastion des ultimativen Rechts!«

»Du bist ein wundersames Arschloch, Jonny! Ich mache meinen Job, so gut es geht!«

»Ich weiß, mein Freund, darum kriegst du von mir auch den nach oben gerichteten Daumen. Außerdem gehe ich heute noch in die Josefstadt, um einen Künstlerkollegen zu stalken!«

»Mach, was du willst, mein Freund, aber lass mich im Kraut …«

»Gär in deinem Sud, wenn dir danach ist. Aber komm nicht mehr weinerlich zu mir, wenn du bei einem Blinddate wieder abgeblitzt bist. Ich gehe was Sinnvolles machen …«

Genau dies tat Jonny. Mit dem Taxi fuhr er in die Albertgasse – die Adresse hatte er durch einige liebe Freunde zugespielt bekommen – und stieg aus dem Auto aus. Hier also wohnte und agierte Leonard Simon Drake, der Shooting-Star am heimischen Kunstmarkt.

45

Es war nach 18:00 Uhr, Anita Schellhorn packte ihre Sachen zusammen, zog ihren Mantel an und ging ins Büro von Dr. Uhl-Berger, um sich zu verabschieden. Er telefonierte gerade und gab ihr mit einer unwilligen Handbewegung zu verstehen, dass sie noch warten solle. Ungerührt führte er sein Telefonat weiter und ließ Anita Schellhorn – wie ein Schulmädchen vor dem Direktionszimmer – warten. Nach zehn Minuten legte er auf und sah sie wortlos fragend an.

»Ich wollte mich nur verabschieden, Herr Doktor«, wisperte sie kleinlaut.

»Warum verabschieden, Frau Schellhorn?«, sagte er erstaunt. »Wir sind heute noch lange nicht fertig …«

»Aber gerade heute … Mein Freund hat nämlich Geburtstag … und wir wollten …«

»Ich bin mir sicher, dass er noch öfter Geburtstag haben wird. Ich erwarte einen wichtigen Anruf, also wären Sie so freundlich und würden Sie bitte wieder Ihren Platz beim Telefon einnehmen? Den Mantel können Sie anlassen, wenn Ihnen nicht zu warm wird …«

Anita Schellhorn schlich verschüchtert zu ihrem Arbeitsplatz, zog wieder ihren Mantel aus und verfluchte die unsäglichen All-in-Verträge.

Uhl-Berger räkelte sich genüsslich in seinem Ledersessel. Er liebte solche Machtdemonstrationen. Natürlich erwartete er noch einen wichtigen Anruf, der sollte aber vereinbarungsgemäß auf einem seiner vielen Prepaid-Handys eingehen. Sollte doch der Freund seiner Vorzimmertussi allein seinen

Geburtstag feiern, sagte er sich. Möglicherweise besoff er sich aus Frust und kam auf blöde Ideen, malte er sich aus. Dann war diese Beziehung Geschichte. Denn: Angestellte mit fixen Beziehungen waren logischerweise nicht so flexibel wie Alleinstehende. Stabile Privatkontakte bereiteten dem Arbeitgeber Unannehmlichkeiten, hatte ihm ein Parteifreund erklärt. Und diese wollte er tunlichst vermeiden.

46

Nachdem Jonny den Taxifahrer entlohnt hatte, sah er sich in der Albertgasse ein bisschen um. In der näheren Umgebung von LSDs Atelier waren drei Lokale erleuchtet. Er ging in das nächstbeste und bestellte sich zunächst einen kleinen Braunen. Die Leute in dieser Gaststätte wirkten eher solide und der bärtige Mann hinter dem Tresen glaubte an ein heliozentrisches Weltbild, mit ihm als Sonne im Mittelpunkt. Jonny wechselte einige belanglose Worte mit ihm, sprach ihn auch direkt auf den Ausnahmekünstler Leonard Simon Drake an, aber außer einem missbilligenden Rümpfen der Nase und einem abfälligen Blick blieb nicht viel über.

Das nächste Lokal war schon ergiebiger. Als heruntergekommen, schäbig und verlottert hätte es der Normalbürger bezeichnet. Aber genau dieses Ambiente hatte Jonny gesucht.

»Servus«, sagte er zu der jungen Servierkraft hinter dem Tresen. »Ich hätte gerne ein großes Bier …«

»Wenn dein Glas leer ist, rufst du einfach ›Melli‹ und schon ist es wieder voll«, sagte sie mit einem kessen Augenzwinkern.

»Und wenn in meinem Glas noch ein paar Schlucke Bier sind, dann rufst du einfach ›Jonny‹ und schon ist es leer«, scherzte er zurück und setzte ein charmantes Lächeln auf.

»Bist du auf der Durchreise?«, fragte sie und stützte sich mit beiden Armen auf die Theke. »Normalerweise verirrt sich kaum ein Fremder in dieses Lokal.«

»Ich mache Milieustudien …«, sagte Jonny kryptisch. »Für meine Werke.«

Misstrauisch musterte sie ihn von oben bis unten. »Bist du so eine Art Künstler?«, fragte sie skeptisch.

»So etwas Ähnliches, genau genommen bin ich Grafiker. Aber es klingt so, als ob du diese Berufsgattung nicht so schätzt, oder irre ich mich?«

Sie verdrehte ihre großen Augen und sagte schnippisch: »Ein gebranntes Kind scheut nun mal das Feuer. Aber das hat nichts mit dir zu tun«, fügte sie entschuldigend hinzu.

Hinter dem Tresen an der Wand hing eine vollgekritzelte Serviette hinter Glas und eingerahmt. In der rechten unteren Serviettenecke konnte man mit viel Fantasie die Buchstaben LSD erkennen. »Hängt deine Aversion gegen Künstler vielleicht mit diesem Prachtexemplar zusammen?«, fragte Jonny und deutete auf das Bild.

Ihr Gesichtsausdruck sprach Bände. Sie beugte sich vor und flüsterte: »Das bleibt aber unter uns. Mein Chef wünscht sich ausdrücklich, dass wir den Poldi – so heißt er nämlich in Wirklichkeit, Leopold Moser –, also, dass wir den Poldi bevorzugt behandeln, da er eine Menge Kohle bei uns lässt. Aber er ist ein obszönes Arschloch, der Poldi, nicht mein Chef, wenn er drauf ist. Und er ist immer drauf, das kannst du mir glauben!«

»Also stimmen die Geschichten, die man über Drake in den Gazetten liest?«

»Das ist nur ein Bruchteil dessen, was er sich wirklich leistet. Normalerweise gehört so ein Mensch hinter Gitter«, wurde Melli redselig. »Er schaut aus wie ein Sandler und riecht auch so. Und pausenlos prahlt er mit seinem Riesenlümmel. Jede Frau wird von ihm verbal attackiert und angemacht. Er ist ein richtiger Ungustl. Und so ein Kotzbrocken verdient so eine Menge Kohle. Die Welt ist schon ein bisschen verrückt!«

Jonny überlegte kurz, dann fragte er: »Kennst du auch einen gewissen Ed Stelczmayer? Warte, ich habe ein Foto von ihm …« Jonny nahm sein Handy und ging auf die Homepage von »THE WORM«. Er tippte auf das Foto »Herausgeber und Chefredakteur«. »Das ist er.«

Melli überlegte kurz, dann antwortete sie: »Möglicherweise. Nach seinem Aussehen würde er in unser Lokal passen. Warum, was ist mit ihm?«

»Ach nichts!«, sagte Jonny so beiläufig wie möglich.

»Komm schon!«, drängte ihn Melli. »Du bist doch nicht zufällig in dieses Lokal gekommen!«

Jonny lächelte vielsagend, hob ertappt seine Hände und rechtfertigte sich: »Eigentlich wollte ich nur sehen, wo sich so ein angesagter Künstler herumtreibt.«

»Na bitte!«, sagte Melli mit beißendem Sarkasmus. »Jetzt musst du noch die paar Meter zu seinem Kelleratelier gehen, dann hast du den gesamten Erdball des großen Meisters erforscht.«

Jonny trank noch ein Bier, lud Melli auf einen Hollunderspritzer ein und fuhr mit dem Taxi nach Hause.

47

Das Handy von Revierinspektor Frankie Gareis läutete an diesem Dienstagmorgen auf seinem Weg zum Büro. Es war Tannhacker.

»Frankie, ich komme erst mittags ins Büro, ich habe noch eine Vernehmung.«

»Alles klar, Karl«, bestätigte Gareis und legte auf.

Nach 15 Minuten war er im Landeskriminalamt. Bevor er in sein Zimmer ging, schaute er kurz bei Madiba Breyer vorbei.

»Hi Frankie«, sagte dieser und hackte in rekordmäßigem Tempo auf seiner Tastatur herum.

»An was arbeitest du gerade?«

»Frage lieber nicht, mein Freund. Ich bewege mich gerade in den dunkelsten Kanälen des Netzes. Wenn dir deine Karriere wichtig ist, dann lass mich lieber allein …«

Eingeschüchtert verließ Gareis das Zimmer.

Um Punkt 10:00 Uhr öffnete die Galerie Roth & Thybus in der Paulanergasse ihre Pforten. Oberst Tannhacker nickte der hübschen Angestellten im dunkelblauen Zweiteiler ungewöhnlich freundlich zu und betrat die Ausstellungsräume.

»Kann ich Ihnen helfen?«, fragte sie liebenswürdig.

»Können Sie«, sagte Tannhacker und zückte seine Kokarde. »Wie lange arbeiten Sie schon hier?«

»Seit mehr als einem Jahr«, sagte sie etwas irritiert.

»Das heißt, Sie haben den früheren Teilhaber, Jakob Roth, nicht mehr gekannt?«

»Tut mir leid, das war vor meiner Zeit.«

»Gut!«, beendete der Oberst die Konversation. »Dann holen Sie mir bitte Klaus Thybus. Den werden Sie aber schon kennen, oder?«

Nach ein paar Minuten kam Thybus mit erstauntem Gesicht aus den hinteren Räumen, hob fragend beide Hände und sagte: »Guten Tag. Ich bin Klaus Thybus, der Inhaber dieser Galerie. Wie kann ich Ihnen helfen, Herr …?«

»Ich bin Oberst Tannhacker von der Mordkommission und ich habe einige Fragen bezüglich Ihres erschossenen Kompagnons an Sie …«

»Das kommt jetzt etwas überraschend«, wunderte sich Thybus und fuhr sich über seinen kahlen Schädel. »Ich dachte, der Fall wäre abgeschlossen? Schließlich ist die Sache ja schon über drei Jahre her …«

»Ein Fall ist abgeschlossen, wenn der Täter in einem staatlichen Gefängnis seine Strafe verbüßt. Was man im Fall der Ermordung Ihres Teilhabers nicht behaupten kann. Und außerdem: Ein Mord verjährt nie!«, erwiderte Tannhacker kühl.

»Natürlich«, lenkte Thybus beschwichtigend ein. »Ich habe mich nur gefragt, warum ausgerechnet jetzt wieder diese abscheuliche Bluttat aufgerollt wird …«

»Sie wurde nie zusammengerollt, Herr Thybus, wenn Sie so wollen. Die Polizei arbeitet größtenteils im Hintergrund und nicht in der Öffentlichkeit. Manchmal können wir sehr schnell ein Verbrechen klären, manchmal spielt uns die Zeit in die Hände. Wie jetzt, bei Ihrem ermordeten Kompagnon.«

»Ich verstehe nicht ganz …«

»Müssen Sie auch nicht«, knurrte Tannhacker. »Hauptsache, ich verliere nicht den Überblick. Was fällt Ihnen zu dem Namen Uwe Engl ein?«

»Der Finanzminister! Er wurde doch auch erst ermordet? Oh Gott! Besteht da ein Zusammenhang …?«

»Der Ex-Finanzminister«, besserte ihn der Oberst aus. »Möglicherweise besteht zwischen diesen beiden Morden ein Zusammenhang. Deswegen bin ich hier, um das herauszufinden. Also, haben Sie Uwe Engl gekannt?«

»Gekannt ist auf jeden Fall zu viel gesagt«, überlegte Thybus und zwirbelte seinen Schnurrbart. »Er ist, Verzeihung, war eine Person des öffentlichen Lebens, was ich für meine bescheidene Persönlichkeit auch in Anspruch nehmen darf. Da läuft man sich zwangsläufig bei Veranstaltungen über den Weg, wenn Sie wissen, was ich meine …«

Tannhacker musterte ihn abschätzend und ließ ihn durch seine Mimik wissen, dass er keinen Promi-Bonus zu vergeben hatte, dann fragte er: »Jetzt einmal abgesehen von diesen gesellschaftlichen Eitelkeitsbädern, haben Sie mit Engl auch Worte gewechselt, die über die Schickeria-Plattitüden hinausgingen?«

»Doch!«, sagte Thybus plötzlich und unerwartet. »Jetzt

kann ich mich erinnern. Engl wollte ein Bild von meinem Schützling Leonard Simon Drake für sein Büro im Finanzministerium erwerben.«

»Und weiter?«

»Wie ich mich so dunkel entsinne, wollte Engl einen persönlichen Kontakt zu dem Künstler herstellen. Bei einem gemeinsamen Treffen eskalierte die Situation ein bisschen, der Kauf kam dann nicht zustande.«

»Was heißt: Die Situation eskalierte?«, setzte Tannhacker nach.

»Nun ja«, druckste Thybus herum. »Der Finanzminister kam mit seiner Frau, was im Nachhinein gesehen nicht so eine gute Idee war. Denn Drake ist bei Frauen, besonders wenn sie hübsch und apart sind, wie soll ich sagen … eher direkt und unmissverständlich. Das war Engl entschieden zu viel, er drohte sogar mit einer Anzeige und einer Klage. Aus dem Geschäft wurde natürlich nichts, wie Sie sich vorstellen können …«

»Das wäre es vorerst, Herr Thybus!«, sagte Tannhacker gnädig. »Ich werde nun Ihren Schützling, wie Sie ihn so nett bezeichnet haben, aufsuchen und auch zu Ihnen sicherlich wiederkommen, aber nicht, um eines Ihrer ausgestellten Bilder zu erwerben …«

48

Von seinem Schreibtisch aus beobachtete Herwig Mischuretz, der stellvertretende Chefredakteur von »THE WORM«, seinen Boss. Dieser telefonierte schon mehr als eine halbe Stunde auf einem seiner vielen Handys, hatte aber – außer ein paar einsilbigen Zustimmungsäußerungen – noch kein Wort gesagt. Schließlich kappte er die Verbindung.

»Alles in Ordnung?«, fragte Mischuretz.

»Ja, ja«, schasselte ihn Stelczmayer ab und brachte sein strubbeliges Haar in einen noch chaotischeren Zustand. Dann rief er auf seinem Computer die Unterlagen über das Phoebuskartell, die er schon seit geraumer Zeit zusammengetragen hatte, auf und druckte sie aus.

»An was arbeitest du gerade, Herwig?«, fragte er Mischuretz.

»Ich schreibe den Artikel über die Abfallwirtschaft in Wien. Da gibt es einige Ungereimtheiten bei der Vergabe von Leistungen. Und über gewisse Unvereinbarkeiten, die es allemal wert sind, beleuchtet zu werden. Das Büro der Finanzstadträtin hat zwar bis dato noch nicht zurückgerufen, aber ich bin mir sicher, dass sie sich melden, sobald ich ihnen das Konzept meines Artikels gemailt habe. Und du?«

Ed Stelczmayer sah seinem Kollegen starr in die Augen – gleichsam um ihn auf die Antwort vorzubereiten – und sagte kämpferisch: »Ich nehme mir jetzt das Phoebuskartell vor!«

»Sei sorgsam«, mahnte Mischuretz. »Das ist ein großes Kaliber …«

Das wusste Stelczmayer nur zu gut. Vorsichtig wählte er die Titelzeile: »Phoebus – Ist die Existenz des Glühlampenkartells nur eine Verschwörungstheorie oder doch noch eine gelebte Praxis?«

Er schrieb über die Gründung des Kartells in Genf im Jahre 1925 von den international größten Glühlampenherstellern, über ihre Absprachen bezüglich Lebensdauer, Helligkeit und Stromverbrauch und über ihr erklärtes Ziel, den Weltmarkt unter sich aufzuteilen.

Sie glichen ihre Produktionsmethoden ab, setzten die weltweit einheitlichen Lampensockel durch und drohten bei Zuwiderhandeln mit kostspieligen Sanktionen. Offiziell verschwand das Kartell im Jahre 1941.

Stelczmayer erwähnte in seinem Artikel die EU-Glühbirnen-Verordnung aus dem Jahr 2009, zitierte ein paar argwöhnische Zeitgenossen, die hinter dem EU-Verbot das Phoebuskartell witterten, und schloss den Artikel mit den Worten: »Fakt ist, dass ein derartiges Kartell ausnahmslos verboten ist. Allerdings ist auch die Entnahme einer Sonntagszeitung aus den Ständern ohne entsprechende Bezahlung verboten. Und da möchte ich meine Hand für die Millionen Leserinnen und Lesern nicht ins Feuer legen, da sie gewiss verbrennen würde.«

Er druckte den Artikel aus, fotografierte ihn mit einem seiner Prepaid-Handys und schickte die Bilder an ein anderes Prepaid-Handy. Dann schenkte er sich ein üppiges Glas Scotch ein und leerte es in einem Zug.

49

Ein Geruch von Schnaps, Drogen und Fäkalien stieg in Tannhackers Nase, als er die angelehnte Kellertür zu Drakes Atelier aufstieß.

»Oh Gott!«, entfuhr es ihm. »Manchmal hasse ich meinen Job!«

Nach seinem Besuch bei Klaus Thybus hatte er Madiba Breyer angerufen und Informationen rund um den hochdotierten Künstler Leonard Simon Drake eingefordert. Die hatte er in kürzester Zeit auf sein Handy bekommen, einschließlich seiner Polizeiakte.

Tannhacker stapfte durch Barrieren von Farbeimern, Spirituosenflaschen und leeren Pizzakartons, bis er vor einer grindigen Rosshaarmatratze stand, auf der ein langhaariger Typ in abgewetzten Jeans und einem schmuddeligen Plusterhemd auf dem Bauch schnarchend lag. Er stieß ihn recht unsanft mit seinen Stiefeln in die Seite und schrie: »Herr Moser! Aufstehen, Polizei!«

Nach etlichen Versuchen bewegte sich der schlaffe Körper, gab ein paar grunzende Laute von sich, erhob sich stöhnend und starrte mit glasigen Augen Tannhacker konfus an.

»Na, großer Meister? Haben wir eine Kunstpause eingelegt?«

»Wer … wer bist du?«, lallte Drake und wischte sich ungeschickt seine langen grauen Haare aus dem Gesicht.

»Ich, mein Freund«, erwiderte der Oberst mit einem aufgesetzten Lächeln, »ich bin der Arm des Gesetzes. Und ich sehe und rieche hier in diesem schäbigen Kellerloch etliche Sachen, die mich als Offizier der Polizei neugierig machen und dich als Konsument in erhebliche Schwierigkeiten bringen könnten!«

»Easy, Officer …«, brabbelte der Maler schon etwas gefasster und versuchte sich ungelenk aufzurichten. »Ich bin der bekannte Künstler Leonard Simon Drake und ich möchte von Ihnen wissen, warum Sie in mein Reich eindringen! Haben Sie einen Durchsuchungsbefehl?«

»Jetzt mach einmal halblang, bekannter Künstler«, sagte Tannhacker bedrohlich leise. »Für mich bist du nach wie vor ein gewisser Leopold Moser, den ich zwecks einer fallrelevanten Befragung aufsuche. Da finde ich eine angelehnte Kellertür, aus der verdächtige Gerüche entweichen, und schon bin ich – vollkommen legal – in deiner Kiffhöhle.«

»Scheiße auch«, rieb sich Moser das Gesicht. »Jedes Mal sag ich diesen Fotzen, dass sie die Tür zuschlagen sollen, wenn sie abhauen …«

Tannhacker räumte sich einen Sessel frei, setzte sich leger hin und seufzte: »Was soll ich nun tun, Herr Moser? Mein Diensteid verpflichtet mich, dass ich augenblicklich das Drogendezernat anrufe, damit es eine kleine Bestandsaufnahme bei dir durchführt. Das beginnt in unzähligen Niederschriften und Befragungen, schlussendlich kriegst du wieder eine Bewährungsstrafe und das war es dann. Oder …?«

Leonard Simon Drake war wieder hellwach. Er goss sich aus der nächstbesten Flasche einen Drink ein, versuchte, Tannhacker mit einer einladenden Geste zu überreden – der erteilte ihm durch einen strengen Blick eine Abfuhr –, und fragte nach: »Oder …?«

»Oder du kooperierst mit mir …«

»Mach ich!«, stimmte Moser zu und gönnte sich noch einen Drink. »Worum geht's?«

»Ich untersuche den Mord an Uwe Engl, dem ehemaligen Finanzminister. Klingelt's bei dir?«

»Noch nicht so ganz. War das der junge Schnösel, der geglaubt hat, er hätte die Welt erfunden, und so eine geile Alte mit sich herumgeschleppt hat?«

»Könnte hinkommen«, sagte Tannhacker emotionslos. »Er wollte ein Bild von dir kaufen, aber du hast seine Frau angebaggert.«

»Ja!«, schrie der Maler auf. »Genau den mein ich! Ein strunzschwuler Kerl, der mit einer Mega-Tussi seine homophilen Neigungen überspielen wollte. Bei diesem Gespräch wollte ich ihr nur zeigen, dass es auch Männer mit großen Schwänzen und dicken Eiern gibt. Und das hat er mir krummgenommen! Wahrscheinlich war er auch nur scharf auf mein Gerät …!«

»Scheiß auf dein Gerät«, knurrte Tannhacker. »Du hast auch zwei Anzeigen wegen versuchter Nötigung und eine Anzeige wegen Vergewaltigung!«

»Ich bin bei allen Anklagen freigesprochen worden, Herr Oberst!«, lachte Moser und schüttelte seine Hände. »Was würden Sie tun, Herr Oberst? Sie sind ein gefeierter Künstler, die Fans stehen Schlange. Dann kommen blutjunge Groupies zu Ihnen, die Sie anhimmeln und lasziv ihre Zukunft vor Ihnen ausbreiten. Wie bei einem Koch, der sagt: Ich habe schon bei Witzigmann oder bei Puck in der Küche gestanden. Genauso ist es in der Kunstwelt. Ich habe schon mit Leonard Simon Drake gefickt. Das öffnet dir Tür und Tor für eine unheimliche Karriere …«

»Das ist natürlich eine Sichtweise …«, lenkte Tannhacker ein. »Aber wenn ich sehe, wie du hier haust und wie dein

Leben abläuft, da würde ich auch als junges, aufstrebendes Künstlergroupie auf meine Träume scheißen und mir einen ordentlichen Job besorgen.«

Moser goss sich noch ein Glas Hochprozentiges ein und vernichtete es.

»Hör zu, Künstler«, wurde der Oberst direkt. »Eigentlich ist mir scheißegal, welche Substanzen du zu dir nimmst und was du sonst anstellst. Ich bin hier, um eine Aussage von dir zu kriegen. Capito?«

»Yes Sir!«, schrie Moser und versuchte in seinem Dusel krampfhaft zu salutieren.

Tannhacker winkte ab. »Lass mich Fraktur reden, du Kunstpfeife. Hattest du danach noch Kontakt mit Uwe Engl?«

Moser gab sich noch ein Stamperl, grinste Tannhacker an und verfiel in eine Paralyse.

»Bleib bei mir, du großer Künstler!«, schrie ihn der Oberst an. Nach ein paar fruchtlosen Versuchen, Moser doch noch zu einer Aussage zu bewegen, gab er auf und sagte verächtlich: »So wie ich deinen Zustand einschätze, brauche ich dich nicht aufzufordern, die Stadt nicht zu verlassen. Du kommst nicht einmal in den nächsten Bezirk …«

Kopfschüttelnd verließ er das stinkende Kelleratelier.

50

Das Kalbfleisch und die in Obers eingelegten Semmelwürfel ließ Jonny durch den Fleischwolf laufen. Die Masse würzte er mit Salz, Pfeffer und Muskatnuss, gab zwei Eigelb und etwas Zitronenabrieb dazu, mischte alles mit bloßen Händen und stellte die Masse in den Kühlschrank. Dann stellte er einen Topf mit Erdäpfeln auf den Herd.

Sein Handy läutete. Es war Tannhacker. Jonny hörte sich kurz sein Anliegen an und blockte ab: »Jessy kommt in zwei Stunden heim, ich habe noch einiges zu tun. Komm einfach herauf zu mir, dann können wir ein bisschen abhängen, Bier trinken und kochen … Natürlich kriegst du auch was ab … Kalbsbutterschnitzel mit Erdäpfelpüree … Ich erwarte dich!«

Nach fünf Minuten läutete es und Tannhacker stand mit einer Palette Bier vor der Tür. »Da du eine Wohngemeinschaft mit einer Frau führst, war ich mir nicht so sicher, ob du genügend Stoff in deiner Bleibe hast, deswegen habe ich sicherheitshalber noch eine Palette – gekühlt, versteht sich – mitgebracht.«

»Nett von dir, mein Freund, aber unseren Bierkonsum hätte ich auch noch gestemmt.«

Der hochdekorierte Polizeioffizier schnupperte an ein paar Töpfen und sagte nur: »Fein, dass ich bei dir sein darf …! Morgen steht mir ein Komplett-Check im AKH bevor. Ich hasse dieses Pickerl für den Körper …«

»Der fiepende Welpe hat Angst vor einem aufgespannten Regenschirm. Mach bitte nicht auf Mitleid, Obstler, sondern erzähle mir, was dich bei deinem Fall so belastet.«

»Ob das Jessy recht ist?«

»Mach dir keine Sorgen um mein Privatleben. Also, was geht ab, Officer?«

»Eigentlich sollte ich nichts trinken, weil ich morgen eben den ganzen Tag, wie gesagt, ein Komplettservice im AKH habe. Aber wenn ich mit meinem Auto in die Werkstatt fahre, dann schone ich es auch nicht am Vortag, oder?«

Nach wenigen Schlucken Bier und einem Stamperl Wacholder wurde Tannhacker redselig. »Der Fall Uwe Engl macht mir Kopfschmerzen, mein Freund! Ich habe keinen Ansatz, der mir eine sinnvolle Lösung bringt. Natürlich liegt der Gedanke an einen Auftragskiller sehr nahe: drei Opfer, eine Tatwaffe. Aber die abgegebenen Schüsse scheinen mir so unprofessionell, so willkürlich, wenn du verstehst, was ich meine ...«

»Ich verstehe sehr wohl, was du meinst«, entgegnete Jonny, während er aus dem Faschierten schöne Koteletts formte. »Und deswegen bist du so unrund ...«

»Unrund ist ein netter Ausdruck für meinen Ermittlungsstatus! Danke für den Input. Beim nächsten Gespräch mit Hofrat Zwettler werde ich sagen: Entschuldige, mein hofrätlicher Freund, ich bin zurzeit ein bisschen unrund, daher werden unsere Ermittlungsergebnisse noch etwas warten müssen!«

Jonny vervollständigte seine Vorbereitungen und attackierte Tannhacker: »Mein Butterschnitzel wird genau so, wie ich es will! Weißt du, warum? Weil ich mit Liebe koche. Also was hindert dich, bei der Auflösung deines Falles genauso zu verfahren?«

Tannhacker nahm einen großen Schluck von seinem Bier, stieß weltmeisterlich auf und sagte: »Ich habe keine Ahnung! Vielleicht, weil ich diese Arschlöcher nicht so liebe wie du deine Ingredienzien? So viele Verdächtige hatte ich noch nie, aber jeder von diesen hat ein unumstößliches Alibi.«

»Darf ich vollkommen unbedarft in deinen Fall einsteigen?«

»Du darfst!«

»Gut so. Uwe Engl, der ehemalige Finanzminister, wurde ermordet. Warum? Der naheliegende Grund ist, dass er eine politische Verschwörung aufdecken wollte. Korrekt?«

»Korrekt.«

»Mit derselben Waffe wurden schon ein Galeriebesitzer und ein Bezirksrat ermordet. Drei Tote, die in einem gewissen Zeitabstand – wir sprechen von zwei Jahren – ums Leben gekommen sind. Rein logisch betrachtet *müssen* diese drei Morde irgendwie zusammenhängen! Die eine Möglichkeit ist, dass wir es mit drei Anstiftern und einem Auftragskiller zu tun haben, den man aber – meiner Meinung nach – auch anhand von Kontobewegungen und Telefonprotokollen ausfindig machen kann. Die andere Möglichkeit ist schon etwas diffiziler. Da müssten wir einen Täter suchen, der von allen drei Morden profitiert. Und diesen gibt es nicht, wie ich das sehe …«

»Nein … vielleicht … könnte sein …«

»Also nicht!«, resümierte Jonny und presste die geschälten Erdäpfel in einen Topf.

»Wir haben etliche Verdächtige!«, warf Tannhacker ein und nahm einen Cowboy-Schluck von seinem Bier. »In jedem einzelnen Mordfall haben wir zumindest einen Verdächtigen, der Nutzen gezogen hat vom Tod eines Opfers. Aber es gibt niemanden, der vom Tod aller drei Opfer profitiert hätte!«

»Und ihr habt auch noch nicht irgendwelche dubiosen

Zahlungen ausfindig machen können, die auf einen Auftragskiller hinweisen. Meines Wissens sollte so ein Arrangement gar nicht mehr so teuer sein, wenn man den Aussagen im Darknet vertrauen darf …«

Der Oberst zuckte mit seinen Schultern. »Aufgrund meiner Erfahrung würde ich nicht von einem professionellen Killer ausgehen.«

»Also suchen wir den roten Faden …«, sinnierte Jonny.

»Genau! Aber dazu kommt, dass alle Verdächtigen ein unwiderlegbares Alibi haben. Zwei- und dreifach abgesichert!«

Jonny dachte nach. »Kann es sein, dass eines dieser Alibis auf eine gewisse Weise erschlichen wurde?«

»Kann nicht sein!«, behauptete Tannhacker. »Aus verschiedenen Gründen. Wie schon gesagt, die Alibis stehen, felsenfest.«

»Bleiben wir vorerst bei Uwe Engl. Er wurde, soweit ich weiß, vor mehr als einer Woche auf einem Parkplatz erschossen aufgefunden. Richtig?«

»Richtig!«, bestätigte der Oberst.

»Gehen wir noch einmal alle Fakten durch. Vielleicht wurde irgendein Detail übersehen.«

»Uwe Engl wurde kurz vor 7:00 Uhr früh von dem Hausmeister – Facility-Manager, sagt er – Hermann Kovacs auf dem Parkplatz von dem Shopping Center Nord aufgefunden. Dieser überprüfte kurz die Lebensfunktionen und rief sofort die Polizei. Todesursache war ein Schuss ins Herz, wahrscheinlich aus einem Fahrzeug, von unten, sofort tödlich.«

»Habt ihr diesen Hermann Kovacs auch vernommen?«

»Diejenigen, die die Leichen finden, gehören bei uns immer zu dem inneren Kreis der Verdächtigen. Wie die

Eheleute bei Morden an ihren Partnern, die Fahrer von weißen Kastenwägen bei Einbruchsdelikten und die Afrikaner auf U-Bahn-Linien bei Drogendelikten. Das sind zu 90 Prozent Treffer!«

»Dann ist dein Job leichter als meiner, würde ich sagen …«

»Reine Theorie, nicht mehr!«

»Wurde er ausgeraubt?«

»Nein. Er hatte noch alle Wertgegenstände bei sich.«

»Was ist mit diesem Rechtsanwalt?«

»Der war zur Tatzeit bei der Frau von Bernhard Grumbolsky, dem Inhaber von mehr als 1.500 Lebensmittel-Filialen, und setzte ihm Hörner auf. Das haben – unabhängig von der Frau – auch drei Dienstboten bestätigt.«

»Wen hast du noch auf der Liste …«

»Natürlich seine Frau, Juliane Engl-Machat. Die war bei ihren Eltern in Kärnten. Dann deinen Freund Ed Stelczmayer …«

»Er ist nicht mein Freund, wir kennen uns nur«, sagte Jonny trotzig.

»Egal. Der war dienstlich in Frankfurt.«

»Warum hast du eigentlich Ed auf deiner Liste?«

»Schließlich hat er dieses brisante Interview mit Engl geführt, das möglicherweise der Auslöser für Engls Ermordung war.«

»Okay, weiter im Text …«, sagte Jonny und goss Kalbsjus – das er schon gestern gezogen hatte – über die angebratenen Butterschnitzel und stellte sie ins Rohr.

»Dann habe ich noch Dr. Ludwig Mörz, den früheren Generalsekretär des Toten. Der war zur Tatzeit zu Hause, was natürlich von seiner Frau bestätigt wurde. Und schließlich Heimo Achtern, der war der Staatssekretär von Engl.

Eigentlich ist er mein Hauptverdächtiger, da er kein Alibi hat und auch sonst ein unsympathischer Kerl ist.«

»Was heißt: kein Alibi …«

»Er sagt, er war zur Tatzeit zu Hause. Natürlich habe ich Frankie Gareis hingeschickt und ihn ein bisschen herumfragen lassen. Eine Nachbarin schwört, dass er seine Wohnung erst nach 8:00 Uhr morgens verlassen hat, da er immer seine Tür extrem laut zuknallen würde. Aber gesehen hat sie ihn nicht.«

»Das sind ja gar nicht so viele Verdächtige …«, sagte Jonny wohlgelaunt.

»Ja«, knurrte Tannhacker. »Außerdem schleicht da noch ein zurzeit angesagter Künstler herum, Leonard Simon Drake, der soll, laut diversen Aussagen, auch ein bisschen Zoff mit Engl gehabt haben. Angeblich soll dieser Engls Frau sexuell belästigt haben, oder so ähnlich. Eigentlich wollte Engl ein Bild von ihm kaufen, dieser Deal kam aber dann nicht zustande, verständlicherweise, würde ich sagen. Wer kauft schon ein Bild von einem schrägen Typen, der die eigene Frau unflätig anbaggert? Und dann wären da noch die anderen hundert Zeitgenossen aus Politik und Wirtschaft, die ebenfalls ein mögliches Motiv hätten …«

»Nicht so gut«, gab Jonny zu und rieb Muskatnuss in sein Erdäpfelpüree. »Was ist mit Ari Weinberg?«

»Warum sagst du Ari? Hast du den auch gekannt?«, wurde Tannhacker misstrauisch.

»Ihn nicht. Aber einige seiner Kumpels …«

»Wahrscheinlich die aus dem Beisl …«, murrte der Oberst.

Jonny zog seine Augenbrauen hoch und grinste unschuldig. Dann gingen sie den Fall Aaron Weinberg durch.

»Und wieder dieser Winkelschreiber Uhl-Berger …«, sinnierte Jonny, nachdem Tannhacker seine Ausführungen beendet hatte.

»Irgendwie hat er mir recht einleuchtend erklärt, warum er Anwalt von diesen beiden Personen war. Vielleicht ist das wirklich nur ein seltsamer Zufall.«

»Auf deine alten Tage glaubst du wieder an Zufälle? Ich nicht. Möglicherweise verfällst du schon in die Altersmilde. Wen hast du bei Weinberg auf der Verdächtigenliste?«

»Ganz oben stehen natürlich die Nutznießer von Weinbergs Tod, David und Ruth Weinberg-Rhomstein, die Kinder seiner verstorbenen Schwester. Aber beide waren zum Tatzeitpunkt in Israel. Und Uhl-Berger war auch im Ausland …«

»Und dann kommen noch die unzähligen Sexkontakte von Weinberg dazu …«, sagte Jonny nachdenklich vor sich hin.

»Schließlich haben wir noch den Galerie-Mord. Jakob Roth, zwischen 9:00 und 10:00 Uhr vormittags in seinem Büro erschossen, und wieder mit derselben Waffe! Der Hauptverdächtige, sein Kompagnon Klaus Thybus, war zu dieser Zeit geschäftlich in Amsterdam. Und da gingen dem ermittelnden Beamten die Verdächtigen aus, deshalb verstaubt der Akt irgendwo auf einem Schreibtisch. Da fällt mir ein, dass Thybus auch den Engl gekannt hat! Schließlich hat Thybus den Kontakt zu dem schrägen Künstler Leonard Simon Drake hergestellt.«

»Ich habe im ›THE WORM‹ einige rufschädigende Artikel über ihn gelesen, verfasst von Stelczmayer. Und fast genauso viele Entgegnungen. Wie es scheint, sind Stelczmayer und Thybus auch nicht die besten Freunde.« Seinen Besuch in dem Stammbeisl von Drake verschwieg Jonny seinem Freund vorerst.

»Diesem Künstler habe ich auch schon einen Besuch abgestattet. Der war so etwas von breit, da sind wir Lehrlinge gegen den …«

»Ein paar kleine rote Fäden gibt es schon bei diesen Morden …«, sinnierte Jonny.

Foster sprang plötzlich aus seinem Körbchen und lief winselnd zur Wohnungstür. Jessy kam abgekämpft in ihrer roten Uniform herein, begrüßte zuerst den aufgedrehten Foster, küsste Jonny und drückte Tannhacker.

»Ich hoffe, es stört dich nicht, dass ich mich einfach so eingeladen habe …«, sagte der Oberst ungewohnt kleinmütig.

»Ach wo, Karl«, winkte Jessy ab. »Solange du meinen Mann aus deinen Ermittlungen heraushältst, bist du jederzeit willkommen. Ich gehe mich nur schnell frisch machen, dann können wir essen, denn es riecht hier schon verdammt gut! Aber wie es scheint, dürfte die Sauce nicht jugendfrei sein …«

Jonny und Tannhacker schauten sich an wie zwei Buben, die von ihrer Mutter beim Betrachten von pornografischen Videoclips ertappt wurden.

51

Mit einem Häferl, in das er sich zwei Espressi gedrückt hatte, saß Johann Machat am Mittwochmorgen auf der riesigen Terrasse seines Wellness-Hotels und ließ gedankenverloren seine Blicke über die kärntnerische Bergwelt schweifen.

»Guten Morgen, Papa!«, grüßte Juliane Engl-Machat freundlich und setzte sich mit einer Tasse Tee zu ihm.

»Alles gut, meine Kleine?«, fragte er und lächelte etwas gezwungen.

Sie nickte und ließ sich ein Champignon-Omelett mit Jourgebäck bringen.

»Hast du schon gehört, wann Uwes Leiche freigegeben wird?«

»Keine Ahnung, Papa. Sie liegt noch in der Gerichtsmedizin. Aber wie du weißt, hat Uwe seinen Körper dem anatomischen Institut vermacht. Also eilt es nicht …«

Machat druckste ein wenig herum und endlich stieß er hervor: »Sollten wir nicht doch eine – zumindest kleine – Andachtsfeier für ihn abhalten?«

Juliane Engl-Machat hielt beim Essen inne und sah ihren Vater genervt an. »Papa, bitte! Hier hat ihn fast keiner persönlich gekannt, und dass ich in Wien so einen Zirkus für all diese Heuchler und Zecken veranstalte, da ist mir meine Zeit zu schade!«

»Schon recht«, lenkte er ein. Dann nahm er sie liebevoll bei der Hand und sagte: »Ich freue mich sehr, dass Mama und ich dich jetzt öfter sehen werden! Und du kannst selbstverständlich wieder in unserem Betrieb arbeiten, natürlich nur, wenn es deine Zeit erlaubt.«

»Das ist lieb von dir, Papa. Ich muss noch einige Sachen in Wien erledigen, aber sobald ich den ganzen lästigen Kram abgeschlossen habe, komme ich gerne zu euch zurück.«

»Schön«, sagte er mit Pathos in seiner Stimme. »Es ist erfreulich, wenn eine Familie wieder zusammenkommt!«

Sie schmiegte sich an seine Schulter und beide überhörten die freundlichen Grüße von den Hotelgästen, die mit übervollen Tellern vom Frühstücksbuffet kamen.

»Eine Bitte hätte ich noch, mein Schatz«, sagte er beiläufig, während er sie koste. »Wenn du schon in Wien bist, könntest du auch gleich deinen Nachnamen umschreiben lassen? Wir sind die Machats, ein ehrwürdiger Name. Wir brauchen keinen zweiten als Aufputz für unsere Familie!«

»Mach ich, Papa! Der Doppelname war übrigens auch recht lästig beim Unterschreiben …«

Sie kicherten leise vor sich hin und genossen die morgendliche Februarsonne.

52

Mit freudiger Miene stürmte Jonny in Gareis' Büro. »Servus, Frankie! Alles im Lot?«

Überrascht blickte Gareis auf und sagte: »Der Karl

ist heute leider nicht im Dienst. Er hat den Check im AKH …«

»Ich weiß«, zwinkerte ihm Jonny zu. »Er war gestern Nachmittag bei mir. Wir haben euer Dilemma lang und breit durchgekaut!«

»Er war bei dir und hat über unsere Fälle gesprochen? Das sieht ihm gar nicht ähnlich …«

Jonny knallte sich auf den Besucherstuhl, lehnte einen Ellbogen auf Frankies Schreibtisch und meinte: »Ich weiß, Karl ist sonst nicht so. Aber dieser Fall scheint ihm ganz gehörig an die Nieren zu gehen. Darum hat er mich quasi involviert …« Er grinste Gareis an und hob entschuldigend beide Hände.

»Na, das freut mich aber!«, strahlte Gareis. »Du weißt, auf deine Meinung habe ich schon immer großen Wert gelegt.«

»Schon gut«, beschwichtigte Jonny. »Hast du zufällig den Akt von Aaron Weinberg hier? Da würden mich die Tatortfotos interessieren.«

»Klaro«, freute sich Gareis und schob ihm die Mappe zu.

Jonny setzte sich an den kleinen Besprechungstisch und legte die Fotos aus. Er hatte keine Ahnung, wonach er suchte, aber er war guten Mutes, dass er irgendein Detail finden würde. Er betrachtete alle Abzüge, auch die, die die verstörenden Hilfsmittel seiner sexuellen Neigung zeigten. Es gab unzählige Bilder von Weinbergs Leiche auf der Jesuitenwiese und Nahaufnahmen von Kleidung und Extremitäten. Eine Serie war von Weinbergs Wohnung gemacht worden, jedes Zimmer, jedes Detail wurde dokumentiert. Auch der Safe mit den Verträgen und Dokumenten war mehrfach abgelichtet.

Nach mehr als einer Stunde legte Jonny die Fotos wieder sorgfältig in den Aktenumschlag, gab ihn Gareis zurück und sagte: »Kannst du mir bitte die ganze Serie auf meinen Computer schicken? Am Bildschirm habe ich mehr Möglichkeiten, die Bilder zu untersuchen …«

»Sicher«, sagte Frankie zögernd. »Wenn der Oberst …«

Jonny fiel ihm ins Wort: »Hast du Lust auf ein schnelles Bier?«

»Lieber nicht«, lehnte Frankie dankend ab. »Heute hat Gerli irgendetwas geplant, das möchte ich ihr nicht durch eine Bierfahne versauen …«

»Guter Mann!«, lobte ihn Jonny. »Erzähle nur nie etwas von deinem mustergültigen Verhalten meiner Jessy, versprochen? Und schick mir die Bilder wie besprochen …«

»Klar doch, mach ich. Und kein Wort zu Jessy!«

Befriedigt verließ Jonathan Graberth das Landeskriminalamt.

53

Der Mittwochabend war für diese Jahreszeit sehr mild. In der prunkvollen Hotelbar saß Dr. Breymann bei seinem dritten Mojito und verfluchte seinen Job, der ihn mit Leuten zusammenbrachte, mit denen er sonst keine Minute zusammensitzen würde.

Genauso ein Prachtexemplar kam gerade in die Bar, sah sich kurz um, ging zielstrebig auf seinen Tisch zu und setzte sich ihm gegenüber.

»Breymann, mein Freund!«, rief Heimo Achtern despektierlich aus. »Mir ist zu Ohren gekommen, dass Sie heute noch abreisen wollen. Und das, ohne einem lieben Geschäftspartner Lebewohl zu sagen? Was sind das nur für Manieren?« Er bestellte bei dem livrierten Ober einen sündteuren Whisky, einen doppelten, versteht sich.

»Ich muss heute noch nach Genf zurück, Herr Achtern. Aber es trifft sich ganz gut, dass ich Sie vor meinem Heimflug noch sehe. Ich habe gestern eine längere Telefonkonferenz mit meinen Partnern gehabt. Die Mehrheit war der Ansicht, dass wir in Zukunft auf Ihre Dienste verzichten können. Ich hoffe, Sie verstehen das …«

Achtern leerte sein Glas auf einen Zug, bestellte sich noch einen doppelten Whisky und lehnte sich mit weit gespreizten Beinen provokant zurück.

»Sieh an! Der Mohr hat seine Schuldigkeit getan, der Mohr kann gehen. So einfach macht ihr euch das? Wir haben eine gemeinsame Vergangenheit, Breymann, vergessen Sie das nicht! Ich kann Ihnen mehr schaden, als Sie sich vorstellen können!«, drohte Achtern.

Dr. Breymann lächelte nachsichtig und sagte: »Genau das hatte ich mit meinen Partnern bei der Telefonkonferenz besprochen. Nämlich, dass Sie uns mehr schaden als nützen, Herr Achtern, deswegen enden hier unsere Geschäftsbeziehungen. Wenn Sie nun auf die Idee kämen, uns irgendwie mit an den Haaren herbeigezogenen Beschuldigungen kompromittieren zu wollen, dann muss ich Sie leider darauf aufmerksam machen, dass wir all unsere gemeinsamen Gespräche mitgeschnitten haben. In Bild und Ton. Aus diesen Aufzeichnungen wird deutlich, dass Sie in Ihrer Amtszeit als Staatssekretär unter der Ägide von Finanzminister Uwe Engl ein durch und durch korrupter und anmaßender Staatsdiener waren. Wenn Sie uns also ans Bein pinkeln wollen, nur zu! Sie würden sich Ihr eigenes Grab schaufeln«, zischte Dr. Breymann und stand auf. »Meine Hotelrechnung und meine Drinks sind schon bezahlt, Herr Achtern. Ihre beiden Getränke werden Sie wohl selbst berappen müssen. Und wie ich in der Getränkekarte gesehen habe, verlangen die hier einen astronomischen Preis für diesen Whisky. Auf Nimmerwiedersehen, Achtern …«

Heimo Achtern fühlte sich wie ein Marathonläufer, der als Favorit ins Rennen gestartet war und kurz vor dem Ziel mit einem Muskeleinriss auf der Strecke liegen blieb.

54

Seine vollen Taschen stellte Klaus Thybus im Hinterhof des Wohnhauses in der Albertgasse ab und hämmerte mit einer Faust an die Eisentür von Leopold Mosers Atelier.

Nach ein paar Minuten wurden seine Schläge intensiver und ungeduldiger, schließlich hieb er mit einem herumliegenden Pflasterstein auf die Tür ein, was einen schaurigen, hohlen Klang verursachte. Dieses Geräusch zeigte Wirkung. Er konnte ein genervtes Stöhnen vernehmen, gefolgt von unflätigen Flüchen. Irgendetwas stürzte zu Boden, man hörte Flaschen klirren, schließlich öffnete Leopold Moser die Tür.

»Sag, reitet dich der Teufel, Klaubus? In aller Herrgottsfrühe machst du einen Radau, als ob das Haus einstürzen würde. Bist du noch zu retten?«

Thybus drängte sich an dem übelriechenden Maler, der splitternackt mit zerzaustem Haar und blutunterlaufenen Augen vor ihm wankte, vorbei und stellte seine Taschen auf den Boden. »Heute ist gar keine Schlampe bei dir? Vielleicht solltest du wieder einmal Kontakt mit Wasser aufnehmen, großer Meister …«

»Fick dich, du Biedermann!«, brabbelte Moser und durchsuchte die Taschen nach etwas Trinkbarem. Er fand eine Cognac-Flasche und bediente sich ausgiebig an ihr.

»Kannst du dir vielleicht was anziehen, dass wir reden können?«, fauchte ihn Thybus an.

Leonard Simon Drake warf sich in Pose und grinste wie die Katze aus Lewis Carrolls Roman »Alice im Wunderland«. »Da kommen schon Neidgefühle auf, nicht wahr? So ein Prachtstück müsste jeder Frau zur Verfügung stehen. An mir liegt's nicht …«, lachte er und schlenkerte mit seinem Penis vor Thybus' Gesicht herum.

»Früher hätte man dich für einen Kreuzer im Panoptikum besichtigen können. Kriegst du überhaupt dieses Monstrum noch hoch oder brauchst du dazu eine separate Blutinfusion?«, feixte Thybus und wandte sich angeekelt ab.

Moser zog sich einen ausgebeulten und mit Farbspritzern übersäten Jogginganzug an und sagte: »Danke fürs Frühstück. Aber eigentlich habe ich dich heute gar nicht erwartet!«

Entgeistert schaute ihn Klaus Thybus an. »Bist du schon total weichgesoffen? Gestern Abend hast du mir eine SMS geschickt, dass du Schwierigkeiten mit der Polizei hast und ich ehebaldig kommen soll. Also, was ist da los?«

Der strahlende Stern am Kunsthimmel sackte auf seinem Sessel zusammen, nahm noch einen kräftigen Schluck von der schon halbleeren Cognacflasche und versuchte sich zu konzentrieren. Er sah aus wie das missglückte Leben. Eine fragmentarische Erleuchtung schlich über sein Gesicht. »Da war so ein alter Ziviler bei mir, kann ich mich erinnern …«

»Was wollte er von dir? Komm schon, konzentriere dich ein bisschen!«, fuhr ihn Thybus an und fasste ihm notwendigerweise auf den Oberarm.

»Drauf geschissen! Was interessiert dich das?«

»*Du* hast mir eine Message geschrieben!«, schrie er ihn an.

Leopold Moser trank die Flasche Cognac leer und schleuderte sie ins Chaos seines Ateliers, ohne dass sie zu Bruch ging. »Es war irgendetwas wegen diesem schwulen Schnösel, diesem Finanzmeister, und seiner geilen Alten. Jetzt erinnere ich mich an sie. Die hätte ich wirklich gerne einmal auf mir reiten lassen …«

»Du sollst mir sagen, wer bei dir war und was er genau wollte!«

»Pfft!«, lallte Moser und schien total entspannt. »Die Alte von diesem Schnösel war wirklich zum Anbeißen. Obwohl die schönsten Frauen meist die ärgsten Enttäuschungen im Bett sind, kann ich dir sagen. Aber schnacksel einmal so einen richtig hässlichen Krampen durch, du wirst freudig überrascht sein, was in diesen steckt.« Unwillkürlich musste er über diesen vermeintlichen Wortwitz lachen.

»Irgendwann, mein Freund, gehen dir deine Gehirnzellen aus. Und dieses Irgendwann liegt in gar nicht so ferner

Zukunft …«, zischte Thybus, nahm die drei neuen Bilder und verließ kopfschüttelnd das Atelier.

55

Sie wanderten in Korneuburg in den Donauauen schon mehr als zwei Stunden herum. Foster schien müde vom Schnüffeln in diesen unbekannten Gefilden. Und es wurde kühl. Die Nachmittagssonne, die schon hinter den Bäumen verschwand, schaffte es nicht mehr, diesen Donnerstagnachmittag wohlig warm zu halten.

»Fahren wir heim, Schatz? Ich habe jetzt schon mörderischen Hunger und möchte endlich kosten, was du seit heute früh im Rohr hast«, sekkierte Jessy und hängte sich wie ein Kind an Jonnys Arm. »Was ist eigentlich in der Kasserolle, worum du so ein Geheimnis machst?«

»Lass dich überraschen!«

»Komm schon! Ein bisschen Vorfreude wirst du mir doch gönnen, oder? Und schließlich muss ich heute noch für zehn Tage wegfliegen. Also, decke deine Karten auf …«

Jonny zierte sich noch ein wenig, aber schließlich ließ er sich breitklopfen. »Es ist ein Coq au Vin. Zufrieden?«

Jessy schaute ein bisschen enttäuscht, sagte aber höflich: »Fein. Habe ich schon lange nicht mehr gegessen.«

»Ich bin mir ziemlich sicher, dass du noch nie einen richtigen Coq au Vin gegessen hast, mein Schatz …«

»Was macht dich da so sicher? Schließlich komme ich schon ein wenig in der Welt herum. Meinst du nicht?«, empörte sich Jessy.

»Schon, das weiß ich aus leidvoller Erfahrung nur zu gut. Aber auch die Franzosen verwenden für ihr Nationalgericht keine Hähne. Aber ich«, fuhr er bedeutungsvoll fort, »habe über meinen Hendl-Bauern einen bekommen!«

»Und was macht den Unterschied zu einem Huhn?«

»Der Geschmack! Der aromatische Geschmack. Wie du dir denken kannst, sind männliche Körper intensiver im Geschmack …«

»Manchmal auch im Geruch«, neckte ihn Jessy. »Aber ich bin wirklich schon sehr gespannt, also überrasche mich positiv.«

Eng umschlungen gingen sie weiter.

»Der Coq war ein Traum!«, schwärmte Jessy. »Gewöhnungsbedürftig, aber extrem schmackhaft.«

»Das ist jetzt gerade nicht die Reaktion, die ich aufgrund der Vorbereitungsarbeiten erwartet habe, aber wir kommen uns schon näher …«

»30 Jahre waren wir uns fremd und kannten uns nicht, jetzt gib uns doch die paar Wochen, um uns annähern zu können!«

»Mach ich gerne, Liebes! Allerdings erwarte ich auch ein bisschen Rückhalt, wenn ich versuche, dich mit verlorengegangenen Rezepten zu verwöhnen …«

»Musst du nicht, Jonny!«, machte sie ihm klar. »Ich

liebe deine Kreationen, du musst mir aber nichts beweisen. Okay?«

»Alles klar!«, sagte Jonny und hakte diesen Teil ab.

Sie genossen noch den Rest von dem Coq au Vin.

Nun kam der große Abschied. Foster wusste, obwohl Hunde angeblich kein Zeitgefühl hatten, dass Jessy – mittlerweile akzeptiert als sein Fraudi, zumindest einen wichtigen Teil seines Rudels – längere Zeit fort sein würde. Dafür sprachen die rote Uniform und der große Koffer.

»Daran muss ich mich auch noch gewöhnen«, beklagte sich Jonny. »Du packst ein paar Sachen zusammen und kommst erst in zehn Tagen zurück …«

»Das ist mein Job, Süßer! Mit diesem Manko müssen wir leben …«

»Ich weiß«, seufzte Jonny. »Aber jedes Mal fällt es mir schwerer.«

»Wir gründen eine Selbsthilfegruppe, die uns das Leben ein bisschen leichter macht.«

»Dein Wort in Gottes Ohr! Hallo, ich bin Jonny und ich habe ein Problem mit meiner Lebensabschnittspartnerin. Hallo Jonny. Nett, dass du dich uns so offenbarst. Aber wie das klingt, habt ihr beide keine Zukunft. Deine Partnerin ist mit affengeilen Piloten, die ein Vielfaches von dir in nur ein paar Stunden mit Knöpferldrücken verdienen, in den besten Hotels auf der ganzen Welt unterwegs, speisen in den besten Restaurants, was kannst du dem entgegensetzen?«

Jessy musste grinsen. »Erstens sind die meisten Piloten mehr als verschuldet, weil sie schon mehrfach verheiratet waren und für etliche Kinder Unterhalt zahlen müssen. Zweitens sind die, die sich noch keine Flugbegleiterin eingetreten haben, die extrem schrägen Typen, die nicht einmal im Darknet Kontakte finden würden. Und drittens habe ich zurzeit eine recht harmonische Beziehung mit einem recht angenehmen Typen, die ich um nichts auf der Welt eintauschen möchte …«

Jonny schmolz dahin. »Wenn du mich meinst …?«

»Genau dich meine ich! Ein bisschen noch erwachsen werden, dann sind wir dort, wo unsere Zukunft beginnt. Fairerweise muss ich sagen, dass unsere gemeinsame Zukunft für mich schon begonnen hat.«

Jonny konnte mit diesem Wechselbad der Gefühle noch nicht so richtig umgehen. »Heißt das, du magst mich?«

»Was heißt mögen! Ich bin verrückt nach dir!« Sie gab ihm einen intensiven Kuss, schnappte ihr Gepäck, streichelte Foster in seinem Körbchen und verließ die Wohnung.

Die nächste halbe Stunde trösteten Jonny und Foster sich gegenseitig mit Liebkosungen. Dann setzte sich der Grafiker mit einem Bier an seinen Computer und durchstöberte die eingegangenen Mails. Das Mail von Frankie Gareis interessierte ihn am meisten, im Anhang war ein Link mit 132 Fotos im JPEG-Format. Im Schnelldurchlauf sah er sich die Fotos an, bei den Aufnahmen von Weinbergs Sex-Spielzeug hielt er kurz inne und schüttelte den Kopf über diese riesigen Kaliber, die sich manche Menschen tatsächlich in Körperöffnungen einführten. Die Wohnung sah ansonsten recht bieder aus, »altvaterisch« war der richtige Ausdruck. Die Samtsitzgruppe war mit handgenähten Quilts geschützt, an den Wänden hingen unzählige Bilder und Drucke, allesamt in protzigen Rahmen. Ein Aquarell-Bild von einem Blockhaus in einem üppigen Wald ließ ihn stutzen. Er vergrößerte einen Ausschnitt davon und erkannte sofort, dass ihn seine analytischen Augen nicht im Stich gelassen hatten.

Die Signatur des Aquarells konnte er nun deutlich lesen: »Leopold Moser«, stand da in schwarzer Schreibschrift.

Jonny machte mit seinem Handy ein Foto und schickte es an Karl Tannhacker. Dazu schrieb er: »Hier ist schon einmal ein Stück von dem roten Faden …«

56

Ein zarter Schneeregen, der seinem Namen kaum gerecht wurde, schaffte es trotzdem, den Verkehr in Wien an diesem Freitagmorgen lahmzulegen. Lautes, langatmiges Hupen und unflätige Schimpftiraden halfen da wenig, trotzdem suchten manche Fahrer ihr Heil darin. Tannhacker kam mit grimmigem Blick ins Büro und schnauzte Gareis an: »Pack deine Siebensachen, wir fahren zu einem abgesandelten Künstler, der mit einem seiner Bilder mehr verdient als drei Kriminalbeamte im Jahr. Es ist noch früh, wir könnten Glück haben und den großen Meister in einem halbwegs passablen Zustand vorfinden. Jonny hat mir gestern noch ein interessantes Detail telefonisch übermittelt. Übrigens, du fährst! Meine Nerven sind schon strapaziert von der Herfahrt, ich kann diesen Mist nicht mehr brauchen …«

Überraschenderweise öffnete Leopold Moser die Stahltür vollkommen bekleidet mit einem Kaffeebecher in der Hand.

»Um Himmels willen!«, rief Gareis angeekelt aus. »Hier stinkt's ja ärger als in einem Saustall!«

»Willkommen in der Welt der hochdotierten Künstler!«, brummte Tannhacker sarkastisch. »Herr Moser! Schön, dass wir uns wiedersehen. Und in einem halbwegs annehmbaren Zustand, wie ich sehe. Sie trinken Kaffee? Das überrascht mich ein bisschen. Oder haben Sie da auch eine spezielle Mischung ...«

Drake grunzte missbilligend, zog sich in sein Atelier zurück und fläzte sich auf einen Sessel. »Was wollen Sie noch und wer ist er?«, krächzte der Willie-Nelson-Verschnitt und deutete abfällig auf Frankie.

»Er, mein Freund, ist Revierinspektor Gareis und er würde dir gerne zeigen, dass Polizeigewalt nicht nur ein Wort im Duden ist!«

»Schon gut«, winkte Moser apathisch ab und griff nach einer halbvollen Flasche Gin.

Blitzschnell entriss ihm Tannhacker den Wacholderbrand und fauchte ihn an: »Wir haben noch ein paar Fragen, Moser. Und da wir auch auf vernünftige Antworten hoffen, lassen wir einmal den hochprozentigen Fusel beiseite.«

»Easy, Officer ...«, stöhnte der angeschlagene Künstler und alterte zusehends. »Stellen Sie halt Ihre beschissenen Fragen, wenn es sein muss!«

»Kennst du einen Aaron Weinberg?«, fragte Tannhacker und zeigte ihm ein Foto des Mannes.

Moser sah sich den Ausdruck kurz an und verfiel wieder in Teilnahmslosigkeit. »Keine Ahnung, Bulle. Wer soll das sein?«

»Er hatte ein Landschaftsaquarell von dir in seiner Wohnung hängen, klingelt's bei dir?«

»Sorry, Buddy. Ich weiß nicht einmal, was gestern war. Da soll ich mich an irgendwelche Typen erinnern, denen ich vor ewig langer Zeit meine Bilder verscherbelt habe? Ihr träumt wahrscheinlich noch von Biskotten …«

»Mit dir als Zeugen verliere ich jeden Prozess«, ächzte Tannhacker und stellte die Flasche Gin auf den Tisch. »Dröhne dir lieber wieder deine Birne voll und kontaminiere mir nicht meine Straßen mit deiner Anwesenheit!«, schnaubte der Oberst und winkte Gareis. »Komm, wir gehen, sonst holen wir uns noch eine ansteckende Krankheit, gegen die die Schulmedizin machtlos ist …«

Leopold Moser grinste perfide und nahm einen wuchtigen Schluck aus der Flasche Gin.

57

»Jö, der Undercover!«, schrie Mauki auf, als Jonny und Foster in sein Lokal kamen. »Was trinkst du, mein Freund?«, fragte er und schenkte schon zwei Bier ein.

»Servus Mauki! Heute nehme ich ein Glas warme Milch mit Haut.«

Der Lokalbesitzer hielt entsetzt inne und sah aus wie ein Hundewelpe bei der ersten Begegnung mit einem Benzinrasenmäher. Sogar seine Nackenhaare sträubten sich ein wenig.

»Späßchen«, winkte Jonny ab. »Schenk nur ein …«

Mauki blies geräuschvoll aus, entspannte sich und goss die Gläser voll. »Hast du Hunger? Ich habe noch vom Mittag eine Portion Grenadiermarsch. Freitag ist nämlich Restltag!«

Jonny sah über die Theke in den Häfen und log höflich: »Danke nein, Mauki, ich habe schon gegessen.«

»In welcher Mission bist du heute unterwegs? Geht's noch immer um unseren Ari?«

Jonny tippte und strich auf seinem Handy herum, bis er im Internet ein Foto von Leonard Simon Drake fand. »Kennst du diesen Typen?«, fragte Jonny und zeigte ihm das Bild.

»Na klar doch!«, rief Mauki verärgert aus. »Der war sogar zweimal da! Dieser Strolch hat meine Gäste vor etlichen Jahren stundenlang mit seinen Bildern gequält. Ein total unleidlicher Zeitgenosse. Er prahlte immer mit seinem riesigen Schwanz, hauptsächlich vor meinen weiblichen Gästen. Und ehrlich, Jonny. Auch wenn mein weibliches Publikum nicht zu der vornehmsten Damenwelt zählt, so gibt es trotzdem Grenzen. Und die hat dieser Vagabund eindeutig überschritten, deswegen habe ich ihn auch aus meinem Lokal geschmissen.«

»Weißt du noch, wann er das erste Mal bei dir war?«

»Ich schätze einmal, das muss so vier Jahre her sein. Da hat ihm der Ari auch eines seiner Bilder abgekauft.«

»Und er war nochmals da?«

»Genau. Vor ungefähr einem Jahr. Da hatte er aber keine Bilder mehr mit …«

»War das vor Weinbergs Ermordung?«

»Ja, natürlich. Die beiden hatten sich sogar eine Zeit lang unterhalten ...«

»Hast du mitbekommen, worüber sie redeten?«

»Ich kann mich ehrlich gesagt nicht mehr so genau erinnern. Es ging irgendwie um Wertsteigerung und Bekanntheitsgrad. Ich weiß nur, dass dieser Strotter nochmals hereinstürmte, nachdem ich ihn eben hinausgeworfen hatte, mit einem Hundert-Euro-Schein herumfuchtelte und schrie: Den versaufe ich woanders, du Missgeburt! Oder so ähnlich, jedenfalls war er sehr aufgebracht.«

»Wann genau war dieser Vorfall? Eine Woche vor Aris Ermordung, ein Monat? Versuche dir den Zeitpunkt ins Gedächtnis zu rufen ...«

Mauki sah konzentriert aus wie ein Kleinkind, das verschiedene Bausteinformen in die dazugehörigen Löcher stecken wollte. »Wenn du mich jetzt so auf die Schnelle fragst, dann muss das ganz kurz vor Aris Tod gewesen sein. Glaubst du etwa, dass *er* Ari das angetan hat?«

»Du wirst verstehen, dass ich dir darüber keine Auskunft geben darf, mein Freund. Aber du hast mir recht geholfen.«

Stolz breitete sich auf Maukis Gesicht aus. »Immer wieder gerne, Undercover«, zwinkerte er Jonny mit beiden Augen zu und jedermann im Lokal konnte sehen, dass sein Brustumfang gewachsen war.

58

Etwas abwesend stocherte Mörz lustlos in seinem Kalbsgulasch herum.

»Schmeckt es dir nicht, Ludwig?«, fragte seine Frau besorgt.

»Doch, doch! Das Essen schmeckt wunderbar. Nur geistern in meinem Kopf einige unerledigte Arbeiten herum, die ich zu ordnen versuche. Verzeihe mir, Liebes, dass ich deswegen nicht so bei der Sache bin.«

Sie nickte ihm verständnisvoll zu und fragte nicht weiter nach.

»Ich werde mich in mein Arbeitszimmer zurückziehen, wenn es dir nichts ausmacht.«

»Geh nur. Ich lasse die Reste in der Küche stehen, falls du später doch noch Hunger bekommen solltest.« Dann zog sie sich an, gab ihm einen flüchtigen Kuss auf die Stirn und ging ein paar Häuserblocks weiter zu der Pfarrgemeinderatssitzung.

In seinem Arbeitszimmer schritt Dr. Ludwig Mörz mit hinterm Rücken verschränkten Händen und gesenktem Haupt ziellos umher, blieb des Öfteren stehen und starrte ins Nichts.

Rudimentäre Fragen schwirrten durch seinen Kopf, auf die er Antworten suchte und nicht fand. Was war moralisch vertretbar, wie weit durfte man gehen und vor allem: Wer bestimmte, welche Wertmaßstäbe zurzeit gültig waren? Er befand sich in einem Dilemma, aus dem er momentan keinen Ausweg wusste. Seine liebe Frau, mit der er schon mehr als 35 Jahre zusammen war, wollte er keineswegs mit diesen Problemen belasten. Obwohl sie, dessen war er sich sicher, eine pragmatische Lösung parat hätte. Andererseits hatte sie nicht diese Flut von – teilweise unerwünschten – Informationen, die ihm zur Verfügung standen. Wer war der Gute, wer war der Böse? War ein Whistleblower ein Verräter oder ein Held? Stand das Amtsgeheimnis über moralischen Bedenken? Könnte man eine an sich verwerfliche Tat mit solchen Argumenten rechtfertigen? Wo endete Loyalität und wo begann Zivilcourage?

Nach einer halben Stunde fasste er einen Entschluss, setzte sich an seinen Schreibtisch und verfasste handschriftlich in kurzen Worten ein Schreiben. In welcher Form er es ausfertigen und zustellen würde, darüber war er sich noch nicht im Klaren. Auf keinen Fall durfte der Brief zu ihm rückverfolgt werden, das stand fest.

59

Der kalte und niederschlagslose Freitagabend war für viele ein willkommener Anlass, die Woche im gemütlichen »s'Graffiti« bei einigen Getränken und guter Stimmung ausklingen zu lassen.

Dr. Vilbrand schwärmte an der Bar von ewiggestrigem Gedankengut, das wieder in Mode gekommen war, bis ihm keiner mehr widersprach, geschweige denn zuhörte. Jonny skizzierte auf einem Abrechnungsblock das bei ihm georderte Logo für eine Start-up-Restaurant-Kette, die mit Gourmet-Häppchen aus exquisiten Ingredienzien zu wohlfeilem Geld ihr Zielpublikum finden wollte.

Als Vilbrand anfing, die Hitlerjugend als Vorzeigeeinrichtung für Kameradschaft, Gehorsam und Loyalität zu preisen, wurde es Maria zu viel. Sie sagte Vilbrand, dass eben seine Frau angerufen hätte, wo er so lang bleibe. In gedrückter Stimmung verließ er schleunigst das Lokal.

Kurze Zeit später kamen Tannhacker, Gareis und Breyer ins Lokal und setzten sich zu Jonny an die Bar.

»Habt ihr einen Betriebsausflug?«, fragte Jonny spöttisch, freute sich aber, die gesamte Mannschaft zu sehen.

»Gib uns eine Runde, Maria! Heute hab ich meine Spendierhosen an«, brummte Tannhacker missmutig. Wer ihn kannte, sah in dieser Geste, dass er sich auch freute.

»Ich habe den roten Faden gefunden, Obstler ...«, erwähnte Jonny beiläufig, während er schon von seinem Bier trank.

Tannhacker stöhnte genervt auf, sank in sich zusammen und schnaubte: »Dann lass uns mal teilhaben an deinen Erkenntnissen, würde ich sagen ...«

»Ich war am Nachmittag in der Tee- und Likörstube, die Aaron Weinberg regelmäßig aufgesucht hatte, eine Minute von seiner Wohnung entfernt. Der Wirt, mit dem ich inzwischen ein recht gutes Verhältnis habe, hat mir erzählt, dass Leonard Simon Drake kurz vor Weinbergs Ermordung in seinem Lokal war!«

»Deswegen hast du mich ja angerufen«, sagte Tannhacker emotionslos, »deswegen war ich auch mit Gareis bei diesem Künstler. Und dieser Besuch war mehr als fruchtlos, würde ich sagen.«

Jonny versuchte, seine Gedanken in verständliche Worte zu fassen. »Noch vor einigen Tagen haben wir zwei einen roten Faden gesucht, besser gesagt, du, lieber Karli. Nun ist er da! Leonard Simon Drake kannte Aaron Weinberg, da er ihm – wahrscheinlich – ein Bild verkauft hatte. Ebenso kannte er Uwe Engl, wie du mir erzählt hast, von einem missglückten Verkaufsgespräch. Und schließlich musste er auch Jakob Roth gekannt haben, zumindest vom Hörensagen, da diese Galerie nun seine Bilder verhökert. Also, was brauchst du noch mehr, Oberst Tannhacker?«

Dieser grunzte abfällig und sagte: »Beweise! Und vielleicht auch ein Motiv. Nur, weil irgendwer irgendwen kannte, heißt das noch lange nicht, dass dieser seine Bekanntschaften abgemurkst hat!«

Jonny widmete sich wieder seinem Bier und sagte unbekümmert: »War nur eine Idee, mein Offizier! Was du daraus machst, ist deine Sache.«

Frankie Gareis – mit seiner harmonischen Ader – versuchte, etwas Wind aus den Segeln zu nehmen, und räumte ein: »Natürlich werden wir auch diese Aspekte berücksichtigen, Jonny. Danke für deinen Input. Aber wie Karl schon gesagt hat, brauchen wir für eine Anklage ein bisschen mehr. Da sind uns die Hände gebunden …« Madiba Breyers Handy gab undefinierbare Geräusche von sich, denen er gleich auf den Grund ging.

»Seit wann brauche ich dich als Troubleshooter, Revierinspektor Gareis!«, motzte Tannhacker und machte eine geringschätzige Handbewegung.

»Lass Frankie in Frieden!«, wies Jonny ihn zurecht. »Wenn du schon Streit suchst, leg dich mit mir an, du Grantscherben!«

»Na fein!«, motzte Tannhacker. »Die Mutti ist ein paar

Tage im Ausland, und schon loten die Kinder ihre Grenzen aus, feiern exzessive Partys und lehnen sich gegen die Obrigkeit auf.«

Bevor Jonny kampfbereit antworten konnte, mischte sich Madiba Breyer in das Gespräch ein: »Ein paar interessante Daten habe ich auch herausgefunden. Wenn sie euch interessieren …«

»Nur zu«, feixte der Oberst. »Warum weiß ich die nicht schon längst?«

»Ganz einfach, Chef! Weil ich sie erst vor ein paar Sekunden auf mein Handy erhalten habe, während ihr euch angemotzt habt!«

Für einen kurzen Moment schwiegen alle. Dann forderte Tannhacker: »Spann uns nicht auf die Folter, lass uns an deinen Erkenntnissen teilhaben!«

»Vorweg, kurz zum Status quo!«, begann Breyer vorsichtig seine Erklärungen. »Alle Informationen, die ich jetzt beitragen kann, halten vor keinem Gericht stand, weltweit würde ich sagen, da sie aus keiner genehmigten Quelle stammen. Daher sehen wir sie als Joker für unsere Mordermittlungen. Ich habe beispielsweise Uwe Engls Finanzgebarungen überprüft, nicht nur die offiziellen, sondern auch die versteckten. Mit einem Algorithmus, der über Telefonkontakte, Mails, SMS und andere Netzfunktionen offensichtliche Verbindungen erkennt und in Zusammenhang setzt, wurden mehrere Schwarzkonten in verschiedenen Ländern aufgedeckt. Zudem scheint ein Goldankauf von verschiedenen Händlern in der Höhe von mehr als 1,5 Millionen Euro auf, der eindeutig Uwe Engl zuzuschreiben wäre.«

»Was heißt das jetzt?«, setzte Gareis nach.

»Ganz einfach!«, erläuterte Breyer seine Auswertungen. »Uwe Engl war ein korruptes Arschloch, das seine Position bis aufs Letzte ausnutzte! Und seine Witwe ist jetzt eine steinreiche Frau. Also meiner Meinung nach ein millionenfaches Mordmotiv!«

Gareis wandte ein: »Sie hat aber ein einwandfreies Alibi …«

»Womit wir wieder beim Thema Auftragskiller gelandet wären!«, seufzte Tannhacker.

»Was stört dich so an dieser Möglichkeit?«, fragte Jonny. »Ich bin mir sicher, dass mehr als genug Arschlöcher auf dieser Welt herumlaufen, die für gar nicht so viel Geld andere abmurksen würden …«

Madiba Breyer hob zögerlich seine Hand wie ein Schulbub, der sich nicht sicher war, ob er die richtige Antwort wusste. »Im Zuge von Uwe Engls Überprüfung habe ich auch die Konten von seiner Frau durchforstet. Ich habe zwar keine Ahnung, wie viel zurzeit ein Berufskiller für seine Leistungen verrechnet, aber ich nehme einmal schwer an, dass es ein runder Betrag ist und doch im höheren, fünfstelligen Bereich. Alle Abhebungen von Juliane Engl-Machat in dieser Preisklasse sind eindeutig zuordenbar, die Möglichkeit einer Bezahlung mit Schwarzgeld besteht natürlich.«

»Und was ist mit den anderen beiden Morden?«, wandte Jonny ein. »Wenn wir schon von einem professionellen Mörder ausgehen, dann müsste dieses Schema auch auf die anderen beiden Todesfälle zutreffen. Oder irre ich mich?«

Madiba Breyer wartete zunächst, ob Oberst Tannhacker irgendetwas Essenzielles dazu beitragen würde. Da er nur gelangweilt sein Bierglas austrank, wagte er einen Vorstoß: »Wenn wir von dieser Vorgangsweise ausgehen, dann muss es in irgendeiner Form Geldflüsse gegeben haben. Ich kann mir sehr schwer vorstellen, dass irgendwer wildfremde Menschen umbringt, ohne dafür abzukassieren. Daher habe ich auch die Finanzgebarungen der Nutznießer der anderen beiden Sterbefälle rekonstruiert. Weder David noch Ruth Weinberg-Rhomstein noch eines ihrer übersehbaren Konten hatte eine diesbezügliche Abbuchung oder Abhebung. Dasselbe gilt für Klaus Thybus, der zwar einige – recht hohe – Einzahlungen auf seinem Konto verbuchen konnte, aber keine Auszahlungen oder Abhebungen, die auf das Honorar eines Profikillers schließen könnten.«

»Und das Augenscheinlichste überseht ihr alle!«, ereiferte sich Tannhacker und rieb sich seine geröteten Augen. »Die Tötungsart …«

»Was genau meinst du?«, fragte Gareis. »Alle drei wurden erschossen!«

Mit einer nachsichtigen Handbewegung fegte Tannhacker diesen Einwand weg. »Dir – mein Freund – fehlt noch dieser gewisse Spirit. Ein professioneller Killer hätte nie und nimmer so agiert …«

»Lass uns teilhaben an deinem Wissen!«, forderte Jonny, leicht erbost.

»Diese Tötungsmerkmale«, sagte Tannhacker wissend, »passen auf keinen Killer, der seine Arbeit zu einem Geschäftszweig ausgebaut hat …«

»Rein informativ, Freunde!«, fragte Gareis. »Lösen wir hier einen Fall oder mehrere …?«

»Wir lösen hier unseren Fall!«, fauchte Tannhacker. »Das ist das dramatische Ende von unserem Ex-Finanzminister. Mit der Waffe wurden schon vorher zwei Personen getötet. Darum passt nicht der eine Professionist, der mit einer Waffe diese drei Opfer erschossen haben soll …«

»Und was ist die Alternative?«, wollte Jonny wissen.

»Wenn ich das wüsste!«, stöhnte Tannhacker und widmete sich seinem Bier.

60

Zwei weiße Hemden, Unterhosen und Socken, Reservejeans, ein Kuvert, sein Reise-Necessaire mit einer übergroßen Flasche Mundwasser und einer Eineinhalb-Liter-Flasche Scotch kamen in seinen Handgepäcks-Trolley. Ed Stelczmayer sah auf seine Uhr. Es war kurz vor 7:00 Uhr an diesem Samstagmorgen. Sein Flieger nach Hamburg ging um 10:30 Uhr, Zeit genug, um noch an den Fragen, die er Brunhilde stellen würde, etwas herumzufeilen.

Brunhilde war eine Domina mit psychologischer Ausbildung, die erst aufgrund der Gespräche mit ihren Patienten ihre wahre Berufung zufällig entdeckt hatte. Die unerfüllten Fantasien ihrer Patienten machte sie zu ihrem Warenkorb: Einläufe, Demütigungen, Windeln und Folterungen. All das hatte sie auf ihrer Speisekarte.

Sein Handy läutete, es war Herwig Mischuretz, der von daheim anrief. »Servus Herwig … alles gut … Ich habe die Druckfahnen redigiert und schon freigegeben … Mach dir ein schönes Wochenende … Alles klar … Ich komme am Montag mit der Frühmaschine … Lass dir Zeit, ich fahre vom Flughafen gleich ins Büro … Überhaupt kein Problem, komm zu Mittag, dann können wir gleich ein Häppchen essen gehen … so long …«

Er packte seine Unterlagen in eine schweinslederne Aktentasche, steckte andere – extrem wichtige – Schriftstücke in ein Couvert und fuhr seinen Computer herab.

Eine Nachricht auf seinem Handy sagte ihm, dass sein Taxi in einer Minute vor seiner Haustür stehen würde. Stelczmayer nahm sein Gepäck und ging vor die Haustür.

Der freundliche Taxi-Chauffeur stieg aus und verfrachtete seine Siebensachen in den Kofferraum. Das Couvert behielt Ed bei sich, stieg ins Taxi ein und gab dem Fahrer eine Adresse an, die er noch anfahren musste, bevor sie ihr Endziel – den Flughafen Wien Schwechat – erreichten.

Im Taxi zog sich Ed Stelczmayer seine schwarzen Handschuhe aus, lehnte sich entspannt zurück und tagträumte mit der Vorstellung, dass Brunhilde ihn im Laufe des Interviews auch so richtig schmutzig niedermachen würde.

61

Vollgetankt startete Klaus Thybus an diesem Samstagmorgen seinen Wagen mit drei Werken von Leonard Simon Drake im Kofferraum, um die mehr als tausend Kilometer nach Monaco zurückzulegen. Ein ehemaliger Rennfahrer, der dieses Steuerparadies zu seinem Lebensmittelpunkt auserkoren hatte, interessierte sich für ein Bild von dem neuen Stern am Himmel der Kunstelite.

Das ist wahrscheinlich das letzte Bild, das ich unter 100.000 Euro verkaufe, dachte sich Thybus, aber ich brauche diesen prominenten Namen des Rennfahrers auf meiner Kundenliste.

Insgeheim musste er über diese Neureichen schmunzeln, die mit ihrer Kohle den Kunstmarkt bestimmten. Früher waren es wirkliche Künstler, wie Leonardo da Vinci, Sandro Botticelli oder Rembrandt van Rijn, die nachhaltige Werke schufen, die Generationen überdauerten. Dann kamen die Scharlatane, die den neuen Kunstgeschmack bedienten und der Malerei ein Brandmal aufsetzten. Personen wie Klaus Thybus kamen derartige Modeerscheinungen mehr als zugute. Er hatte all die mehr oder weniger jungen Karrieren verfolgt: Friedensreich Hundertwasser mit seinen infantilen Farbspielereien, Arnulf Rainer mit seinen pornografischen Übermalungen, Roy Lichtenstein mit abgekupferten Comics auf Leinwand und Jackson Pollock mit seinem Action Painting. Aktionskünstler wie Otto Muehl und Hermann Nitsch machten sich die Arbeit noch einfacher. Enorme Summen wurden auf dem Kunstmarkt für wenig Aufwand geboten.

Und Thybus hatte aus einem abgesandelten Bildermaler so einen Kunstgott kreiert: Leonard Simon Drake, der skandalumwitterte Hippie aus längst vergangenen Zeiten, der Sex, Drogen und Alkohol liebte, seine Bilder mit den Initialen LSD signierte und sein Sperma in seine Arbeiten einfließen ließ. Und dessen Werke schon an der 100.000-Euro-Grenze kratzten.

Er würde gegen 21:00 Uhr in seinem Hotel in Monte Carlo eintreffen, rechnete sich Thybus aus. Da blieben ihm noch ein paar schöne Stunden, um sich an der Nachtwelt des monegassischen Stadtbezirkes zu erfreuen, bevor er sich schlafen legte.

Morgen um 14:00 Uhr hatte er den Termin mit dem ehemaligen Formel-1-Piloten, darauf freute er sich besonders. In seiner Rolle als Kunsthändler verhandelte er lieber mit jüngeren Personen, die ihren Reichtum eher mühelos und in kurzer Zeit erworben hatten, denn mit altehrwürdigen Firmengründern, deren Vermögen auf jahrzehntelangen Entbehrungen und Willensstärke basierte.

Im Grunde war es ihm egal, wie jemand zu enormem Kapital gekommen war. Er fühlte sich wohl in der Nähe des Geldadels. Und bald, schon sehr bald, würde er dazugehören.

62

Auf der Jesuitenwiese tollte Foster mit einer schnuckeligen Münsterländerdame schon mehr als eine halbe Stunde herum, bis das ältere Frauchen auf Jonny zukam.

»Ein schöner und eleganter Hund«, sagte sie freundlich. »Was für eine Rasse ist er denn?«

»Gute Frage«, antwortete Jonny ebenso verbindlich. »Ein Labrador war definitiv dabei. Die anderen Linien kann ich nur raten, aber eigentlich ist es mir schnurzegal.«

Sie sah ihn erstaunt an und entrüstete sich: »Aber da können Sie ihn ja gar nicht zu Zuchtzwecken verwenden …!«

Mit unschuldiger Miene meinte Jonny: »Warum nicht? Was halten Sie davon, wenn wir noch Ihr Münsterländermädchen in den Stammbaum einfließen lassen würden? Das wäre doch eine erstrebenswerte Melange. Und den Profit teilen wir uns.«

Sie pfiff ihrer Hündin, leinte sie an und verschwand grußlos.

»Schade«, tröstete Jonny Foster, der vor ihm mit tiefen Stirnfalten saß. »So ein genehmigter Quickie mit dieser Münsterländerin hätte dir sicher gefallen. Nur hättest du dir dadurch auch eine harsche Schwiegermutter eingetreten.«

Ohne sich ein Abendbier im »s'Graffiti« zu genehmigen, gingen sie nach Hause. Foster bekam ein Zahnputzstangerl und Jonny vergönnte sich einen Drink. Neugierig begann er einen neuen Auftrag, den er vor einer Woche fixiert hatte. Ein Weingut in der Südsteiermark, das erst vor ein paar Monaten eine Auszeichnung für seinen Riesling erhalten hatte, wollte seinem gesamtem Sortiment eine stimmige Etikettenform verpassen. Jonny durchforstete all die gedruckten Unterlagen, die ihm zugesandt worden waren. Mit einem HB-Bleistift begann er zaghaft, Formen und Zeichen auf einen A3-Bristol-Karton zu bringen.

Nach einer Stunde und ein paar Drinks war das Blatt schon mehr als voll, darunter recht vielversprechende Einfälle. Wie ein saftiges, kurz angebratenes Steak ließ er seine Ideen ruhen und machte eine Arbeitspause.

Während er genüsslich an seinem Cuba Libre nippte, fuhr ihm immer wieder das gestrige Gespräch mit Tannhacker und seiner Mannschaft durch sein Hirn, bis es die Kontrolle übernommen hatte und seine Gedanken beherrschte.

Er räumte ein Pin-Board von längst erledigten Aufträgen frei, schrieb Karteikärtchen mit einem wasserfesten Filzstift voll und heftete diese mit Stecknadeln auf die Filzplatte.

Auf den obersten drei Kärtchen waren nur in großer Blockschrift die Namen der drei Opfer notiert: JAKOB ROTH, AARON WEINBERG und UWE ENGL.

Unter die Karte von Jakob Roth pinnte er folgende Zettel:

- Tatwaffe: Glock 17, neun Millimeter, Schuss in den Hinterkopf im Büro im hinteren Bereich seiner Galerie, keine Zeugen.
- KLAUS THYBUS, Kompagnon, finanzieller Vorteil. Unwiderlegliches Alibi, war zur Tatzeit auf einem Kongress in Amsterdam, mehrfach bestätigt.
- LEOPOLD MOSER (alias LEONARD SIMON DRAKE), erst durch Thybus' Übernahme groß geworden. Scheißmaler.
- ANDERE KÜNSTLER, (noch) nicht bekannt?
- KÄUFER, eventuelle Fehlkäufe oder Fälschungen?
- ED STELCZMAYER, hatte mit Roths Nachfolger Thybus gerichtliche Auseinandersetzungen, direkter Kontakt nicht bestätigt.

Unter Aaron Weinbergs Karte befestigte Jonny folgende Kärtchen:

- Tatwaffe: Glock 17, neun Millimeter, Schuss in den oberen Bauchbereich, Tatort Jesuitenwiese, keine Zeugen. Wohnung wurde mit Sicherheit nach Mord noch von fremder Person betreten.
- DAVID und RUTH WEINBERG-RHOMSTEIN, befanden sich zur Zeit des Mordes in Israel in einem Kibbuz. Hatten am meisten profitiert. Keine Auffälligkeiten bezüglich Vorstrafen oder Geldbewegungen.
- DR. FRANZ UHL-BERGER, Anwalt von Weinberg, befand sich zum Zeitpunkt des Mordes auf den Sey-

chellen. Erwähnt gegenüber Oberst T., dass Weinberg sein Geld für Strichjungs verpulvert hatte.

- MAUKI und GUGGI, Saufkumpane. Kannten angeblich sein Barvermögen.
- SEXUALBEKANNTSCHAFTEN und STRICHJUNGS, die wahrscheinlichste Tätergruppe, aber mit der schon bekannten Glock 17?
- Gab es nun Barvermögen oder nicht? Guggi, der Nachbar und Saufkumpan, sagt JA, Rechtsanwalt Uhl-Berger sagt NEIN.
- LEOPOLD MOSER, der Scheißmaler. Hat ihm ein Bild verkauft. Vielleicht war da noch mehr dahinter?

In der dritten Reihe waren die diversen Punkte in Uwe Engls Mordfall aufgelistet:

- Tatwaffe: Glock 17, neun Millimeter, eindeutig schon den beiden vorherigen Morden anrechenbar! Schuss von unten, wahrscheinlich aus einem Auto abgegeben.
- JULIANE ENGL-MACHAT war nachweislich bei ihren Eltern in Kärnten. Hatte aber am meisten von Engls Tod profitiert. Der ominöse Auftragskiller?
- DR. FRANZ UHL-BERGER (schon wieder!), Anwalt von Engl. Vergnügte sich zur Tatzeit mit der Frau eines Markt-Tycoons, mehrfach bestätigt.
- HEIMO ACHTERN, ehem. Staatssekretär von Engl. Hatten die beiden was am Laufen? Dubiose Gestalt, sicher keine weiße Weste! Kein sattelfestes Alibi!
- DR. LUDWIG MÖRZ, ehem. Generalsekretär von Engl. Bieder. Alibi nur von seiner Frau bestätigt.
- LISA BONN, Sekretärin von Engl. Was wusste sie? Alibi nur von ihrem Mann – ein HTL-Professor – bestätigt.

- ED STELCZMAYER, schmieriger Redakteur. Führte letztes Interview mit Engl. War zur Tatzeit nachweislich in Frankfurt. Profitierte durch höhere Verkaufszahlen.
- LEOPOLD MOSER, schon wieder dieser Trash-Künstler! Wollte Engl ein Bild verkaufen, baggerte stattdessen seine Frau an!
- DIE 1.000 UND MEHR TATVERDÄCHTIGEN, die Uwe Engl und seine steile Karriere hassten und das auch auf diversen Seiten zum Ausdruck brachten.

Nachdem Jonny alle seine Kärtchen an das Pin-Board geheftet hatte, trat er einen Schritt zurück und betrachtete akribisch sein Werk. Dann ging er in die offene Küche, schenkte sich noch einen Cuba Libre ein und prostete bedauernd seinem abwesenden Freund Oberst Karl Tannhacker zu, dem wahrscheinlich ob der verzwickten Situation der Schädel gehörig brummte.

63

Genauso musste sich Kris Kristofferson gefühlt haben, als er seinen Song »Sunday Morning Coming Down« geschrieben hatte, dachte sich Jonny. Mehr als sonst kuschelte er mit Foster, dachte wehmutsvoll an Jessy, die erst in neun langen Tagen zurückkehren würde, und trank einen starken Kaffee. Dann fuhren sie nach Korneuburg und verbrachten den Tag recht angenehm in den wildbewachsenen Donauauen.

Dieser Termin mit Dr. Breymann im Ringstraßen-Hotel ging Heimo Achtern noch immer nicht aus dem Kopf. Was bildete sich eigentlich dieses präpotente Arschloch ein, ihn so zu behandeln? Immerhin war er einer der mächtigsten Männer in Österreich gewesen: Staatssekretär eines Ministers, das konnte schon was! Und nun zeigte ihm dieser Typ, der flehend vor seiner Bürotür um einen Termin gewinselt hatte, die kalte Schulter? Das muss und wird er mir büßen, dachte sich Achtern. Allerdings hatte er als privater Investmentbanker nicht mehr so scharfe Pfeile im Köcher, die ihm in seiner offiziellen Funktion zur Verfügung gestanden hatten, doch waren seine Kontakte und Beziehungen, die er noch hatte, seiner Meinung nach recht einflussreich. Und diese würde er jetzt anzapfen, um diesem Breymann gehörig Dampf unter seinem Hintern zu machen. Schließlich ging es um mehr als eine Menge Kohle …

Brunhilde, die schon etwas ältere Domina, mit der sich Ed Stelczmayer in Hamburg traf, ließ Fotos ihres Studios und ihrer erlesenen – in diesen Kreisen gängigen – Ausrüstung zu, allerdings verbat sie sich Bilder von ihr ohne Maske als auch Bilder von ihrem speziellen Equipment. Ed Stelczmayer hielt sich penibel an diese Vorgaben, versuchte einiges über die psychologischen Hintergründe herauszuarbeiten, gab sich schließlich mit ein paar pikanten Vorfällen zufrieden und ließ sich schlussendlich mit einer gehörigen Prise

Strenge verwöhnen. Auf Geschäftskosten, versteht sich. Und ausschließlich aus Recherchegründen.

Herwig Mischuretz sah sich in seiner 52-Quadratmeter-Wohnung auf seinem Computer nackte Ärsche an. Nach einigen Stunden Goutierens loggte er sich in einem Chatroom ein, schrieb »Armin28« an und verabredete sich mit ihm in einer einschlägigen Bar. Nachdem sich Mischuretz schon geduscht, aufgemascherlt und eingedüftelt hatte, verließ ihn der Mut. Er bestellte das Taxi ab, schrieb »Armin28« eine Entschuldigung und onanierte in ein Papiertaschentuch, während eine entsprechende DVD auf seinem Abspielgerät lief.

Oberstleutnant Viktor »Charlie« Brown, der seit mehr als einem Jahr unter anderem an dem Fall Aaron Weinberg arbeitete, kam an diesem Sonntagvormittag in sein Stammlokal in der Beatrixgasse im dritten Bezirk, bestellte sich einen Tee mit Slibowitz und ein Mittagsmenü. Das war etwas außergewöhnlich, da er sonst nur flüssige Nahrung zu sich nahm. Es gab Paprikahendl mit Nockerln. Während er aß, dachte er darüber nach, dass er eigentlich Tannhacker anrufen sollte. Nach dem zweiten Tee verwarf er diese Idee wieder.

Im Gartenbaumuseum fand eine Matinee statt. Ein junges Streichquartett spielte einfühlsame Melodien von Haydn, Ravel, Schubert, Mozart und einigen weniger bekannten Komponisten. Doch Dr. Ludwig Mörz konnte diesen Ohrenschmaus nicht so recht genießen, da sich seine Gedanken um andere Dinge drehten. Seiner Gemahlin war seine Geistesabwesenheit schon bei der Hinfahrt aufgefallen. Sie nahm nur zärtlich seine Hand und drückte sie sanft zu Strawinskys Noten.

Mit einem dicken Schädel wachte Klaus Thybus in seinem Zimmer in Monte Carlo auf. Die vorige Nacht war befriedigend gewesen, aber blieb ohne Erinnerung. Er wusste zwar noch, dass ihm ein Höhepunkt beschert worden war, aber er wusste nicht mehr, von wem und wie! Egal, seine Hormone waren wieder im Gleichgewicht. Er bestellte sich auf sein Zimmer das interkontinentale Frühstück: gebratene Eier mit Speck, Paradeisern und undefinierbaren Würsteln. Um 14:00 Uhr hatte er den Termin mit dem ehemaligen Formel-1-Piloten, dem sah er mit großer Freude entgegen. Ein relativ junger Mensch mit obszönem Vermögen, der akkurat einen Teil davon in Kunstwerke investieren wollte. Thybus war zuversichtlich.

Kabeljau mit Erdäpfel-Vogerl-Salat, das war das Sonntagsessen, das sich Herr Bonn für sich und seinen Bruder – samt Gattin – wünschte. Bonns Frau Lisa panierte die Fischfilets sorgsam und ließ sie im heißen Öl schwimmen. Ansonsten kochte sie gerne und gut. Aber an diesem Tag war der Fisch zu durchgebraten und der Erdäpfelsalat zu sauer. Lisa Bonn stammelte unzusammenhängende Entschuldigungen, Herr Bonn fühlte sich persönlich angegriffen, sein Bruder und seine Frau hingegen ließen es sich schmecken. Der Sonntagnachmittag war nicht nach Lisa Bonns Geschmack.

Ich hasse diese Sonntage, dachte sich Oberst Tannhacker, und fuhr zum Würstelstand beim Wiener Praterstadion, das seit 1992 Ernst-Happel-Stadion hieß, zur Ehre des kontroversesten Spielers, Trainers, den Österreich je geboren hatte. Tannhacker hielt sich eine fast noch warme Scheibe Roggenbrot vor die Nase und atmete tief diesen unvergleichbaren Geruch ein. Never ever, sagte er sich, möchte ich in Amerika leben, wo ein Schwarzbrot nur ein gefärbtes Weißbrot und die krosse Waldviertler, die er aß, ein labbriges Gemisch von Fleisch und Chemikalien in einem Kunstdarm war.

Nachdem Dr. Franz Uhl-Berger an diesem Sonntag ein Rückensteak von einem Dry-aged-Beef genossen hatte, ging er die paar Schritte in seine Kanzlei und traf seine Vorbereitungen. Er rief die Frau von Bernhard Grumbolsky, dem Inhaber von über 1.500 Lebensmittelfilialen, an und vereinbarte ein Stelldichein für diesen Abend. Uhl-Berger liebte reifere Frauen, die sich abgesichert hatten, aber trotzdem Abenteuer in ihrer Preisklasse suchten. Er war ein solches.

Die Skripte, die für den Kurs der dienstführenden Beamten erstellt worden waren, verlangten von Frankie Gareis höchste Konzentration. Die Kapitel »Subkulturelle Phänomene«, »Tätersoziogramme«, »Lackspuren«, »Linguistik«, »Toxikologie« und »Entomologie« erforderten absolute Bereitschaft, sich dieser Herausforderung zu stellen. Frankie Gareis war entschlossen.

Juliane Machat – mittlerweile hatte sie ihren Namen von dem doppelgleisigen Engl-Machat auf ihren Geburtsnamen schon eingebracht – unterhielt sich angeregt mit finanzkräftigen Hotelgästen. Das tat ihr gut, und nun wusste sie, wohin ihr Weg gehen würde. Ihr Vater, Johann Machat, begrüßte diesen Schritt.

»Madibre92«, im Spiel der Navy-Seals mit üppig bestückter Waffenkammer und schier unendlicher Munition, schoss sich von Level zu Level, eliminierte die größten Feinde und stand kurz vor dem Endgegner. Madiba Breyer ließ seinen Avatar kurz ruhen, bestellte sich über eine App einen Cheeseburger mit Pommes und sah sich im Pay-TV die Sonntagsspiele der Bundesliga an.

In Genf saß Dr. Breymann mit seiner Frau, die ihm seit mehr als 30 Jahren zur Seite stand, in einem angesagten Lokal und schlürfte Austern. »Andrin, mein Lieber! Lass die letzten Tage in Wien hinter dir und konzentriere dich wieder auf uns. Auf mich, auf unsere beiden Kinder und auf unsere drei Enkelkinder!«

Er nahm ihre Hand und sagte mit warmer Stimme: »Das werde ich machen, Schnäggli …«

In der Tee- und Likörstube von Mauki gab es keine nennenswerten Höhepunkte. Die altbekannten Stammgäste schlürften ihre bewährten Getränke und warteten auf ein besseres Morgen. Das Gulasch, das in der Küche sanft vor sich hin schmurgelte, gab es erst morgen. Doch der Duft dieses Gerichts, der die verkommenen Gasträume durchzog, ließ einige den morgigen Tag herbeiwünschen.

Sie hatten ein nachmittägliches Treffen bei einem Ehepaar, welches in der politischen Szene zurzeit recht angesagt war. Hofrat Zwettler und seine Frau taten ihr Bestes, um zu gefallen. Er erzählte Anekdoten aus seiner Polizei-Karriere, seine Frau lachte hysterisch dazu, er schwächte ab, sie drohte ihm mit erhobenem Zeigefinger. Gespielte Harmonie. Irgendwann hatte sich das Treffen totgelaufen, alle vier schworen sich, dass man so bald wie möglich wieder in Kontakt treten werde, dabei wussten alle: nie wieder mit diesen Leuten!

»Shettyboob« hatte wieder auf einer Texas-Holdem-Poker-Online-Plattform einen saftigen Gewinn eingestreift. Einen Teil ließ sie sich auszahlen, ein Teil blieb auf ihrem Konto. Irgendwann, dachte sich Dr. Martina Schettenmayer, werde ich bei den großen Absahnern mitspielen, die eigentlich außer viel Kapital nicht viel mehr ins Spiel einbringen. Und irgendwann, dachte sie sich, werde ich auch einen Mann finden, der mir mein Leben lebenswert macht. Dabei dachte sie nicht an Oberst Tannhacker, der ihr schon seit geraumer Zeit Avancen machte.

Ein lästiges Wimmerl auf ihrer Stirn setzte Anita Schellhorn, die Kanzleiassistentin von Dr. Uhl-Berger, an diesem Tag außer Betrieb. Eigentlich hatte sie vorgehabt, Männer auf erhöhte Betriebstemperatur zu bringen und danach den erigierten Motor abzuwürgen. Aber mit dieser unerfreulichen Pustel mitten auf ihrer ansonsten seidenglatten Stirn schien ihr das Unterfangen zum Scheitern verurteilt. Daher zog sie sich über einen Pay-TV-Sender ein paar Folgen von »True Detective« rein und verschonte damit die lüsterne Männerwelt.

Mittels einiger Telefonate mit Bekannten, die allesamt aus dem Telefonverzeichnis ihres zu Tode gekommenen Onkels stammten, hatten David und Ruth Weinberg-Rhomstein schon bald einen neuen Hausverwalter gefunden. Nach einem halbstündigen Gespräch mit diesem waren sich die Geschwister einig, das war der neue Hausverwalter ihrer

Zinshäuser. Und Ruth Weinberg-Rhomstein achtete ihren Bruder David noch mehr, da er diese Entscheidung getroffen hatte.

Im Atelier von Leopold Moser stapelten sich leere Flaschen, eine große Anzahl von Tschickstummeln und gefüllten Präservativen. Eine Fut, wie der Künstler seine Musen nannte, war nicht zugegen. Man konnte das ploppende Geräusch – ähnlich dem einer geöffneten Sektflasche – vernehmen, dann hauchte Leopold Moser alias Leonard Simon Drake sein kurzes, intensives Künstlerdasein aus. Kurz gesagt: Er starb, und das relativ rasch, obwohl es ihm – wie so vieles – am Arsch vorbeiging.

64

In einem wirren Traum sah sich Jonny in einem unübersichtlichen Gebäude gefangen, er konnte den Ausgang nicht finden und pausenlos schrillte die Alarmglocke. Schließlich wachte er auf, registrierte schlaftrunken, dass sein Handy läutete, und hob grußlos ab.

»Jonny? Bist du da? Ich brauche deine Hilfe!«, hörte er benommen.

»Wer spricht?«, stammelte er planlos.

»Dein Freund Ed, Jonny! Ich wusste nicht, wen ich sonst hätte anrufen können! Kannst du zu mir in die Redaktion kommen? Bitte …«

»Bist du noch zu retten? Es ist noch nicht einmal 6:00 Uhr in der Früh! Gib mir ein paar Minuten, ich melde mich gleich wieder«, sagte Jonny grantig, legte und wachte auf.

Während er sich duschte und minimalistisch die Grundgebote der täglichen Hygiene absolvierte, schossen ihm doch einige Gedanken durch sein noch träges Hirn: Warum ruft Ed Stelczmayer an diesem Montagmorgen gerade *mich* an? Die wirklich besten Freunde, die man sonst anrufen würde, sind wir ja gerade nicht, aber die Neugier war größer als die Befangenheit. Deshalb rief er ihn zurück: »Kannst du mir sagen, worum es geht?«

»Kann ich nicht, wir müssen reden …«

Nach einer halben Stunde fand sich Jonny mit Foster in der Blumauergasse ein. »Komm, Ed, gehen wir in den Augarten und du erzählst mir von deinen Problemen. Mein Hund hat nämlich auch Bedürfnisse. Und die sollten relativ bald gestillt werden.«

Sie überquerten die Taborstraße und betraten den Augarten, die älteste barocke Gartenanlage von Wien. Neben der weltweit bekannten Porzellanmanufaktur befand sich auch der Sitz der Wiener Sängerknaben in diesem Areal, nebst Altersheim, Kinderfreibad und Sportplätzen.

Während Foster die Linden, Eschen, Kastanien und Ulmen mit seiner Markierung bedachte, offenbarte sich Stelczmayer.

»Ich habe heute früh einen Brief gefunden, unter dem Türschlitz unseres Büros durchgeschoben. Keine Anschrift, keine Marke. Ich hab mir nichts dabei gedacht, als ich ihn öffnete. Darin stand wortwörtlich:

Nach roth, engl und weinberg bist jetzt du dran

In aufgeklebten Lettern! Eine eindeutige Todesdrohung gegen mich, würde ich sagen!«

Jonny blieb abrupt stehen und fuchtelte mit seinen Händen vor seinem Gesicht. Eine hilflose Art, um seinem Gegenüber zu signalisieren, dass er nicht mehr ganz dicht war. »Da rufst du mich in aller Herrgottsfrühe an, statt die Polizei zu informieren? Sag, tickst du noch richtig? Gerade du als Chefredakteur solltest wissen, was in einem solchen Fall zu tun ist!«

Jonny nahm sein Handy und kontaktierte Tannhacker. Dann sagte er zu Stelczmayer: »Komm, wir gehen zu deinem Büro zurück, da wird in ein paar Minuten eine große Party stattfinden, kann ich mir vorstellen!«

Als sie nach wenigen Minuten in der Blumauergasse ankamen, leuchteten ihnen schon von Weitem die nervösen Blaulichter von etlichen Polizeifahrzeugen entgegen. Beim Eingang trafen sie auf Tannhacker, der sie mit grimmiger Miene erwartete.

»Sind Sie eigentlich noch zu retten, Stelczmayer?«, fuhr der Oberst den verblüfften Chefredakteur an. »Sie benehmen sich wie ein Gschrapperl, das den Zuckerstreuer zerbrochen hat!« Dann bedachte er Jonny mit einem Blick, der ärger war als ein Kontakt mit einer Elektroschockpistole.

»Sperren Sie mir Ihr Büro auf, zeigen Sie mir den Brief und dann verrollen Sie sich in den hintersten Winkel, wenn Sie verstehen, was ich meine!«

Stelczmayer verstand es und suchte Schutz bei Jonny.

»Wie bist du auf die Idee gekommen, mich anzurufen?«, flüsterte Jonny dem aufgeregten Chefredakteur zu.

»Wir kennen uns schon so lange, du hast direkten Kontakt zur Polizei, also wen hätte ich anrufen sollen?«

»Vielleicht direkt die Polizei?«, fuhr ihn Jonny an und deutete mit seinen Händen abermals den Scheibenwischer an. Dann versuchte er, mit Tannhacker Kontakt aufzunehmen. Doch dieser war vorerst für ihn nicht zu sprechen.

Nach ungefähr zwei Stunden deeskalierte die Situation, alle erforderlichen Maßnahmen waren gesetzt, das Forensik-Team hatte alle relevanten Daten gespeichert und eingetütet, nun ging es um die Auswertung.

»Ich habe Angst um mein Leben!«, vertraute Stelczmayer Jonny an.

»Warum?«

»Weil ich mehr weiß als der Normalbürger, nehme ich an …«

»Und was ist das genau?«, wollte Jonny wissen.

»Das kann ich dir eben nicht sagen«, gab sich Stelczmayer kryptisch. »Da geht es um den Schutz der Informanten. Wenn wir diese Weiche öffnen, dann ist unser Geschäft so gut wie tot!«

»Keine Frage, mein Lieber«, gab sich Jonny einsichtig. »Aber jetzt haben wir einen anonymen Brief – an dich gerichtet, der dich in deiner Arbeit belastet. Noch hat ihn mir der Oberst nicht gezeigt, aber irgendwann werde ich ihn schon sehen, dessen bin ich mir sicher! Hast du eine Ahnung, wer ihn geschrieben haben könnte?«

Stelczmayer schnaubte hörbar. »Keine Ahnung! Womöglich ein Freak, der mit irgendeiner Wortwahl nicht einverstanden war, ein Hardliner, der seine Partei missverstanden sieht, oder ein Nerd, der Aufmerksamkeit sucht.«

»Nichts Persönliches?«

»Kann ich mir beim besten Willen nicht vorstellen. Mein Privatleben ist so sauber wie das Operationsbesteck in einem Krankenhaus!«

»Na dann …«, sagte Jonny nicht ganz so überzeugt und verließ mit Foster das Redaktionsbüro.

65

Oberst Karl Tannhacker versuchte, eine gewisse Ordnung in das Vorgehen im Redaktionsbüro des Magazins »THE WORM« zu bringen, nur scheiterte sein Vorhaben an der reflexartigen Abneigung Stelczmayers, irgendwelche Daten seines investigativen Tuns preiszugeben.

»So können wir nicht arbeiten!«, donnerte Tannhacker und fuchtelte mit ausgestrecktem Zeigefinger vor Stelczmayers Nase. »Sie werden mit dem Tode bedroht, Sie schreien um Hilfe und Sie berufen sich dennoch auf das Redaktionsgeheimnis? Viel Glück in Ihrem neuen Leben, kann ich nur sagen! Oder Ihrem bevorstehenden Tod …«

»Ich möchte mich wirklich nicht einmischen, Ed. Aber ein bisschen Einblick musst du den ermittelnden Behörden schon einräumen, wenn du willst, dass diese Drohung gegen dein Leib und Leben aufgeklärt wird«, fühlte sich Jonny bemüßigt, zu vermitteln.

Mit einer nonchalanten Geste ergab sich Ed Stelczmayer und gab Tannhacker zu verstehen, dass seine Einsatztruppe uneingeschränkten Zugang zu allen Dateien haben dürfe.

Genau als Tannhacker einen befriedigten Blick aufsetzte, läutete sein Telefon. Er bellte kurz seinen Nachnamen hinein und hörte mit versteinerter Miene seinem Gesprächspartner zu. »Ich komme!«, sagte er kurz und bündig und kappte die Verbindung. Zu Stelczmayer sagte er in forschem Ton: »Sie möchte ich in zwei Stunden in meinem Büro sitzen sehen. Und das ist keine Bitte.«

Jonny schaute ihn fragend an, doch Tannhacker ließ nur ein ungeduldiges Schnauben hören und verließ »THE WORM«.

Nach ungefähr einer halben Stunde parkte Tannhacker in der Albertgasse ein und ging schnurstracks zu dem Keller-Atelier von Leonard Simon Drake. Es war kurz nach 10:00 Uhr vormittags. Bei der Stahltür empfing ihn schon Revierinspektor Frankie Gareis.

»Ich musste dich anrufen, Karl. Unser verehrter Herr Künstler hat nämlich sein löchriges Gehirn durch einen Schusskanal erweitert.«

Tannhacker grunzte. »Selbstmord?«

»Sieht vorerst so aus«, gab sich Gareis zurückhaltend. »In seiner Hand hatte er eine Glock 17 mit Schalldämpfer. Alles deutet darauf hin, dass er sich selbst sein restliches Hirn herausgepustet hat. Aber wie du mir beigebracht hast: näheres erst nach der Obduktion! Die Waffe wurde schon ins Labor geschickt, die Trüffelschweine sind noch emsig beim Einsacken irgendwelcher Spuren.

Wir haben neben unzähligen Flaschen Hochprozentigem auch Spuren von verbotenen Substanzen gefunden, des Weiteren Farben, Lacke, Malereizubehör und eine gehörige Menge Papier.«

»Weiß man schon etwas über den Todeszeitpunkt?«

»Wie gesagt, Näheres erst nach der Obduktion. Aber die Schetti würde die Tatzeit – natürlich ohne jedwede Garantie – auf Sonntagabend schätzen.«

Tannhacker verzog seine Miene, als ob er gerade fermentierte Sojakeimlinge gegessen hätte, und knurrte vor sich hin: »Da schwebt ein ganz übler Geruch über diesem Geschehen, das sagt mir mein Bauchgefühl!« Fast liebevoll strich er mit beiden Händen über seinen strammen Wanst, der sogar seine emaillierte Gürtelschnalle aus Arizona überdeckte. Energisch wandte er sich an Gareis und fauchte mit erhobenem Zeigefinger: »Ich möchte jeden Fussel, den ihr hier in diesem abgefuckten Kelleratelier findet, fein säuberlich eingesackt bei den Jungs im Labor wiederfinden! Und in diesem Fall scheiße ich auf die Plastikflut, die unsere Weltmeere bedroht. Von mir aus sollen sie stattdessen auf die weltfremden Hygiene-Vorschriften pfeifen und Obst und Gemüse ohne diese Schrumpffolien verkaufen! Angekommen, Gareis?«

Obwohl Frankie nun ein schlechtes Gewissen hatte, da er regelmäßig nur cellophanierte Früchte kaufte, nickte er Tannhacker widerspruchslos zu und sagte: »Keine Sorge, Karl. Du kriegst diesen Raum in einzelnen Plastikbeuteln auf den Tisch!«

Tannhacker grunzte beifällig und fuhr – nach einem ausgiebigen Zwischenstopp bei seinem Lieblingswürstelstand im Prater – ins Büro.

»Hören Sie, Herr Oberst!«, echauffierte sich Ed Stelczmayer, als Karl Tannhacker nach mehr als einer Stunde Wartezeit den Vernehmungsraum betrat. »Ich habe eine Zeitschrift zu führen, ich kann mir außerplanmäßige Verzögerungen nicht leisten!«

Tannhacker richtete übergenau das Aufnahmegerät ein, überprüfte es auf Funktionalität und sagte: »Montag, 18. Februar, 12:50 Uhr. Vernehmung von Eduard Stelczmayer. Danke, dass Sie gekommen sind. Meine erste Frage lautet: Wo waren Sie Sonntagabend, sagen wir mal, so zwischen 17:00 und 22:00 Uhr?«

Stelczmayer lehnte sich zurück, spreizte aufreizend seine Beine und griff sich in den Schritt. »Ich war zu dieser Zeit in Hamburg auf Recherche, meine Quelle – die ich natürlich ungenannt lasse – hat sowohl mein Blatt als auch mich befriedigt!«

Die nächste Stunde ihres Gesprächs wurde zwar aufgezeichnet, aber förderte – außer gegenseitigen Anschuldigungen und der Tatsache, dass Stelczmayer mit großer Wahrscheinlichkeit ein wasserdichtes Alibi für den Todeszeitpunkt von Leonard Simon Drake hatte – nichts Nennenswertes zutage.

»Halten Sie sich zu meiner Verfügung!«, waren Tannhackers Schlussworte.

»Da haben wir es wieder!«, lästerte Stelczmayer. »Die Presse wird erpresst!«

»Schwachsinn, Herr Stelczmayer!«, lächelte Tannhacker. »*Sie* sollen sich zu meiner Verfügung halten, nicht die Presse. Und wenn Sie nun den Unterschied verstehen, dann profitieren auch Ihre Leser davon!«

Mit einem süffisanten Grinsen verließ Stelczmayer den Vernehmungsraum.

66

Aus irgendeinem Grund lieferte das Labor des Landeskriminalamtes seine Ergebnisse sowohl an das ermittelnde Referat von Oberst Tannhacker als auch an seinen Chef, Hofrat Zwettler. Und diese Ergebnisse wurden noch am selben Tag – nach Eintreffen der Tatortproben – am späten Nachmittag übermittelt. Falls irgendwer den Anspruch geltend gemacht hätte, ein Eintrag im Guinness-Buch der Rekorde wäre ihnen sicher gewesen.

Sämtliche Spuren wurden ausgewertet. Da man die fluktuierenden Frauenbekanntschaften von Leopold Moser alias Leonard Simon Drake ins Kalkül zog, wurden nur die relevantesten Daten in die Auswertung aufgenommen.

Das Labor erklärte in kurzen Worten:

- Der Tod trat höchstwahrscheinlich Sonntag zwischen 20:00 Uhr und 22:00 Uhr ein.
- Die Waffe, mit der sich Leopold Moser augenscheinlich das Leben genommen hat, ist eine Glock 17.
- Nach ballistischen Vergleichen besteht eine Wahrscheinlichkeit von mehr als 97 Prozent, dass diese Waffe auch Uwe Engls Tod herbeigeführt hat.
- Nach weiteren ballistischen Vergleichen besteht eine Wahrscheinlichkeit von mehr als 97 Prozent, dass diese Waffe auch Aaron Weinbergs Tod herbeigeführt hat.
- Nach weiteren ballistischen Vergleichen besteht eine Wahrscheinlichkeit von mehr als 97 Prozent, dass diese Waffe auch Jakob Roths Tod herbeigeführt hat.

- Im Hinblick auf die – äußerst unwahrscheinliche – Annahme, dass sich die Merkmale eines Projektils und einer Patronenhülse ähneln könnten (auch hier liegt die Wahrscheinlichkeit bei über 97 Prozent), geht das Labor davon aus, dass alle vier Personen mit dieser Waffe getötet wurden.

Außerdem wurden zerstückelte Exemplare des investigativen Magazins »THE WORM« gefunden, die darauf hinwiesen, dass Leopold Moser der Verfasser des Drohbriefes gegen den Verleger Ed Stelczmayer war.

Genau diese Informationen bekam auch Tannhacker, bevor er ins Büro von Hofrat Zwettler zitiert wurde.

67

»Genial, mein lieber Karl!«, schwärmte Hofrat Zwettler. »So einen Treffer kann wirklich nur ein erfahrener Kriminalbeamter, wie du es bist – wie ich schon immer gebetsmühlenartig habe verlauten lassen –, landen! Einen Mord aufgeklärt, womöglich zwei Cold Cases dazu! Ich stehe voll hinter dir und gratuliere dir zu dieser Leistung!«

»Sachte, Hofrat. Noch habe ich keine Bestätigung von

der Forensik! Lass mir bitte noch die Zeit, bevor du dich an die Öffentlichkeit wendest …«

»Natürlich, lieber Freund! Du hast alle Zeit der Welt, wenn es um Gerechtigkeit geht. Aber eine Bitte habe ich: Versuche nicht, einen eindeutigen Fall noch zu verkomplizieren! Ein Stein fügt sich in den anderen, die Lösung liegt vor uns auf dem Tisch. Leonard Simon Drake alias Leopold Moser war ein verkrachter Charakter, den außer Alkohol, Drogen und Frauen nichts interessierte. Vor vier Jahren traf er bei einer seiner beschämenden Beisltouren, die er dazu nutzte, um seine Klecksereien zu Geld zu machen, auf den nachsichtigen und sozialen Gemeinderat Aaron Weinberg, der ihm auch aus Mitleid ein Bild um ein paar Euro abkaufte. Kurz danach lernte er Klaus Thybus kennen, der ihm einen Platz an der Sonne versprach. Auf dem Weg zu dieser Sonne galt es allerdings, einen riesengroßen Stein zu entfernen, nämlich Thybus' Chef und Kompagnon Jakob Roth. Das tat er, emotionslos und berechnend. Nachdem seine Werke den Kunsthimmel erklommen hatten, suchte er aus Frust oder anderen nicht nachvollziehbaren Emotionen einen früheren Käufer, eben Aaron Weinberg, aus wahrscheinlich finanztechnischen Motiven auf und konfrontierte ihn mit seinem kometenhaften Aufstieg. Was des Weiteren zwischen den beiden geschah, werden wir wohl nie erfahren, aber dass diese Begegnung tödlich endete, wissen wir mittlerweile. Und schließlich Uwe Engl. Ebenfalls ein Emporkömmling, ein Senkrechtstarter in der politischen Landschaft mit einer attraktiven Frau, die Drakes Lust entfachte. Und dieser – in Leonard Simon Drakes Augen – feminine Kerl servierte ihn kühl lächelnd ab. Daher musste er auch sterben. Und schließlich gibt es noch diesen lästigen Journalisten, der mit seinen Artikeln die Scheinwelt von diesem *»grandiosen Künstler«* angreift. In dem von Drogen und Alkohol vernebelten Gehirn machte sich eine Paranoia breit, die in Stelczmayer das Grundübel seines erbärmlichen Lebens sah. Deshalb schickte Moser ihm diese Drohbriefe und hätte die Drohung sicherlich auch umgesetzt, wenn wir – im Speziellen natürlich du, mein lieber Karl – ihm nicht so auf die Pelle gerückt wären. Was blieb ihm also über? Er wählte den unkomplizierten und verzagten Freitod! Und, lieber Oberst Tannhacker, was ich noch nicht erwähnt habe, ist, dass ich vor einigen Minuten schon mit Staatsanwalt Hans Noth, mit dem ich seit Studienzeiten befreundet bin, über diesen Fall, beziehungsweise diese Fälle, gesprochen habe. Du hast es erraten, er ist meiner Meinung!«

Tannhacker grunzte abfällig und brummte: »Dein Spezl hat sich schon öfters geirrt. Lass mich die Ergebnisse aus der Forensik abwarten, dann sehen wir weiter …«

»Wie du willst, Kamerad. Bitte bedenke nur, dass uns irgendwelche abwegigen Gedankensprünge nicht gerade hilfreich sind. Als Exekutive wird von uns eine effiziente und schnellstmögliche Aufklärungsquote verlangt. Meiner Meinung nach fehlt da der Platz für extravagante Überlegungen. Schon Albert Einstein hat gesagt: ›Wenn du es nicht einfach erklären kannst, hast du es nicht gut verstanden!‹«

Der Oberst lächelte milde: »Meinen Informationen nach war der auch von mir sehr geschätzte Einstein niemals in einer Mordermittlung tätig. Daher sehe ich seine Aussage als vernachlässigbar. Mir fällt nur gerade ein anderes Zitat von ihm ein: ›Fantasie ist wichtiger als Wissen‹.«

Zwettler nickte zwar jovial und gönnerhaft. Trotzdem verspannte sich sein Körper. »Eine bessere Symbiose wirst du nicht finden, Karl! Das Landeskriminalamt und die

Staatsanwaltschaft ziehen an einem Strang! Das ist ein Lotto-Sechser, ein Elfer in der Nachspielzeit! Welche Bedenken hast du?«

»Wie gesagt, Hofrat. Ich warte auf die Auswertungen der Forensik …«

Mit einem verständnislosen Kopfschütteln und einer mehr als abfälligen Geste beendete Hofrat Zwettler das Gespräch.

68

Oberst Tannhacker saß an seinem Schreibtisch und rubbelte mit beiden Händen sein kurz geschnittenes graues Haar. In schon so vielen Fällen, die er in seiner langen Laufbahn bearbeitet hatte, hätte er sich diese rekordreifen Ausarbeitungen von Tatortdaten gewünscht. Bei diesem Fall wurden sie ihm zuteil. Aus welchen Gründen auch immer …

Er goss sich einen Scharlachberg ein und ging nochmals die Unterlagen durch.

Der Todeszeitpunkt von Leonard Simon Drake wurde auf Sonntag 21:00 Uhr, plus minus einer Stunde, von der Rechtsmedizin festgelegt. Todesursache war ein aufgesetzter Schuss, anhand der Schmauchspuren sofort erkennbar, der die tieferen Hirnstrukturen traf. Man konnte davon ausgehen, dass er sofort tot war. Kein Leiden, kein Denken, kein Lebensfilm.

Der Obduktionsbefund ergab weiters einen beachtlichen Blutalkoholspiegel von mehr als 2,4 Promille, außerdem wurden Tropan-Alkaloide gefunden, wahrscheinlich Kokain-Genuss.

Alle Grundvoraussetzungen für einen lupenreinen Suizid. Wie es auch Hofrat Zwettler, sein unmittelbarer Vorgesetzter, sah. Und seine Worte waren: »Versuche nicht einen eindeutigen Fall noch zu verkomplizieren! Ein Stein fügt sich in den anderen, die Lösung liegt vor uns auf dem Tisch.«

Und genau so soll es sein, dachte sich Tannhacker, obwohl er den Leuten in der Forensik noch einige Zusatzaufgaben aufgetragen hatte.

Wir haben unseren Täter, Gott sei ihm gnädig, und aus die Maus. Er fuhr heim und leerte seine flüssigen Reserven.

69

Der nächste Tag begann mit einem unvorhergesehenen Hagelschauer, der abermals den gesamten Verkehr lahmlegte.

Trotzdem fand sich Tannhacker, wie mit Jonathan Graberth ausgemacht, pünktlich um 9:00 Uhr im »s'Graffiti« ein. Er hockte sich neben Jonny an die Bar, schenkte ihm einen kurzen Blick und begann an seinem Kaffee zu nippen.

»Was jetzt?«, fuhr ihn Jonny an. »Gestern hast du mich kaltblütig abserviert, also kannst du mir wenigstens heute ein bisschen erzählen, was gestern los war. Oder?«

Tannhacker schlürfte genussvoll seinen Kaffee und sonnte sich in der Aufmerksamkeit, die ihm zuteilwurde. Er setzte seine Tasse ab, wartete ein paar Augenblicke, dann sagte er stolz: »Ich habe gestern meinen Fall und zusätzlich zwei Cold Cases aufgeklärt, mein Lieber! Darum möchte ich, dass Sie mich nicht mehr duzen!«

»Sag, bist du irgendwo angerannt?«, fuhr Jonny auf. »Jetzt würde sogar ich deinen Pensionsantrag unterschreiben!«

Der Oberst lächelte hintergründig. »Ruhig, Brauner! War ein Späßchen. Aber Spaß beiseite, ich habe gestern drei Mordfälle geklärt!«

»Gratuliere, mein Freund. Das hat sicher mit dem Anruf zu tun, den du gestern bekommen hast, während ich mich noch um den aufgebrachten Stelczmayer gekümmert habe …«

»In der Tat!«, bestätigte Tannhacker und schüttete den Rest seines Kaffees in sich hinein. »Gottes Mühlen mahlen langsam, aber gestern konnte ich mein Brot backen!«

»Verschone mich tunlichst mit so abgedroschenen Sprüchen und erzähle mir lieber, was vorgefallen ist!«

Tannhacker trank mit einem riesigen Schluck seinen Kaffee aus, wischte sich ungeniert quer über seinen Mund und sagte: »Wir haben die Tatwaffe gefunden …«

»Wow!«, entfuhr es Jonny und er nickte entgeistert. »Und wo?«

»In der Hand vom toten Hippie-Maler, diesem Leonard Simon Drake.«

»Wow!« Jonny konnte es nicht glauben. »Und das heißt?«

»Dieser verkommene Künstler hat Roth, Weinberg und Engl erschossen. Dasselbe wollte er mit Stelczmayer machen. Doch wir dürften ihm zu sehr im Nacken gesessen sein, deswegen hat er sich selbst weggeblasen. Er war voll zugedröhnt mit Alkohol und anderen psychedelischen Substanzen. Das ist zumindest die Version von meinem Hofrat und seinem staatsanwältlichen Schulfreund.«

Jonny lachte lauthals auf und bestellte zwei Flaschenbier. Denn, so hatte es ihm sein Großvater mütterlicherseits beigebracht: Bestelle nie ein offenes Bier vor 11:00 Uhr, wenn du nicht mindestens drei Leute siehst, die ein ebensolches trinken!

»Warum lachst du?«, fragte Tannhacker erstaunt.

Jonny deutete mit seinen Gesten Verständnislosigkeit an. »Du warst doch selber ein paarmal bei diesem Verrückten. Kannst du dir wirklich vorstellen, dass dieses Wrack irgendwo hinfährt und gezielt Leute erschießt? Da glaube ich eher, dass die Welt eine Scheibe ist.«

Mit vorgestülpter Unterlippe nuckelte Tannhacker genüsslich an der Bierflasche, bevor er antwortete: »Wie gesagt. Das ist die inoffizielle Version von meinem Chef und dem Staatsanwalt. Ich habe mir noch etwas Zeit ausbedungen, bis ich alle Ergebnisse aus dem Labor habe.«

Mitfühlend klopfte Jonny seinem Freund auf die Schulter und versuchte, ihn zu trösten: »Du bist ein armes Schwein, Karli. Gefangen in undurchschaubaren Strukturen. Aber bitte glaube mir das eine: Diese immerwährend vollgedröhnte Kunstfigur konnte niemals diese drei Morde begehen!«

»Dein Wort in Gottes Ohr«, pflichtete ihm der Oberst bei. »Aber es wird schwer bis unmöglich, das Gegenteil zu beweisen. Drake ist der passende Kandidat, schräg im Geist, aufbrausend und unbekümmert. Alibis? Vergiss es! Sein Leben war eine unbestätigte Momentaufnahme, ohne Zeit und ohne Datum.«

»Das heißt, du akzeptierst die Meinung von deinem Hofrat?«, ereiferte sich Jonny.

»Was bleibt mir über«, lächelte Tannhacker, hielt seinen Kopf schief und breitete seine massigen Arme aus, als ob er einen Segen über das Lokal und Jonny erflehen wollte.

»Darf ich mir die Tatortfotos von Drakes Atelier anschauen?«

»Sicherlich!«, dröhnte Tannhacker großzügig. »Schau dir an, was du willst. Schließlich habe ich die Lösung schon in der Tasche!« Dann verließ er frustriert das »s'Graffiti«.

In einer kurzen SMS kontaktierte Jonny Frankie Gareis und bat ihn, ihm die Tatortfotos aus dem Atelier zu schicken, natürlich auch die Bilder von all den eingesammelten Beweisstücken, die in der Asservatenkammer registriert wurden.

»Bist du im ›s'Graffiti‹? Ich komme auf einen Sprung vorbei, da mein Auto bei der jährlichen Überprüfung um die Ecke steht«, schrieb Gareis zurück.

»Ja, ausnahmsweise«, log Jonny in seiner Nachricht.

70

Anhand der registrierten Seriennummer wurde auf kurzem Weg der Inhaber der im Atelier gefundenen Glock 17, ein gewisser Anton Kubik, 64 Jahre, eruiert. Es lag auch eine Anzeige von dem Halter vor, dass ihm diese Waffe angeblich vor 20 Jahren entwendet worden war.

Tannhacker rief Gareis an, gab ihm die Kontaktdaten von Kubik und brummte: »Nimm dir diesen Typen einmal zur Brust, ohne zimperlich zu sein. In spätestens einer Stunde möchte ich einen ausführlichen Bericht von dir hören!«

»Das ist unmöglich, Karl!«, hörte er Gareis erschrocken ausrufen. »Mein Auto steht gerade beim Pickerl, das kann leicht noch eine Stunde dauern!«

»Dann fahr öffentlich!«, dröhnte der Oberst. »Schließlich bist du in Wien, der Stadt mit einem flächendeckenden öffentlichen Verkehrsnetz!« Dann legte er auf.

»Scheiße!«, sagte Frankie Gareis mit hochrotem Kopf. »Ich hätte nicht herkommen sollen.«

»Was ist so schlimm, mein Freund, dass dir so die Birne anschwillt?«, fragte Jonny und nippte an seinem Kaffee.

Sie saßen seit einer halben Stunde im »s'Graffiti« und plauderten über Gott, die Frauen und die restliche Welt.

»Es war der Chef«, stöhnte Gareis niedergeschlagen. »Ich muss den einstigen Besitzer der Tatwaffe befragen, in einer Stunde möchte er meinen Bericht. Ich hätte in der Werkstatt bleiben sollen …«

»Mach dir nicht ins Hemd, Frankie. Glaubst du, dass die Blaumänner deinen Wagen früher fertig machen, wenn du ihnen bei jedem Handgriff zusiehst? Vergiss es! Du warst so nett und hast mir den USB-Stick mit den Tatortfotos vorbeigebracht. Weißt du was? Ich kutschiere dich zu diesem Typen und nachher setze ich dich bei der Werkstatt ab. Einverstanden?«

Dankbar nahm Gareis diesen Strohhalm an, trotzdem blieb ihm ein mulmiges Gefühl.

Nach ungefähr 15 Minuten trafen sie vor dem vierstöckigen Wohnhaus auf der Landstraßer Hauptstraße ein, in welchem Anton Kubik wohnte. Mehrmals klingelte Gareis bei der Gegensprechanlage, bis die Eingangstür aufging und ein älterer Mann ihn misstrauisch ansah.

»Guten Tag, Revierinspektor Gareis!«, sagte er und hielt ihm seinen Dienstausweis in Augenhöhe entgegen. »Sind Sie Anton Kubik?«

»Na, Gott sei Dank net. Wos woin Se vom Tontschi?«, fragte er neugierig.

»Es geht um eine polizeiliche Ermittlung. Haben Sie eine Ahnung, wo ich Herrn Anton Kubik auffinden kann?«

»Na sicha!«, grinste der ältere Mann und zeigte seine spärlichen Zähne. Mit dem Kopf deutete er auf die andere Straßenseite. »Er hockt den gonzn Tag do drübn in da ›*Öfn*‹ und schwaßt si die Birn zua. Auf'd Nocht zahns eam don blunznfett haam …«

»Und wie kann ich Herrn Anton Kubik erkennen?«

Wieder zeigte er mit einem heiseren Lacher seine gelben Zahnstummel. »A grindiger Mau in an Cha-Cha-Cha-Wagerl, vur eam a Bia und a Schnops, oba eam a Rauchwoikn, des is da Tontschi.«

Gareis bedankte sich und überquerte die Landstraßer Hauptstraße. Jonny ging ihm nach. Vor dem Wirtshaus

»Zur Elfe« drehte sich Gareis um und sagte zu ihm: »Ich fürchte, du musst draußen bleiben. Tannhacker könnte etwas dagegen haben, wenn du bei einer Vernehmung dabei bist!«

»Entspann dich, Frankie! Ich habe nur einen mörderischen Durst«, grinste Jonny, öffnete die Tür und steuerte schnurstracks zur Theke.

Zögerlich folgte ihm Gareis und sah sich im Gastraum um. Haargenau so, wie ihn der ältere Mann beschrieben hatte, saß Kubik in einer Rauchwolke im Rollstuhl an einem Tisch und trank ein Bier mit gewaltigen Schlucken, daneben ein paar Schnapsgläser.

»Herr Anton Kubik?«, fragte Revierinspektor Gareis und hielt ihm seinen Ausweis und die Kokarde vor die Nase. »Ich hätte ein paar Fragen an Sie …«

Kubik leerte sein Schnapsglas auf einen Zug, bestellte mit einer einstudierten Handbewegung ein neues, schaute provokativ lange auf die ihm vorgezeigten Insignien, dann hob er seinen Blick und sah Gareis mit stumpfen, traurigen Augen an. »Wos woin Se von mia? I bin net da Kubik, der i amoi woa …«

Gareis war verwirrt. »Sie sind nicht Anton Kubik?«

»Net der, der i amoi woa …«

Wie aus dem Nichts kam plötzlich Jonny mit zwei Biergläsern an den Tisch, setzte sich, schob Kubik das eine zu und trank von seinem.

»Und wer bist du?«

»Ich«, sagte Jonny und prostete ihm zu, »ich bin quasi ein Undercover-Ermittler und mein Freund, der Revierinspektor Gareis – wie er sich vorgestellt hat –, ist in Ordnung. Also sei nett und lass ihn die paar Fragen stellen, die ihm auf der Seele brennen. Nachher gebe ich noch eine Runde aus, einverstanden?«

Kubik trank einen tiefen Schluck von dem neuen Bier, quasi als wortlose Akzeptanz. Jonny bedeutete Frankie, an dem Tisch Platz zu nehmen und seine Fragen zu stellen. Zögerlich setzte er sich.

»Herr Kubik. Sie waren im Besitz einer Glock 17, hatten aber diese Waffe als gestohlen gemeldet. Ist das richtig?«

»Oida! Des is mehr ois zwanzg Joah her. Warum quöts mi jetzt mit dem Schaas! Des hobma do scho domois zur Genüge durchgekaut …«

»Aus einem bestimmten Grund, Herr Kubik!«, blieb Gareis sachlich und sein Blick wurde strenger. »Ihre Pistole ist die Tatwaffe in drei Mordfällen!«

»Des hätt i net docht, dos mei Puffn no amoi so in de Schlogzeun kummt …«, sinnierte Kubik und trank dankbar die nächste Runde, die Jonny auf den Tisch stellte, aus.

»Haben Sie einen konkreten Verdacht, wer Ihnen die Waffe aus Ihrem Lokal gestohlen haben könnte?«

»Hob i …«

»Und wer?«, fragte Gareis irritiert.

Anton Kubik sah ihn mit verquollenen Augen an und sagte leise: »Des woa sicha ana von meine Hunderten Gäste …«

»Können Sie sich noch an irgendwelche Namen erinnern?«, nahm Gareis den Faden auf und zückte seinen Notizblock.

»Na sicher, Herr Inspektor! Da woar da Pepi, da Mundi, da Lange, da Ferdl, da Gfüde, die Chrissi, da Gstopfte, die Tina …«

»Stopp! Moment, Herr Kubik. Ich brauche auch die Nachnamen, wie Sie sicherlich verstehen werden …«, unterbrach ihn Gareis geflissentlich.

Kubik sah ihn mit seinen wässrigen Augen an. »Oida! I woar da Kobara von an Beisl, net bei da Stasi …«

Dann zog er sich wieder in sein Elend zurück.

71

Melanzani, Zucchini, Paprika und Jungzwiebel schnitt Jonny mundgerecht, briet sie in einer Kasserolle an und löschte den Ansatz mit einem Schuss Rotwein. Tomatensaft, Pelati, grob gehackte Kräuter – Basilikum, Thymian, Rosmarin und Oregano – dazu, ein Esslöffel gehackter Knoblauch, eine Prise Zucker, Olivenöl und fertig war das Ratatouille. Jonny rieb sich noch eine gehörige Portion Parmigiano Reggiano darüber und genoss dieses einfache Rezept mit Braterdäpfeln, die er im Backrohr zubereitet hatte.

Nach einer größeren Gassi-Runde mit Foster steckte Jonny den USB-Stick von Frankie Gareis in seinen Computer und öffnete die Dateien vorerst in einem unkomplizierten View-Programm. Im Zuge dessen wurde der Großteil der Bilder eliminiert, die übrig gebliebenen Fotos wurden in einem eigenen File gespeichert.

Farben, Müll und Blut.

Fast ein Revival der 70er-Jahre, dachte sich Jonny, obwohl er zu dieser Zeit noch in der Warteschleife gestanden hatte.

Er druckte Großaufnahmen der beiden Hände von Leonard Simon Drake aus, eine Hand farbverschmiert, die andere Hand lieblos und leblos um die Waffe gelegt, die seinem doch noch jungen, aufstrebendem Künstlerdasein ein jähes Ende beschert hatte.

»Hallo? Da stimmt doch was nicht! Das muss ich unbedingt dem Oberst mitteilen«, murmelte Jonny.

Danach sah er sich den Drohbrief an Stelczmayer an, ebenso die Fotos von den bei Drake gefundenen Magazinen, allesamt Ausgaben des »THE WORM«.

Der Schrifttypus im Drohbrief des Wortes »engl« irritierte Jonny etwas. Nach seiner professionellen Meinung war die gewählte Schriftart keineswegs eine gängige Auswahl für eine Überschrift. Nach einigen Vergleichen mit Schrifterkennungsprogrammen war er sich sicher, dass es sich um die Gill Sans Ultra Bold – 50 pt – handelte, die nicht einmal der billigst bezahlte Grafiker als Header genommen hätte, da diese Schrift aus Jonnys Sicht einfach Scheiße war. Obwohl es eine Vielzahl an Fotos der einzelnen Seiten der Zeitschriften gab, aus denen die Wortfragmente für den Drohbrief ausgeschnitten worden waren, bestellte Jonny telefonisch bei Fritzl – dem Trafikanten seines Vertrauens – sicherheitshalber die letzten zehn Exemplare des »THE WORM«.

Auf gut Glück ging Jonny den einen Stock hinunter ins »s'Graffiti« und wurde nicht enttäuscht. Da saß Oberst Tannhacker im trauten Gespräch mit Dr. Vilbrand, dem Alten, und sie erzählten sich gerade, wie die kleine Republik Österreich durch ihre Ideen die nächsten Jahre unverwundet überstehen könnte.

»Störe ich euch bei den Plänen zur Übernahme der Weltherrschaft?«, feixte Jonny und ließ sich an ihrem Tisch nieder.

»Du störst nicht nur, du boykottierst unsere Machtergreifung!«, empörte sich der Alte. »Wir werden dich einer Sonderbehandlung unterziehen müssen …«

»Ich werde alles gestehen!«, rief Jonny erschrocken aus und fiel auf die Knie. »Aber nur, wenn ihr mich einem Beerboarding unterzieht …«

»Was ist das für ein Schwachsinn?«, fuhr Tannhacker auf.

»Ihr schüttet mich mit Bier zu, bis ich glaube zu ertrinken.«

»Na klar! Und die Zahnfee heiratet den Osterhasen.«

Dr. Vilbrands Handy läutete und er hob unverzüglich ab. Seinem Gesichtsausdruck nach war es seine Frau. »Ein Klient …«, stammelte er und rappelte sich mühsam auf. »Ein Notfall … Ich muss leider gehen …«

»Rette eine arme Seele, bevor diese im Höllenschlund zu versengen droht!«, rief ihm Jonny nach und grinste. Dann wandte er sich an Tannhacker. »Ich habe mir die Tatortfotos von Drakes Atelier angesehen …«

»Fein!«, tat der Oberst gelangweilt. »Und weiter …?«

Jonny zog die Ausdrucke von zwei Bildern aus seiner Jacke, faltete sie auseinander und legte sie auf den Tisch. »Das ist die linke Hand des Künstlers und das ist seine rechte Hand. Mit der Waffe! Fällt dir was auf?«

Tannhacker seufzte hörbar, machte eine hilflose Geste und sagte: »Zwei ungepflegte, farbverschmierte Hände. Worauf willst du hinaus?«

»Ganz einfach. Siehst du auf der linken Hand die großflächigen Farbreste auf dem unteren Handballen? Die massiven Verfärbungen auf Daumen, Zeigefinger und Mittelfinger seiner linken Hand, die auf seiner rechten Hand nicht so ausgeprägt sind?«

»Ja, klar, ich bin ja nicht blind. Aber was willst du mir damit sagen?«

»Ganz einfach, mein Freund. Leonard Simon Drake malte seine Bilder mit der linken Hand und erschoss sich mit seiner rechten Hand. Und das kann ich nicht glauben …«

Sie saßen einige Zeit schweigend nebeneinander und tranken Bier. Jonny sah seinem Freund an, dass er intensiv Gegenargumente suchte. Nach endlos langen Minuten fragte er: »Was spricht dagegen, dass ein Linkshänder einige Sachen mit der rechten Hand ausführt?«

»Nichts«, sagte Jonny emotionslos. »Aber es spricht einiges dafür, dass ein Linkshänder – ebenso wie ein Rechtshänder – alle Tätigkeiten, die hohe Ansprüche an Feinmotorik, Kraft oder Schnelligkeit stellen, mit der präferierten Hand ausübt. Ich bin ebenfalls Linkshänder und ich würde mich nicht mit der rechten Hand erschießen …«

»Na, wenn das so ist!«, brauste Tannhacker auf. »Da gehe ich doch gleich jetzt zu meinem Hofrat und sage ihm: Du und dein Staatsanwalt, ihr seid beide Vollkoffer! Fragt doch einfach meinen Freund, den Grafiker und Grafologen Jonathan Graberth, der wird euch nämlich sagen, dass er sich als Linkshänder, wie Leonard Simon Drake angeblich einer war, nie mit der rechten Hand erschossen hätte! Heureka, wird dann mein Hofrat schreien! Was sind wir doch wirklich für Volltrottel! Fast hätten wir einen Mörder und Selbstmörder, der bei allen drei Opfern ein plausibles Motiv gehabt hatte und der nachweislich die Mordwaffe aller drei Morde im Besitz hatte, unschuldig an den Pranger gestellt! Gott sei Dank hat uns Jonathan Graberth den rechten Weg gezeigt! Andernfalls hätten wir einen durchgeknallten, drogenabhängigen Künstler, der tagsüber möglicherweise ein paar lichte Momente hatte, für diese Morde verantwortlich gemacht. Und weiters wird mein Hofrat mit erhobenem Zeigefinger tadelnd sagen: Tannhacker, da hättest du fast einen Bock geschossen! Sind wir doch froh, dass uns der kreative Graberth mit seinen erfrischenden Ideen auf den richtigen Weg gelotst hat!« Dann knallte er beide Fäuste auf den Tisch und lehnte sich schmollend zurück.

»Das heißt«, blieb Jonny unerwartet ruhig, »du bist der gleichen Meinung wie deine Vorgesetzten?«

»Noch nicht!«, schrie Tannhacker gereizt. »Mir fehlen noch ein paar Daten von der Forensik und ein paar Gespräche mit Beteiligten, aber ich tendiere zu der Meinung meiner Vorgesetzten!«

»Na dann …«, sagte Jonny bedauernd und beobachtete Tannhackers pochende Adern.

»Herr Thybus!«, sagte Tannhacker jovial und wuchtete sich hinter seinen Schreibtisch. »Schön, dass Sie kommen konnten …«

»Hatte ich eine Alternative?«

»Ja!«, grinste der Oberst. »Mit zwei Tanzpartnern an der Seite, beide in Blau gekleidet und bewaffnet.«

»Ich bin freiwillig hier und ohne Anwalt, wie Sie sehen können. Natürlich habe ich schon von dem unverständlichen Freitod meines Protegés erfahren und ich kann Ihnen nur sagen: was für ein Verlust!«

»Das kann und will ich nicht beurteilen«, brummte Tannhacker und öffnete seine Unterlagen. »Die Gretchenfrage zuerst: Wo waren Sie Sonntagabend zwischen 20:00 und 22:00 Uhr?«

Genüsslich lehnte sich Klaus Thybus zurück, dachte kurz nach und sagte triumphierend: »Genau um diese Zeit dürfte ich bei einem lieben Freund in Monte Carlo einen kleinen Imbiss zu mir genommen haben. Ich schreibe Ihnen gerne die Kontaktdaten von diesem lieben Freund auf, wenn Sie sich für den Rennsport interessieren, wird Ihnen der Name was sagen. Es war auch, neben anderen prominenten Personen, der regierende Fürst von Monaco anwesend, aber den werden Sie wahrscheinlich nicht befragen wollen oder können …«

»Wie ich sehe, geht Ihnen der Tod Ihres Freundes gar nicht so nahe, wie ich eigentlich vermutet hätte …«

»Darf ich offen mit Ihnen sprechen, Herr Oberst?«, beugte sich Thybus vertraulich vor und in seinem Blick lag eine Kälte, die Tannhacker erschauern ließ. »Ich lernte Leopold Moser als alkoholisierten Klinkenputzer kennen, der seine Malereien für einen Apfel und ein Ei an ebenso illuminierte Wirtshausgäste verscherbelte. Erst durch mich bekam er die Chance, ein sorgenfreies Leben zu führen! Als Leonard Simon Drake.«

»Als ganz so sorgenfrei würde ich sein Leben nicht bezeichnen«, bemerkte Tannhacker trocken, »schließlich hat er sich, so der momentane Stand der Ermittlungen, das Leben genommen.«

»Haben Sie schon viel mit Künstlern zu tun gehabt? Ich glaube nicht. Nennen wir das Kind beim Namen: Wären Sie gerne mit Joseph Beuys, Franz Ringel, Jack Unterweger oder Klaus Kinski befreundet gewesen? Ich glaube eher nicht. Diese Leute lebten an einer Grenze, an die der Normalbürger nie kommt. Das sind Borderline-Exemplare wie aus dem Lehrbuch! Geschäftliche Arrangements mit diesen Kunstfreaks sind wie eine Wette auf den Außenseiter:

Du kannst möglicherweise viel verdienen, aber zu einem hohen Prozentsatz wirst du verlieren. Also versuchen Sie es bei mir gar nicht erst auf der emotionalen Ebene! Und das sage ich Ihnen sogar aufs Band: Aus diesem Loser Leopold Moser habe ich ganz alleine den angesagten Künstler Leonard Simon Drake kreiert, ohne mich wäre er in dem tiefen und unerbittlichen Sumpf der unentdeckten Künstler versunken, alleine und vollgepumpt mit Drogen.«

»Das ist Ihre Meinung«, antwortete Tannhacker emotionslos, »Ich kann sie weder bestätigen noch widerlegen. Wir werden Ihr Alibi überprüfen, alles Weitere ergibt sich von selbst. Eines noch!«, sagte er mit scharfer Stimme. »In der nächsten Zeit würde ich an Ihrer Stelle keine Auslandsaufenthalte einplanen, da mir viel daran liegt, dass Sie mir verfügbar bleiben. Und um etwaigen Verständnisschwierigkeiten auszuweichen, übersetze ich Ihnen mein Anliegen: Sie werden – noch nicht – als Tatverdächtiger eingestuft, trotzdem sind Sie für meine Ermittlungen ein unverzichtbarer Beteiligter. Deswegen habe ich Ihnen ein offizielles – unbestimmtes – Ausreiseverbot verhängt. In Ihrem Interesse hoffe ich, dass Sie sich auch daran halten ...«

Jovial öffnete Thybus seine Arme, als ob er den Oberst an seine Brust drücken wollte, und sagte mit Engelszungen: »Keine Angst, Sir! Gerade ich als renommierter Galerist sollte wissen, was meine bürgerlichen Pflichten sind. Sie haben daher meine vollste, ehrliche Unterstützung!«

In Tannhackers Augen konnte man mehr als nur einen Schimmer von Argwohn wahrnehmen. Trotzdem entließ er Thybus.

72

Die dunklen Möbel in Zwettlers Büro wirkten an diesem Nachmittag noch einschüchternder auf Tannhacker als sonst. Er schüttelte kurz und oberflächlich die Hand von Staatsanwalt Hans Noth und ließ sich in einen der Besuchersessel fallen. »Du riechst nach Alkohol!«, raunte ihm Hofrat Zwettler zu und klackerte mit seinen beschlagenen Schuhen hinter seinen Schreibtisch. Er ließ sich in seinen Ledersessel fallen, schlug die Beine übereinander und tat mit Inbrunst kund: »Ein schöner, legendärer Erfolg, würde ich meinen. Wir haben drei Morde in kürzester Zeit aufgeklärt, davon sind zwei älteren Ursprungs. Cold Cases, sozusagen. Was will man mehr?« Dann sah er beifallheischend zu Staatsanwalt Dr. Hans Noth.

Dieser räusperte sich und sagte: »In der Tat. Ein runder Fall. Diese Künstler plagen manchmal die schrecklichsten Gedanken. Es ist für uns Normalbürger meist schwer verständlich, was in so einem fehlgeleiteten Kunsthirn vorgeht, aber wir dürfen uns keineswegs scheuen, diese Ausritte auch zu bestrafen!«

Mit einem unzufriedenen Grunzen meldete sich Tannhacker zu Wort. »Alles schön und gut. Aber trotzdem geht es hier um Polizeiarbeit! Das heißt, wir müssen erst die Möglichkeit prüfen, ob Leonard Simon Drake diese Morde in den jeweiligen Zeitfenstern begehen konnte …«

»Karl, ich bitte dich!«, echauffierte sich Hofrat Zwettler. »Ein durchgeknallter Kreativer, vollgepumpt mit legalen und illegalen Drogen, der sich schlussendlich auch sein Leben nimmt! Welche Möglichkeiten sollten sich aus so einer eindeutigen Situation noch ergeben, frage ich dich ...?«

»Keine Ahnung, Hofrat«, griente Tannhacker. Während er aufstand und sich seinen Mantel zuknöpfte, hielt er kurz inne und sagte: »Aber genau dafür werde ich bezahlt, schätze ich einmal ...«

73

Jonny kuschelte an diesem Dienstagabend mit seinem schwarzen Labrador-Mix Foster auf der Couch, als es an der Haustür läutete. Es war Fritzl, der treue Trafikant. »Ich habe die Bestellung, die du aufgegeben hast, noch bekommen. Da du am Weg liegst, habe ich mir gedacht, ich bringe sie gleich vorbei ...«

»Du bist wirklich noch ein Relikt der alten Schule«, freute sich Jonny und bat ihn herein.

Eine typische wienerische Konstellation. Der eine, Jonny, kaufte seit etlichen Jahren in dieser Trafik ein. Der andere, Fritzl, dankte es ihm mit Sonderleistungen: mit außergewöhnlichen Bestellungen auch von ausländischen Verlagen, die normalerweise Österreich nicht belieferten, mit anzahlungslosen Sonderwünschen und manchmal sogar, wie in diesem Fall, mit kostenfreien Lieferungen vor die Haustür. Keine dicken Freunde, was auch immer das heißen mochte, aber beide ausgestattet mit einem dicken Polster an Vertrauen, den keiner der beiden verletzen würde.

Fritzl blieb auf zwei Achterln, er war ein wirklich angenehmer Gesprächspartner, dann musste er heim zu seiner Frau. Wahrscheinlich wäre er gerne länger sitzen geblieben. Aber Beziehung ging vor.

Genau über dieses Problem versuchte sich Jonny Klarheit zu verschaffen. Seine Jessy war nun ungefähr fünf Tage fort. Eigentlich der Traum eines jeden Festgebundenen. Keinerlei halbweiche Entschuldigung, warum man – trotz Eides auf Gott und Nebenfiguren – später eingetroffen war, keine an den Haaren herbeigezogene Rechtfertigung wegen eines dritten oder vierten Biers und kein schlechtes Gewissen wegen eines überlangen und alkoholgeschwängerten Abends mit Freunden, dessen Sinn kaum eine Frau auf dieser Welt verstehen würde.

Andererseits – gestand sich Jonny ein – fehlt mir genau diese überdimensionale Fürsorge, in der Gestalt von Jessy, die mir einen gangbaren Weg zeigt, das Leben auf respektable Weise zu bewältigen.

Genau über dieses Dilemma gab es schon unzählige Bücher. Doch bisher hatte keines davon eine vernünftige Lösung gefunden.

Er begleitete Fritzl zur Tür, wünschte ihm einen schönen Abend und konzentrierte sich auf das Material, das der Trafikant ihm mitgebracht hatte.

Durch seine langjährige Berufserfahrung und sein ausgeprägtes visuelles Verständnis brauchte er weder Lineal noch Typograf, um die einzeln ausgeschnittenen Buchstaben und

Buchstabengruppen des Drohbriefes einer Schrifttype und Schriftgröße zuzuordnen. Schon bald wurde klar, dass sie allesamt aus Schrifttypen bestanden, die in das grafische Konzept des »THE WORM« passten.

Um sich absolut sicher zu sein, hatte Jonny seinen Freund Gareis gebeten, das Polizeilabor anzuweisen, auch die Rückseiten der ausgeschnittenen Seiten zu fotografieren. Hilft's nicht, schad's nicht. Ein vielstrapazierter Ausspruch seiner verstorbenen Mutter.

Nach ein paar Stunden hatte Jonny alle Schnipsel den jeweiligen Artikeln und Überschriften zugeordnet. Es bestand kein Zweifel, der Drohbrief an Ed Stelczmayer war ausschließlich mit Headern von »THE WORM« fabriziert worden. Fast. Ein Wortfragment allerdings konnte er keinem Ausschnitt der einzelnen Seiten des Magazins zuordnen: nämlich »engl«.

Schon am Vormittag war ihm der besondere Schrifttypus des Wortes »engl« aufgefallen. Gill Sans Ultra Bold, in 50 Punkt, war eine unförmige, plumpe Schrift, die den Ästhetizismus eines Seiten-Layouts gehörig ins Wanken brachte. Obwohl »THE WORM« nicht zu den ausgefeiltesten Magazinen gehörte – diesen Fauxpas hätte sich der outgesourcte Grafiker niemals erlaubt.

Dann ging er schlafen.

An diesem Abend saß Hofrat Zwettler noch in seinem Büro im Landeskriminalamt und zog genussvoll an einer Virginiazigarre, im Volksmund auch als die »Kaiserliche« bekannt, da sie die Lieblingszigarre von Kaiser Franz Joseph war. So erhaben fühlte sich auch Zwettler nach seinem Telefonat. Er nippte zufrieden an seinem Cognac-Glas und sagte: »Damit dürften drei Morde geklärt und ein Selbstmord als solcher bestätigt sein!«

Staatsanwalt Dr. Hans Noth, den er schon seit Schultagen kannte, nickte beifällig und trank seinen Rémy Martin in kleinen Schlucken. »Kein Zweifel?«, fragte er der Ordnung halber.

»Kein Zweifel!«, dröhnte der Hofrat und legte zur Bestätigung seine Beine auf den Schreibtisch. »Die Forensikabteilung hat ihre Untersuchungen beendet und mir versichert, dass nichts dafürspricht, dass der Freitod von dem Maler nicht auch ein solcher gewesen ist. Also? Er hatte die Tatwaffe und die Motive für die drei Morde, daher muss er auch der Täter gewesen sein. Kriminologie kann manchmal auch recht einfach sein.« Befriedigt lehnte er sich zurück und dachte an seine Aufklärungsquote, die soeben einen weiten Schritt nach oben getan hatte.

»Und der Dicke?«, gab Noth zu bedenken.

»Meinst du Tannhacker?«, grinste Zwettler. »Der steht kurz vor seiner Pension und – glaube mir – der ist froh, wenn sein Schreibtisch von ein paar ungelösten Fällen befreit wird …«

»Na denn!«, sagte der Staatsanwalt erleichtert und wollte sich verabschieden.

Während sie sich innig die Hand schüttelten, bemerkte Zwettler beiläufig: »Übrigens, Hans. Da wir seit Engls Tod fast eine Informationssperre hatten, werde ich heute noch eine Pressemitteilung aussenden. Das ist sicher auch in deinem Sinne, möchte ich meinen …«

Noth befreite sich aus dem Händedruck und nickte zustimmend. Allerdings war sein Gefühl dabei nicht so euphorisch wie das des Leiters des LKA, Abteilung Gewaltverbrechen.

74

Am Mittwochmorgen hatten fast alle Tageszeitungen nur noch ein Thema: Leonard Simon Drake! Nachdem die Pressemitteilung von Hofrat Zwettlers Büro – nach fast 14-tägiger Informationssperre – über die Agenturen an die Redaktionen gegangen war, überflügelten sich die zuständigen Journalisten mit marktschreierischen Überschriften, hanebüchenen Mutmaßungen und aus den Fingern gesogenen Hintergrundstorys. Die Unschuldsvermutung für den toten Maler wurde aber in keinem Artikel erwähnt.

In der Galerie Roth & Thybus liefen die Telefone heiß. Schon vor diesem Tag goutierten einige Kunstsammler mit dem Ankauf eines Werkes von Leonard Simon Drake. Nachdem über die Presse bekannt geworden war, dass dieser Maler drei Menschen erschossen hatte, wollte jeder einen echten LSD bei sich hängen haben.

Die Kunstwelt hatte eigene Regeln, da möge sich jeder seine Meinung selbst bilden. Die Werke von Verbrechern – zum Beispiel die des in Chicago geborenen Massenmörders John Wayne Gacy Jr., der in den Jahren 1972 bis 1978 mindestens 33 Menschen ermordet hatte – erzielten auf dem Markt ordinäre Preise, die abseits jeder Vernunft lagen.

Klaus Thybus waren diese von Moral triefenden Vorbehalte schon immer ein Dorn im Auge. Schließlich verkaufte er keine Charity-Bonus-Meilen, sondern aktionäre Devotionalien, die plötzlich einen hohen Beliebtheitsgrad hatten. Wie oft hatte er Anfragen von namhaften Bürgern bekommen, die Unsummen für ein linkisches Aquarell von Adolf

Hitler geboten hatten! Diese Zeiten waren für ihn vorbei. Letztendlich saß er nun auf einer erquicklichen Anzahl von Gemälden, die ein grenzgenialer Künstler geschaffen hatte, der auch Leben ausgelöscht hatte. Besser hätte es für Klaus Thybus nicht laufen können …

»Noch vier Tage«, beruhigte Jonny seinen Labrador-Mix Foster. »Dann ist unser Fraudi wieder daheim!« Foster spitzte seine Ohren, da das Wort »Fraudi« in ihm eine positive Gemütsregung auslöste, aber da in den folgenden Minuten nichts passierte, schaltete er auf Normalmodus zurück und legte sich in sein Körbchen.

Sein Herrchen indessen bemühte sich halbherzig um ein Layout für ein Monatsmagazin rund um Klein- und Schrebergärten, welches von einer renommierten Baufirma finanziert wurde und in Zusammenarbeit mit den entsprechenden Vereinen die Bedürfnisse dieser – gar nicht so kleinen – Interessengemeinschaft befriedigen sollte.

Doch es wollte ihm nicht so unbeschwert aus den Fingern fließen wie seine sonstigen Aufträge.

Deshalb nickte er Foster zu, der augenblicklich in den Bereitschaftsmodus wechselte, und sagte: »Komm, wir gehen ins ›s'Graffiti‹ und reinigen ein bisschen unsere Gedanken …«

Dort angekommen bekam Foster sein obligatorisches Schinkenblatt und Jonny ein Bier. Da das Lokal recht ausgelastet war, nahm Graberth Platz am Tresen. Neben ihm saß Dr. Vilbrand, der Alte, und fuchtelte wild mit einer riesengroßen Leselupe über einem Farbmagazin.

»Suchst du nach versteckten Mikropunktnachrichten oder versuchst du, die Zeitschrift anzuzünden?«, ätzte Jonny.

»Spar dir deine Kommentare!«, fauchte Vilbrand zurück. »Sonst schleppe ich dich vor den Kadi, der dir die längst überfälligen Stockhiebe auf deine Fußsohlen verpasst!«

»Schon verstanden«, grinste Jonny und wandte sich dem einmaligen österreichischen Schachmeister Friedl zu, der auf der anderen Seite saß.

Mit ihm plauderte Jonny unter anderem über die Elo-Zahl, die die Spielstärke von Schachspielern widerspiegelte. Da Jonny zwei Jahre lang Mitglied im Mensa-Klub gewesen war, versuchte Friedl ihn zu überreden, auch das Schachspiel zu probieren.

»Man braucht nur Hirn, Muße und Zeit …«, wollte er dem Grafiker das königliche Spiel näherbringen.

»Am dritten Punkt haperts bei mir«, gestand sich Jonny ein. »Eventuell können wir in ein paar Jahrzehnten darüber sprechen.«

»Wenn es dieses Spiel in ein paar Jahrzehnten noch gibt!«, mischte sich Dr. Vilbrand ungefragt ein und drohte mit seiner überdimensionalen Leselupe.

»Warum nicht? Schließlich gibt es dieses Spiel schon ein paar Jahrhunderte«, konterte Jonny und wandte sich dem Alten zu. Seine pessimistische Antwort hörte er gar nicht mehr, da die aufgeschlagene Seite von Vilbrands Magazin Jonnys ganze Aufmerksamkeit beanspruchte. Er schnappte sich die Zeitschrift, leinte Foster an, preschte zur Tür und rief aufgeregt zurück in den Gastraum: »Deine Getränke gehen auf mich, Alter! Wir reden ein andermal weiter, Friedl! Und Maria, schreib mir bitte alles auf, ich komme morgen und begleiche meine Rechnung!« Dann war er weg. Die Zurückgebliebenen schüttelten nur verständnislos ihre Köpfe.

75

Der nächste Termin, der ihm durch eine fadenscheinige Entschuldigung abgesagt worden war. Heimo Achtern knallte den Hörer genervt auf seine hypermoderne Festnetzeinrichtung. »Frau Pittner!«, schrie er verärgert über seine offene Tür in den einladenden Vorraum. Sekunden später trippelte diese mit einer Unschuldsmiene in sein Büro.

Ihm war es egal. »Sind Sie nicht in der Lage, Termine auszumachen, die auch wirklich stattfinden?«, ließ er seinen Frust an ihr aus. Sie konnte nichts dafür, das wusste er. Trotzdem brauchte er einen Schuldigen oder eine Schuldige.

Sein Hauptproblem war, dass er nicht mehr an den Schalthebeln der Macht saß. Genau dieser Umstand hatte Dr. Breymann vom Phoebuskartell dazu veranlasst, den Kontakt abzubrechen. Selbstverständlich mit dem Segen der einzelnen Investoren.

Und genau mit diesem radikalen Schnitt konnte und wollte sich Heimo Achtern nicht abfinden. Schließlich hatte er im Namen seiner Partei verschlüsselte Wahlversprechen zugunsten dieser Mega-Konzerne gemacht.

Und nun behandelten sie ihn wie einen Aussätzigen?

Vielleicht war der einzige Weg eine Selbstanzeige. Dann würden all diese großkotzigen Krawattenträger mit ihm bluten. Schließlich verwarf er diesen Gedanken. Er war schon immer ein Sparmeister gewesen. So auch bei seinem Blut.

76

Oberst Karl Tannhacker und Revierinspektor Frankie Gareis saßen in den unbequemen Besucherstühlen in Hofrat Zwettlers Büro und starrten Löcher in die Luft.

Nach lähmenden Minuten betrat Zwettler forsch sein Zimmer und rief euphorisch: »Da sind ja meine beiden Helden!«

Seine überschwängliche Stimmung wirkte auf die beiden Kriminalbeamten eher befremdlich als ansteckend. Gareis verkrampfte sich und zog seinen Kopf sichtbar ein. Tannhacker lehnte sich zurück und kniff seine Augen zusammen wie Clint Eastwood.

»Ich habe eine gute Nachricht und eine gute Nachricht für euch. Welche wollt ihr zuerst hören?«

»Die gute«, stieg Gareis auf diesen billigen Kalauer ein und handelte sich damit einen vorwurfsvollen Blick von Tannhacker ein.

»Also gut, Revierinspektor Gareis!«, flüsterte Zwettler und sank auf seinem Schreibtisch zusammen. Plötzlich sprang er auf, seine Hände schossen in die Luft und er schrie: »Sie sind ab dem heutigen Tag Bezirksinspektor! Gratulation!« Er kam breit grinsend hinter seinem Schreibtisch hervor und schüttelte übertrieben Gareis' Hände. »Und für dich, mein lieber Karl, habe ich eine noch herausragendere Überraschung!«, senkte er wieder seine Stimme. Oh Gott, dachte sich Tannhacker und rieb seine Schläfen.

»Ich habe dich …«, begann Zwettler geheimnisvoll wie ein Verkäufer im Media-Shop, der zu einem Messerset noch einen patentierten Schleifstein dazulegte, »… für das Goldene Verdienstkreuz der Republik Österreich vorgeschlagen!«

Tannhackers Handy läutete. Er zog es aus seiner Jackentasche – es war Jonny Graberth – und drückte den Anruf weg.

»Hast du verstanden, was ich dir eben gesagt habe?«, fragte Zwettler verblüfft.

»Ja, ja. Verdienstkreuz und so. Wofür? Dafür, dass ich meine Arbeit gemacht habe? Oder wollt ihr mich auf elegante Weise gefügig machen …?«

»Aber keineswegs, lieber Karl!«, winkte der Hofrat mit einem gekünstelten Lacher ab. »Wir wollen nur deine besonderen Leistungen würdigen.«

Oberst Tannhackers Handy piepste. Da er es noch in der Hand hielt, warf er einen kurzen Blick darauf. Es war eine WhatsApp-Nachricht von Jonny: »Drück mich nicht weg, du Walross! Es ist wichtig! Komm zu mir nach Hause, sobald du kannst!«

»Ich danke dir, Hofrat, aber jetzt muss ich arbeiten gehen. Ich möchte ja auch weiterhin besondere Leistungen erbringen …« Dann ließ er die beiden Kollegen mit ihren verdutzten Mienen allein.

Nach zehn Minuten klopfte er an Jonnys Tür. Dieser öffnete ihm aufgewühlt und rannte in die Küche, um zwei Flaschen Bier zu holen. Inzwischen begrüßte Tannhacker Foster innig und nahm auf der Ledercouch Platz.

Jonny kam mit den Bierflaschen, sie prosteten sich zu und ließen den kühlen Saft ihre Kehlen hinabrinnen.

Mit seiner riesigen Pranke wischte sich Tannhacker über den Mund und sagte: »Schieß los, du Kreativbolzen! Was macht dich so kribbelig …«

Jonny setzte ein gewinnendes Lächeln auf, trank nochmals aus der Bierflasche und ging in sein Arbeitszimmer. Nach ein paar Sekunden kam er mit einer Flügelmappe wieder. Daraus holte er eine aus einem Magazin herausgerissene Seite hervor und legte sie vor Tannhacker ab. Dieser sah die Silhouette eines nackten Frauenkörpers, sah Jonny fragend an und sagte: »Für meine Begriffe etwas zu mager. Aber ich kann mir nicht vorstellen, dass du über mein Beuteschema sprechen willst …«

»Lies den Text«, forderte ihn Jonny auf.

»›Einzigartige strukturierte Keramikpinzetten erfassen selbst feinste Härchen‹ …«

»Nicht diesen«, unterbrach ihn Jonny. »Den fett geschriebenen Text.«

»Meinst du: ›Seidenglatt im Handumdrehen‹ …?«, fragte Tannhacker leicht überfordert.

»Genau den! Was fällt dir auf?«

Tannhacker schüttelte seinen massigen Kopf und passte: »Keine Ahnung, was du meinst. Abgesehen davon, dass ich mir meinen Pelz sowieso nicht …«

»Die Schrift!«, unterbrach ihn Jonny. »Die Schrift! Dieser Slogan wurde in der Gill Sans Ultra Bold gesetzt! 50 Punkt! Na, klingelt es bei dir?«

»Keinen blassen Schimmer, was du meinst …«

»Okay«, sagte Jonny leicht genervt, lehnte sich zurück und leerte seine Bierflasche. »Ich hole uns noch zwei Patronen, dann werde ich deinen Horizont erweitern!«

Phlegmatisch lehnte sich Tannhacker in die bequeme Sitzgarnitur zurück und harrte der Dinge.

Jonny öffnete die Flaschen mit einem Feuerzeug, eine liebgewonnene Angewohnheit aus seiner Sturm-und-Drang-Periode, fixierte seinen Freund und sprach mit ihm wie mit einem Kleinkind, das seinen Spinat nicht essen wollte: »Also gut. Auf der einen Seite haben wir einen Drohbrief an Stelczmayer, der aus ausgeschnittenen Wortfragmenten besteht, die allesamt aus verschiedenen Ausgaben von »THE WORM« stammen. Auf der anderen Seite haben wir im Atelier des Künstlers Leonard Simon Drake einzelne Seiten des Magazins gefunden, aus denen Silben oder Worte geschnitten worden waren. Nach einem Vergleich wurde der Drohbrief tatsächlich aus den Schnipseln der bei Drake gefundenen Seiten zusammengesetzt.«

»Bevor du weitersprichst«, unterbrach ihn Tannhacker und hob belehrend seinen Zeigefinger. »Du sagst immer *wir*. Das ist falsch! *Wir*, das Landeskriminalamt Wien, haben diese Fakten gesammelt und archiviert. Und da gehörst du leider nicht dazu, wie dir möglicherweise bekannt ist …«

»Jetzt häng dich nicht an solchen Nebensächlichkeiten auf, du Bürohengst! Es geht um die Sache! Und da möchte ich dir meine Erkenntnisse präsentieren. Also, Drohbrief und Schnipsel stimmen total überein, bis auf ein Wort: ›engl‹! Ich hab es gefunden und du hast es eben vorgelesen!«

Tannhacker verstand nur mehr Spanisch.

»*Seidenglatt!*«, ereiferte sich Jonny. »Das ist der Textbaustein, der uns respektive euch gefehlt hat! In Gill Sans Ultra Bold gesetzt! 50 Punkt! In diesem Wort verbirgt sich der Schnipsel ›engl‹, der euch gefehlt hat!«

»Und weiter? Ich sehe jetzt wahrlich nicht die große Erleuchtung oder den ultimativen Durchbruch auf mich zukommen …«

»Hast du Bretter vor deinem Kopf?«, brauste Jonny auf. »Dieses Inserat von dem Epilierer wurde in dieser Ausgabe des ›THE WORM‹ erstmals geschaltet! Ich habe diese Annonce zufällig beim Alten im ›s'Graffiti‹ entdeckt. Und diese Ausgabe ist erst seit Montagfrüh im Umlauf! Das heißt, mein lieber Freund: Stelczmayer hätte mich montags um 5:45 Uhr gar nicht anrufen können, da sein sogenannter Drohbrief erst um 6:00 Uhr an diesem Morgen hätte erstellt werden können! Um diese Uhrzeit werden die Magazine nämlich ausgeliefert, Herr Schlau!«

Nun begann der Oberst doch ein bisschen zu überlegen.

»Das heißt nichts anderes«, ereiferte sich Jonny, »als dass Ed Stelczmayer gelogen hat!«

»Schön und gut«, lenkte Tannhacker ein. »Aber warum? Er hat ein wasserdichtes Alibi für die Zeit des Selbstmordes von diesem schrägen Künstler, das übrigens von Gareis und den Kollegen in Hamburg überprüft wurde …«

Jonny gab ihm recht, aber wandte ein: »Stell dir einfach ein Puzzle vor, Amigo. Du setzt einen Stein, der nicht wirklich hundertprozentig passt. Aber du machst weiter. Jede Wette, dass die nachfolgenden Steine überhaupt nicht mehr ins Gesamtgefüge passen, denn es gibt nur eine Lösung!«

»Was willst du mir damit sagen?«

»Nichts weiter«, gab sich Jonny zugänglich. »Nur: Ein Puzzle ist fertig, wenn jeder Stein, der gesetzt wurde, hundertprozentig passt und es keine Unebenheiten gibt …!«

»Meine Steine passen«, knurrte Tannhacker. »Ich wurde nämlich für das Goldene Verdienstzeichen der Stadt Wien vorgeschlagen! Und dabei hast du gestört!«

»Gratuliere!«, sagte Jonny einlenkend. »Aber warum?«

»Was heißt, warum? Wegen meinen außergewöhnlichen Fähigkeiten, schätze ich.«

»Dann lass doch einmal deine außergewöhnlichen Fähigkeiten zutage kommen …«

»Wie soll ich das verstehen?«

»Hallo?«, entrüstete sich Jonny. »Stelczmayer hat gelogen! Ich finde, das ist Grund genug, ihn in die Mangel zu nehmen!«

»So ist deine Sichtweise, mein Freund! Aber was genau können wir ihm beweisen? Bei Leonard Simon Drakes Selbstmord, der nach wie vor als solcher im LKA geführt wird, war Stelczmayer nachweislich in Hamburg bei einer Brunhilde, die ihm angeblich gehörig den Arsch versohlt hat. Aber jeder hat sein Pläsier, wie ich meine.«

»Sag, schnallst du es nicht? Stelczmayer hat gelogen!«

»Wenn dem so wäre, müsste ich alle Politiker festnehmen, die irgendein falsches Versprechen vor der Wahl abgegeben hätten! Das läuft so nicht, mein Freund!«

»Noch einmal für die Langsamen. Den Drohbrief an Ed Stelczmayer kann nur jemand verfasst haben, der Zugang zu den Vorabdrucken hatte!«

»Also fast alle aus der Druckerei und Ed Stelczmayer!«

»Genau, das meine ich!«, pflichtete ihm Jonny bei. Plötzlich stutzte er und sagte mit leiser Stimme: »Einen haben wir vergessen: seinen Stellvertreter, Herwig Mischuretz!«

77

Mit einem Plastiklöffel aß Tannhacker einen pikanten Thunfischsalat aus der Dose und trank dazu ein Bier. Ebenfalls aus der Dose. Zaghaft wurde an seine offene Bürotür geklopft.

»Kommen Sie nur herein, Herr Mischuretz!«, rief der Oberst mit vollem Mund und winkte mit dem Plastiklöffel.

Unsicher betrat Herwig Mischuretz das Büro und setzte sich aufgrund von Tannhackers Geste auf den hölzernen Besucherstuhl.

Während Tannhacker die letzten Reste aus der Dose kratzte, musterte er unverhohlen den unscheinbaren Mann.

Dieser räusperte sich verlegen und sagte mit leiser Stimme: »Entschuldigen Sie, aber ich muss überhört haben, *warum* ich hier erscheinen sollte …«

»Haben Sie nicht«, murmelte Tannhacker und warf beide Dosen und den Plastiklöffel in seinen Papierkorb. »Weil ich es Ihnen nicht gesagt habe!«

»Oh!«, entfuhr es Mischuretz. »Weswegen bin ich dann eigentlich hier?«

»Sie befinden sich hier im Dezernat Gewaltverbrechen, genauer gesagt geht es um Mord. Noch genauer: Es geht um Morde!«

Der Journalist wurde etwas nervös, er rieb beide Hände auf seinen Oberschenkeln. »Wenn es vielleicht um den Tod von Uwe Engl geht, da habe ich gelesen, dass der Schuldige schon gefunden wurde …«

»Sie dürfen nicht alles glauben, was so in den Zeitungen steht. Aber das wissen Sie sicherlich besser als ich«, grinste Tannhacker.

»Also geht es um Engl?«

»Wann bekommen Sie die Korrekturfahnen von Ihrer Druckerei?«, fragte der Oberst beiläufig.

»Die Druckfahnen … Ich verstehe nicht …«, stotterte Mischuretz unsicher.

»Na, so schwer ist die Frage wahrlich nicht: Wann bekommen Sie die Korrekturfahnen von Ihrer Druckerei?«, sagte Tannhacker schon etwas schärfer und beugte sich vor.

»Ich weiß nicht, besser gesagt, ich weiß schon. Aber was hat das …«

»Wann!«, donnerte Tannhacker.

Herwig Mischuretz zuckte zusammen und antwortete kleinlaut: »Meistens am Freitag, ab und zu auch am Samstag. Wie Sie vielleicht schon wissen, beschäftigen wir freiberufliche Grafiker, die uns das Seitenlayout gestalten. Darum haben wir einen gewissen Zeitpolster einberechnet, um etwaigen Änderungen Rechnung tragen zu können. Kurzfristige Ausbesserungen nimmt die Druckerei vor.«

»Wann waren die Korrekturfahnen für die Ausgabe, die diese Woche erschienen ist, in Ihrem Redaktionsbüro!«

Er blies konzentriert aus und wiegte langsam seinen Kopf. »Es muss so um die Mittagszeit am Freitag gewesen sein. Sie kommen mit einem Fahrradboten, da wir in der Zentrale noch keinen geeigneten Drucker haben, um diese Überformate auszudrucken. Ich bin an diesem Tag schon so etwa um 17:00 Uhr daheim gewesen. Ed, also Herr Stelczmayer, hat mich noch am Samstag in der Früh angerufen, dass die Fahnen korrigiert wurden und er die Druckfreigabe gegeben hätte.«

»Wie viele Exemplare der Druckfahnen kriegen Sie?«

»Im Normalfall zwei …«

»Sie haben von dem Drohbrief an Stelczmayer gehört? Was können Sie mir darüber erzählen?«

»Ich fürchte, nicht viel!«, bedauerte Mischuretz. »Ed hat mir davon erzählt, aber ich habe diesen Brief nie zu Gesicht bekommen.«

»Wollen Sie mir noch irgendetwas erzählen, was Ihnen auf der Seele brennt?«, fragte Tannhacker plötzlich.

Erschrocken stammelte der Journalist, dessen Kopffarbe nun einer aufgeschnittenen Wassermelone glich: »Nein, wie kommen Sie darauf!«

»Na dann!«, grunzte Tannhacker und bedachte ihn mit einem schrägen Blick. »Sie können jetzt gehen, aber fahren Sie mir nicht zu weit fort!«

Eingeschüchtert verließ Mischuretz das Büro.

»Wie war's?«, fragte Jonny seinen Freund eine Stunde später im »s'Graffiti«.

»Durchwachsen«, antwortete Tannhacker und orderte zwei Bier bei Maria.

»Na komm! Lass dir nicht die Würmer aus der Nase ziehen ...«

»Also gut. Nachdem Mischuretz gegangen war, habe ich ihn erkennungsdienstlich im Computer aufgerufen. Und siehe da, er tauchte auf! Vor ungefähr sechs Jahren gab es eine Anzeige wegen sexueller Belästigung. Über eine Internet-Plattform hatte er einige junge Männer angeschrieben, die Eltern von einem dieser Chat-Partner hatten dann Anzeige erstattet. Das Verfahren verlief allerdings im Sand.«

»Seine Vorlieben sind mir eigentlich wurscht. Kann er den Drohbrief geschrieben haben?«

Der Oberst starrte sein Bierglas an und befreite es bedächtig mit beiden Daumen vom Kondenswasser. Dann antwortete er zögerlich: »Nein, ich glaube nicht! Was für ein Vorteil sollte ihm auch daraus erwachsen?«

»Keine Ahnung«, sinnierte Jonny. »Aber stimmst du mir zu, dass das Puzzle zurzeit noch uneben ist?«

»Ungern. Aber ich habe auch so ein komisches Gefühl in meinem Bauch ...«

»Und dieses Gefühl muss mächtig sein, wenn ich mir deinen Wanst so ansehe«, murmelte Jonny und stieß seinem Freund aufmunternd in die Rippen.

78

Noch ein paar lange Tage, bevor Jessy heimkommen würde. Foster hatte diesen leidenden Blick, der ein Unverständnis darüber ausdrückte, wo – um alles in der Welt – sich sein Frauchen herumtrieb. Ebenso ging es Jonny, nur wusste er, wo sie war. Was ihm nicht wirklich half.

Er konzentrierte sich auf die Kleingartenzeitung, für die es mittlerweile auch schon einen Namen gab, den er mit den Vertretern des Vorstandes erarbeitet hatte: »Der Zaunkönig« hieß das neue Blatt. Das Logo ergab sich von selbst: ein stilisierter Vogel, ähnlich natürlich einem Zaunkönig, minimiert auf ein paar Striche, dennoch erkennbar.

Trotzdem war Jonny nicht ganz bei der Sache. Fortwährend musste er auf sein Pin-Board blicken, auf dem die mit großer Blockschrift beschrifteten Kärtchen angepinnt waren: JAKOB ROTH, AARON WEINBERG und UWE ENGL. Er schrieb ein neues Kärtchen: LEONARD SIMON DRAKE. Darunter die möglichen Verdächtigen.

Aus einem unerfindlichen Grund fing Jonny an, mit den Kärtchen zu spielen. Mal schob er das eine hierhin, mal das andere dorthin. Irrwitzige Kombinationen kamen dabei heraus. Irgendwann rief er Frankie Gareis an und stellte ihm ein paar Fragen, die der zögerlich, aber doch beantwortete. Am Computer ackerte er sich durch das Archiv von »THE WORM«. Und irgendwann gab das Puzzle einen Sinn. Ein paar Steine fehlten allerdings noch.

Es war an diesem Mittwochnachmittag kurz nach 16:00 Uhr, als Jonny in das Lokal »Zur Elfe« fuhr. Wie erwartet saß Anton Kubik an seinem Stammplatz und gab sich die Dröhnung.

»Kennst du mich noch?«, fragte Jonny und nahm ihm gegenüber Platz. »Ich bin der Weihnachtsmann, der offene Getränke zahlt!«

Mit verschwollenen Augen nahm ihn Kubik wahr, grinste kurz und sackte in sich zusammen. »Ich liebe dich …«, lallte er.

»Ich weiß«, sagte Jonny, »aber du musst dich jetzt ein bisschen konzentrieren.«

Sie verbrachten die nächste Stunde im Gespräch mit ausgiebigen Getränkepausen. Kubik sah sich ein paar Fotos auf Jonnys Handy an und erzählte etwas schwer verständlich Geschichten aus einer Zeit, die schon mehr als 20 Jahre zurücklag. Trotz seines flüssigkeitsbetonten Lebensstils konnte er sich verwunderlicherweise noch recht deutlich an die verschiedensten Kleinigkeiten erinnern.

Jonny klopfte ihm dankbar auf die gebeugten Schultern

und zahlte die exorbitante Rechnung. Dann rief er Tannhacker an und fuhr zu ihm ins LKA.

»Wir machen heute Überstunden«, sagte Tannhacker zu Frankie Gareis und Madiba Breyer. »Haltet euch bereit!« Dann verschwand er mit Jonny in seinem Büro.

Nach einer halben Stunde rief er die beiden herein und sagte in einem ungewohnt sanften Ton: »Macht bitte die Tür zu, setzt euch und hört mir genau zu. Unser Freund, der umtriebige Jonny Graberth, hat mir wieder einmal in einem kreativen Wahn eine hanebüchene Geschichte aufgetischt, der ich trotzdem nachgehen möchte. Um diese Geschichte zu überprüfen, müssten wir ein paar Grenzen überschreiten, die zweifelsfrei in einem Disziplinarverfahren enden würden. Rückendeckung vom Hofrat haben wir keine, deshalb darf auch kein Sterbenswörtchen zu ihm durchsickern. Daher meine Frage: Wer von euch ist trotzdem dabei?«

Gareis und Breyer sahen sich nur kurz an, dann nickten sie mit einem breiten Grinsen.

Eine leise Rührung stand Tannhacker ins Gesicht geschrieben, als er sagte: »Meine Schule!« Er gab Breyer einen vollgekritzelten Zettel und erläuterte: »Madiba, von diesen Namen brauche ich alle finanztechnischen Informationen, die du finden kannst! Weltweit! Eventuell Zusammenhänge, Firmenkonstrukte, Gesellschaften. Stöbere in den finstersten Ecken!«

»Keinerlei Beschränkungen?«

»Nope …«

»Solche Aufgaben machen mich irgendwie glücklich«, strahlte Breyer und ließ seine blütenweißen Zahnreihen aufblitzen.

»Und du, Frankie, müsstest noch ein paar Leute befragen – diskret, wenn es möglich ist. Wir treffen uns morgen um 11:00 Uhr hier in meinem Büro. Dann lassen wir die Puppen tanzen«, schloss Tannhacker seine Ausführungen und fügte leise hinzu: »Hoffentlich fliegt uns dieser gesamte Scheiß nicht um die Ohren …«

79

Pünktlich um 11:00 Uhr betrat Tannhacker sein Büro und blickte in drei grinsende Gesichter. »Da bin ich wohl rechtzeitig zu einer großen Party gekommen«, brummte er und fläzte sich auf seinen Drehstuhl. »Na, was ist, ihr Hutschpferde? Kommt da was oder muss ich mit euren drei feixenden Larven vorliebnehmen?«

Jonny und Frankie sahen zu Madiba Breyer und nickten ihm zu.

Dieser stand auf und entfaltete ein vollgeschriebenes Packpapier in der Größe A0. »Dann werde ich einmal den Anfang machen …«

Die nächsten zwei Stunden versuchte er anhand von Tabellen, Ausdrucken, Kontoauszügen, Screenshots und diversen Schriftstücken ein hochkompliziertes, weit über die Grenzen Österreichs hinausgehendes Firmenkonstrukt zu erklären, in welchem beachtliche Vermögenswerte verschoben wurden. Zwischenfragen beantwortete er souverän und ohne zu zögern. Tannhacker musste sich eingestehen, dass der Bursche mit nigerianischen Wurzeln eine wirkliche Bereicherung für sein Team darstellte.

Nachdem Madiba Breyer seinen Vortrag beendet hatte, blickten alle gespannt auf Oberst Tannhacker. Der rubbelte mit beiden Händen hektisch über sein Gesicht, bevor er lauthals verkündete: »Scheiß drauf, ganz oder gar nicht!«

Dann packte er die Unterlagen zusammen und schritt forsch zu seinem Vorgesetzten, Hofrat Zwettler, ins Büro. Die Protestschreie von Zwettlers Sekretärin ignorierte er.

Die Verhandlungen erwiesen sich als so zäh, wie es Tannhacker erwartet hatte. Hofrat Zwettler hinterfragte jede Zahl und jedes Detail, als ob *ihm* die Justiz im Nacken sitzen würde. Nach mehr als einer Stunde Hin und Her, nach diversen obskuren Anschuldigungen und Behauptungen, rief Zwettler seinen Schulfreund, Staatsanwalt Dr. Hans Noth, an.

Nicht einmal 15 Minuten später traf dieser ein, ließ sich ein Aspirin und Wasser geben und lauschte unbehaglich den Ausführungen von Tannhacker.

Kurz nach 16:00 Uhr wurden sechs Teams ausgeschickt, um Hausdurchsuchungen vorzunehmen, allesamt genehmigt von Staatsanwalt Dr. Hans Noth.

Noch an diesem Abend – es war so um 19:00 Uhr am Donnerstag, den 21. Februar – gab es erste Verhaftungen. Auf die Insistenz eines hochrangigen Polizeibeamten und eines Beamten des Justizministeriums wurde eine vorläufige Informationssperre verhängt. Aber das war Tannhacker egal, mit der Presse konnte er sowieso noch nie …

80

Dieser Freitag gestaltete sich für Jonny wie ein Warten auf Prüfungsergebnisse. Mal hatte man ein gutes Gefühl, andererseits aber auch wieder nicht. Es war ein Schweben im luftleeren Raum. Es erinnerte stark an seine Aufträge als Grafiker: Ein Kunde suchte ein Logo, Jonny glaubte, es gefunden zu haben, aber er war sich nie sicher, wie es bei seinem Kunden ankommen würde. Eine noch unbestätigte Erwartungshaltung.

So fühlte er sich. Er legte Foster das Halsband an und fuhr mit ihm nach Korneuburg in die Au und verbrachte dort drei Stunden. Auf dem Rückweg hielt er in Langenzersdorf beim Terrassenheurigen Trimmel, gönnte sich ein Bier und ein Schmalzbrot mit frischen Zwiebeln und fuhr heim.

Jetzt würde er gerne mit Jessy reden, einfach nur so! In zwei Tagen könnte er es tun, doch es brannte ihm im Moment auf der Seele. Tannhacker, Gareis und Breyer beantworteten schon seit gestern keinen seiner Anrufe. War das ein gutes Zeichen oder eher ein schlechtes? Blutbefund, fiel ihm noch ein. Das Warten auf einen Blutbefund. Niemand war sich absolut sicher, was der routinemäßige Check ans Licht bringen würde.

Um sich etwas abzulenken, rührte er einen dickflüssigen Teig aus Mehl, Eiern, Milch, einer Prise Salz und etwas klein geschnittener Petersilie und backte goldbraune Palatschinken. Nachdem diese ein bisschen abgekühlt waren, schnitt er sie in feine Streifen, packte sie portionsweise in Plastikbeutel und fror sie ein. Frittaten als Einlage für eine kräftige Rindssuppe konnte man immer brauchen.

Am frühen Nachmittag läutete Jonnys Handy. Wie elektrisiert fuhr er auf, sah aufs Display und war etwas enttäuscht, dass es Jessy war, die anrief. Trotzdem hob er ab und sagte mit säuselnder Stimme: »Hallo, mein Schatz! Schön, dass du anrufst …«

»Geht's dir gut, mein Prinz?«, gurrte sie. »Du klingst so, als ob du einen anderen Anruf erwartet hättest …«

»Aber gar nicht!«, sagte er etwas zu hastig und zu laut. Und bereute es im selben Augenblick.

»Habe ich es mir doch gedacht! Mischst du dich möglicherweise wieder in irgendwelche polizeilichen Ermittlungen von Karl ein?«

»Wie kommst du darauf!«, erwiderte er empört. »Schließlich könnte ich auch einen Anruf von einem Kunden erwartet haben. Oder von einer superscharfen Blondine, die ich in den letzten Tagen kennengelernt habe.«

Jessy seufzte und sagte – mit einem zarten, vorwurfsvollen Hauchen in der Stimme: »Hast du mir nicht versprochen, dass du dich nicht mehr in Tannhackers Fälle einmischen wirst? Hoch und heilig?«

»Ich bin ohne Bekenntnis«, murrte Jonny trotzig. »Und als Versprechen kann man die Aussage, die ich – möglicherweise – einmal etwas unbedacht getätigt habe, auch nicht werten. Das war sicher nur so gemeint wie *nicht immer* oder *fast gar nicht …*«

»Warum haben Männer immer so eine breite Deutungspalette bei Aussagen, die sie einmal getätigt haben?«

»Weil Frauen – ihr mögt allesamt verdammt sein – sich in den meisten Fällen auch nach Jahren noch an den genauen Wortlaut einer nebensächlichen Bemerkung erinnern können. Diese Gabe ist uns Männern fremd. Meist vergessen wir schon nach Stunden, was wir so von uns gegeben haben …«

»Gilt das als Plädoyer für einen Wiederholungstäter?«

»Aber überhaupt nicht! Ich möchte nur …«

Jonnys Handy signalisierte mit einem permanenten Piepton, dass ihn jemand anrief. Ein kurzer Blick aufs Display zeigte ihm, dass es Tannhacker war.

»Schatz!«, überschlug sich Jonnys Stimme. »Ich liebe dich und werde dir alles erklären! Aber jetzt muss ich auflegen …!« Er beendete abrupt den Anruf und holte sich den Oberst in die Leitung.

»Ja …?«, meldete sich Jonny atemlos.

»Du klingst, als ob du gerade von einer Frau abgestiegen wärst …«, brummte Tannhacker.

»Das kommt der Wahrheit schon recht nahe. Spann mich nicht auf die Folter. Was geht bei euch ab?«, fragte Jonny ungeduldig und hörte seinen Freund befriedigt grunzen.

»Ein Geständnis haben wir schon! Du hast – ausnahmsweise – einmal recht gehabt mit deinem Riecher. Aber jetzt sind wir an der Reihe, hier ist nämlich akribische Polizeiarbeit gefragt. Also entspanne dich, mach deine Kritzeleien oder sonst irgendeinen Unfug und lass die Profis zusammenräumen …«

Jonny legte sein Handy weg, streichelte Foster intensiver als sonst und genoss das wohltuende Gefühl, das einen durchströmte, wenn man eine schwierige Aufgabe bewältigt hatte. Zum Beispiel ein Puzzle mit 5.000 Teilen.

81

Jeder Wasserhahn beginnt einmal zu tropfen. So wurde auch die auferlegte Informationssperre langsam undicht. In kleinen Dosen erfuhr die heimische Presse nach und nach von den Vorgängen, die im Landeskriminalamt vor sich gingen. Noch traute sich keine Zeitung, konkrete Fakten zu liefern, Platz für gewagte Mutmaßungen war jedoch zur Genüge da. In den Samstagsausgaben begannen einige Journalisten, über die ungeklärten Mordfälle und deren neueste Entwicklung zu berichten. Sicherheitshalber endeten alle Headlines mit Fragezeichen.

War der Tod von Uwe Engl nur ein Teil einer Verschwörung?

Gibt es mysteriöse Zusammenhänge zwischen den Morden an angesehenen Bürgern?

Wer war Leonard Simon Drake wirklich? Sind seine Initialen LSD das Revival einer längst vergessenen Droge?

Läuft in Wien ein Auftragsmörder frei herum?

Spielt die Exekutive Fälle hoch, um im kommenden Budget mehr abzusahnen?

Natürlich waren auch die Archivare gefragt, die schon erschienene Artikel wieder zum Leben erweckten und diese neu aufbereiteten.

In den sozialen Medien fand man weniger Zurückhaltung. Hier gab es die wildesten Anschuldigungen, Denunzierungen und Schuldzuweisungen. Wobei niemand wusste, worum es eigentlich ging.

Leonard Simon Drake war der neue Charles Manson! Aber beide sind nun tot. Wer ist der nächste Luzifer?

Honorige Mitbürger wurden verhaftet! Erinnert uns das nicht an totalitäre Staaten?

Diesen groskopfigen gebürts … haha!

Bis Samstagabend die große Bombe platzte. Hofrat Zwettler berief eine Pressekonferenz ein, zu der *alle* Medien eingeladen worden waren und auch erschienen. Flankiert von Staatsanwalt Dr. Noth auf der einen und dem Polizeipräsidenten auf der anderen Seite verkündete er: »Das Landeskriminalamt, Referat Gewaltverbrechen unter meiner Leitung, sieht sich nun imstande, eine über Jahre dauernde Ermittlungsarbeit einem – höchstwahrscheinlich – rühmlichen Ende zuzuführen!« Er hielt ergriffen inne. Seine Mimik deutete darauf hin, dass er mit den Tränen kämpfte. »Meine Leute«, erhob er seine Stimme, »meine Leute haben sich, trotz aller Gegenwehr und wider aller angedrohten Repressalien, durchsetzen können und die Schuldigen dingfest gemacht. Vergessen Sie bitte nicht, es gilt nach wie vor die Unschuldsvermutung! Nichtsdestotrotz darf ich Ihnen verkünden, dass in den Mordfällen Jakob Roth, Aaron Weinberg, Uwe Engl und Leopold Moser alias Leonard Simon Drake drei Verdächtige festgenommen worden sind. Sie werden sich jetzt vielleicht wundern, dass auch der vorerst als Suizid eingestufte Todesfall des exzentrischen Künstlers Leonard Simon Drake, der in unseren Akten als Leopold Moser geführt wird, in unser Ermittlungsverfahren einbezogen wurde. Durch forensische Beweise sind wir schlussendlich zu der Erkenntnis gekommen, dass auch in diesem Todesfall das Mitwirken einer zweiten Person nicht ausgeschlossen werden kann. Aufgrund der erdrückenden Beweislast wurden gestern von Staatsanwalt Dr. Noth«, mit beiden Händen zeigte Zwettler auf seinen Schulfreund, der sich mit ausdruckslosem Gesicht vor den Vertretern der Presse verneigte, »sechs, ich betone, sechs Hausdurchsuchungen durch die Staatsanwaltschaft genehmigt! Und sie waren erfolgreich, muss ich hinzufügen. Aufgrund der sichergestellten Beweise wurden drei Männer inhaftiert. Der Journalist Ed Stelczmayer, der Galeriebesitzer Klaus Thybus und der Rechtsanwalt Dr. Franz Uhl-Berger. Auch wenn ich mich wiederhole: Es gilt die Unschuldsvermutung! Aus ermittlungstechnischen Gründen darf ich Ihnen keine weiteren Einzelheiten verraten, nur so viel: Einer der mutmaßlichen Täter hat schon gestanden!«

Die Fragen der Reporter überschlugen sich, jeder wollte Genaueres wissen. Doch Zwettler hielt dicht, da er im Grunde genommen ein feiges Arschloch war.

Ein paar Stunden später rief Oberst Karl Tannhacker seinen Freund Jonathan Graberth an und fragte ihn: »Hast du heute die Pressekonferenz von meinem Chef gesehen? Mir ist einer abgegangen, wie er sich gewunden hat!«

»Mir geht einer ab, wenn alles unter Dach und Fach ist, mein Lieber …!«

»Mir auch. Ich lade dich auf ein Seidl ein.«

»So viel ist es dir wert, wenn ich deine Arbeit mache?«

»Lassen wir Jessy entscheiden, wenn sie morgen von ihrer Kette zurückkommt …«

»Du bist wirklich ein fieser, hochdekorierter Muffel …«

»Danke für die Rosen, Malermeister! Ich habe noch eine lange Nacht vor mir.«

»Knack diese Kreaturen!«

»Das habe ich vor, mein Freund«, sagte Tannhacker ungewohnt nachdenklich. »Das habe ich wirklich vor …«

Und Jonny glaubte ihm diesen Vorsatz.

82

Als Jessy an diesem Sonntagmorgen zu Hause eintraf, fiel die gewohnt stürmische Begrüßung von Jonny und Foster noch ein bisschen freudiger aus als sonst. Bei Jonny lag es wohl an seinem schlechten Gewissen, schließlich hatte er sich nicht an die Absprache gehalten, sich aus Tannhackers Fall herauszuhalten, bei Foster lagen die Beweggründe im Dunkeln. Jonny hatte einen Brunch aus erlesenen Spezialitäten vom Naschmarkt vorbereitet. Er hoffte, die Standpauke von Jessy würde dadurch etwas milder ausfallen.

Nach einer anonymen – sehr detaillierten – Anzeige war die Finanzpolizei mit einer großen Mannschaft seit zwei Tagen in Heimo Achterns Büro und in seiner Wohnung aktiv. Akribisch wurden Unterlagen gesichtet, sortiert und in Kartons abtransportiert. Achtern versuchte nach wie vor vergeblich, seine einflussreichen Freunde von früher zu erreichen, doch diese mieden ihn wie den Ebolavirus, einige sperrten sogar seine Telefonnummer.

Lisa Bonn telefonierte mit ihrem Vorgesetzten Dr. Ludwig Mörz und bestätigte ihm, dass er richtig gehandelt hatte. Solche Kreaturen wie Heimo Achtern, so ihr Wortlaut, gehörten nachdrücklich bekämpft. Dankbar legte Dr. Mörz auf und verbrachte den Sonntag mit seiner Frau in einem Museum, frei von Gewissensbissen.

Im Redaktionsbüro von »THE WORM« sichtete Herwig Mischuretz die – nach der erfolgten Hausdurchsuchung – verbliebenen persönlichen Gegenstände und Aufzeichnungen von Ed Stelczmayer, in der Hoffnung, ein paar brauchbare Informationen zu finden, die er in seinem neuen Buchprojekt verwenden konnte. Der Arbeitstitel dieses geplanten Buchs lautete »Tippen und Töten«. Und er hoffte inständig, dass Stelczmayer auch schuldig gesprochen werden würde.

In einem Lokal in der Beatrixgasse saß Oberstleutnant Viktor »Charlie« Braun und trank seinen Tee mit einem doppelten Slibowitz. Nach den Informationen seiner Kollegen konnte er bald den offenen Mordfall Aaron Weinberg archivieren. Ihm war es schlicht und ergreifend egal. Er bestellte sich noch einen Tee und versank in Gleichgültigkeit.

Im Landeskriminalamt herrschte Hochbetrieb. Sogar Hofrat Zwettler trieb sich ziellos auf den Gängen herum. Die Sandwich-Automaten waren ausverkauft, trotz striktem Alkoholverbot sammelten sich in den Abfalleimern leere Bierdosen. Eine aufgeladene Atmosphäre war spürbar und ging auf jeden Mitarbeiter über. Es ging zu wie in einer Parteizentrale am Wahlsonntag. Triumph und Niederlage im Kopf-an-Kopf-Rennen!

Das Wellness-Hotel der Familie Machat war ausgebucht. Juliane Machat fühlte sich sichtlich wohl unter den entspannten Hotelgästen. Und was ihr angenehm auffiel: Keiner der Anwesenden kondolierte ihr zu dem tragischen Ableben ihres – der breiten Öffentlichkeit bekannten – Mannes. Nach dem erschütternden Verlust war sie doch recht sanft im Schoß ihrer Eltern gelandet.

Der Aktenvernichter von Dr. Breymann lief auf Hochtouren, seit er aus geheimen Kreisen von der finanzpolizeilichen Überprüfung von Heimo Achtern gehört hatte. Gott sei Dank funktionieren meine Netzwerke noch reibungslos, dachte er sich. Die Musik spielt halt dort, wo die Brieftasche am dicksten ist.

In »Maukis Tee- und Likörstube« ging das Geschäft schon eher schleppend, da es dem Monatsletzten zuging. Fast jeder Stammgast hatte auch schon das Kontingent, das Mauki gewillt war aufzuschreiben, ausgereizt. Im Speisenangebot gab es nur noch ein dick eingekochtes Erdäpfelgulasch und Einspänner mit Senf und Kren.

Ein kleines Tief ließ Dr. Martina Schettenmayer aus dem Spiel aussteigen. Sie war an einem Tisch gewesen, der nach Anfängern mit viel Kohle gerochen hatte. Daher hatte sie mit höheren Einsätzen gezockt, die ihr letztendlich zum Verhängnis geworden waren. Der große Gewinner war immer der Betreiber dieser Poker-Online-Plattformen.

Für David und Ruth Weinberg-Rhomstein hatten die neuesten Entwicklungen im Fall ihres ermordeten Onkels keinerlei Einfluss auf ihre Geschäftsgebarungen. Trotzdem sahen sie dem nahenden Prozess mit einer großen Prise Genugtuung entgegen.

Und Ed Stelczmayer, Klaus Thybus und Franz Uhl-Berger wechselten zwischen Verhörzimmern und Zellen, ohne dass sie sich zu Gesicht bekamen.

83

Nach vier Tagen war der Spuk vorbei. Die forensische Abteilung hatte relevante Beweise unwiderlegbar herausgearbeitet, zwei der Hauptverdächtigen hatten gestanden, die Anklage war eingebracht worden. Jonny lud zu einem deftigen Abendessen.

Um 17:00 Uhr trafen die Gäste geschlossen bei Jonny und Jessy ein: Karl Tannhacker, Frankie Gareis mit seiner Frau Gerli, Madiba Breyer und Maria, die resche Wirtin vom »s'Graffiti«.

»Da riecht es schon mörderisch gut!«, dröhnte Tannhacker. »Was kriegen wir denn vorgesetzt?«

»Einen stinknormalen Schweinsbraten mit Riesling-Kraut und Waldviertler Erdäpfelknödel. Vorher gibt's noch eine Pastinakencremesuppe mit gebratenem Prosciutto und gebähtem Schwarzbrot.«

»Das klingt vielversprechend!«, sagte Gerli anerkennend.

Während Jonny in der offenen Küche die Suppe aufschäumte, teilte Jessy den Aperitif aus. Einen Bellini, der nur aus Prosecco und Pfirsichpüree bestand.

»Wer hat nun den Fall gelöst?«, fragte Maria unbedarft und lachte in die Runde.

»Warst du heute schon dein bester Gast? Ich bin der Ermittler!«, knurrte Tannhacker streng. »Wenn es ernsthafte Hinweise von der Bevölkerung gibt, dann gehen wir denen natürlich auch nach.«

»Also hast du dich trotz deinem Versprechen wieder eingemischt!«, fauchte Jessy Jonny an.

»So kann man es nicht sagen …«, wand sich dieser wie eine Schlange.

»Ohne Jonny hätten wir einen toten Verdächtigen!«, mischte sich Gareis ein. »Nämlich diesen unappetitlichen Maler …«

»Der als Täter«, sagte Jonny mit erhobenem Zeigefinger, »schon von Staatsanwaltschaft und Karls Chef abgesegnet war. Da habe ich nur gesagt: Das kann nicht der Täter sein!«

»Warum?«

»Zum Beispiel«, holte Jonny aus, »habe ich ein Foto gesehen nach seinem angeblichen Selbstmord. Er hielt die Waffe in der Hand, die fast gar nicht mit Farbe beschmiert war. Die andere war es sehr wohl!«

»Das heißt?«, fragte Maria interessiert.

»Leonard Simon Drake war Linkshänder! Der würde sich nicht mit der rechten Hand erschießen!«

Alle blickten erwartungsvoll zu Tannhacker. Dieser schlürfte noch genüsslich seine Suppe aus, bevor er sagte: »Kann sein, muss nicht sein. Für uns Kriminalisten wäre das noch lange kein Argument.«

»Wie ging es weiter?«, fragte nun auch Gerli.

»Ausschlaggebend für mich«, sagte Jonny in die Runde und nickte entschuldigend Jessy zu, »war der Moment, als ich erkannte, dass der Drohbrief an Stelczmayer nur von einem Insider kommen konnte. Da möchte ich gar nicht weit ausholen: Auf dem Drohbrief waren Zeitungsschnipsel, die noch gar nicht erschienen waren! Das hieß für mich, der Verfasser konnte nur im innersten Kreis vom ›THE WORM‹ zu finden sein. Und da stellte sich mir die Frage: Warum schreibt man so einen Drohbrief?«

»Da muss ich mich jetzt einmischen!«, ergriff Tannhacker das Wort. »Jonny löcherte mich mit der Aussage: Stelczmayer lügt, mach was! Mir waren die Hände gebunden. Der Einwand wegen der Zeitungsschnipsel war schlüssig, aber nicht verwertbar.«

»Jetzt müsst ihr euch vorstellen: Wir hatten – meiner Meinung nach – drei Morde mit ein und derselben Waffe, konnten aber keinen Zusammenhang feststellen. Da kam mir ein Erlebnis zugute, das ich kurz nach der Ermordung von Uwe Engl hatte. Ich war bei Ed Stelczmayer in der Redaktion, da ist mir ein altes gerahmtes Foto in diesen typisch gelbstichigen Farben aufgefallen. Das zeigte drei Jugendliche, die vor einem Lokal namens ›Tontschis Tschocherl‹ posierten. Sofort erkannte ich Ed Stelczmayer, die anderen beiden nahm ich nur peripher wahr, sie kamen mir aber irgendwie bekannt vor. Bei meinem nächsten Besuch war das Foto verschwunden. Es fiel mir nur wieder ein, als ich auf meinem Clip-Board die Alibis überprüfte! Da kam der Moment: Was wäre, wenn! Ich fing an, zur Schau getragene Animositäten anzuzweifeln und Feindschaften zu hinterfragen. Und dann kontaktierte ich Karli. Jetzt bist du dran, glaube ich …«

Während Jonny den Schweinsbraten servierte, erzählte Tannhacker: »Wir hatten eine Waffe für drei Morde respektive vier. Wir gingen von einem Auftragskiller aus. Bis ein Unbeteiligter, dessen Namen ich nicht nennen möchte, uns einen völlig neuen Ansatz präsentierte, an den wir nie gedacht hätten!«

Nun schaltete sich Madiba Breyer ein. »Dieser Unbeteiligte, dessen Namen ich nun auch nicht nennen möchte und der unter uns weilt, brachte meinen Chef Tannhacker auf die Idee, dass nicht alles so ist, wie es scheint …«

»Genau!«, bestätigte Tannhacker und dachte noch einmal über diesen Satz nach. »Kurz gesagt, wir hatten vorerst drei oder vier Morde, eine Menge Verdächtige und viele Alibis.«

»Genau da möchte ich einhaken«, meldete sich Jonny zu Wort. »Der Knackpunkt war, dass eben die Nutznießer jedes Mordes ein wasserdichtes Alibi abliefern konnten. Und da fiel mir wieder das Foto von Stelczmayer ein. Drei Freunde, die an einem Strang ziehen. Aber genau diese drei Freunde galten in der Szene als Todfeinde! Stelczmayer griff in seinen Artikeln Uhl-Berger und die Galerie Thybus mit ihrem Vorzeige-Künstler Leonard Simon Drake an. Jedermann glaubte, dass diese drei einander spinnefeind sind. Uhl-Berger hat »THE WORM« mehrmals verklagt und im Namen von Uwe Engl eine einstweilige Verfügung gegen Leonard Simon Drake erwirkt. Von Thybus gab es einige Unterlassungsklagen gegen Stelczmayer und so weiter. Was sollte also diese drei verbinden? Und da kam mir zugute, dass ich mit Gareis zu dem Typen, dem vor Jahrzehnten die Pistole gestohlen worden war, mitgehen durfte. Er hieß Anton, da war es nicht mehr schwer, auf Tontschi zu kommen, zumal sein Wohnungsnachbar ihn ebenso bezeichnet hatte! Trotz seinem übermäßigen Alkoholkonsum war er extrem hilfreich. Anton Tontschi Kubik konnte sich noch genau an Edi, Klausi und Franzi erinnern. Und selbstverständlich hatte er auch diese drei unter anderem in Verdacht, dass sie seine Pistole, mit der in Folge vier Personen ermordet worden waren, entwendet hatten. Mit diesen Informationen ließen wir Madiba ein bisschen auf den schattigen Seiten des Internets herumsuchen, und siehe da, bald war er schon auf ein dubioses Firmenkonstrukt gestoßen, das zu gleichen Teilen Stelczmayer, Uhl-Berger und Thybus begünstigte.«

»Alles schön und gut«, sagte Gerli. »Aber wie habt ihr die Typen geknackt?«

Tannhacker biss noch ostentativ auf einer krossen Schwarte herum, bevor er antwortete: »Bei den Hausdurchsuchungen konnten wir Indizien einsacken, die Erklärungsbedarf hatten. Zum Beispiel fanden wir in der Wohnung von Stelczmayer die Wohnungsschlüssel von Weinberg, beim Auto von Thybus wurde unter der Dichtung der Seitenscheibe Blut von Uwe Engl gefunden und auf den nummerierten Goldbarren, die Uhl-Berger in dieses Firmenkonstrukt als Bargeld eingezahlt hatte, fanden wir Fingerabdrücke von Uwe Engl. Nach ein paar Stunden intensiver Befragung von Ed Stelczmayer knickte er schlussendlich ein und plauderte wie ein Wasserfall!«

»Trotzdem kapier ich die ganze Situation nicht«, meldete sich Maria unbedarft zu Wort. »Wer hat jetzt wen und warum umgebracht?«

Jonny holte sein Pin-Board aus seinem Arbeitszimmer

und dozierte: »Diese drei Herren dürften sich schon vor langer Zeit – als sie sich noch als Halbwüchsige in ›Tontschis Tschocherl‹ herumgetrieben hatten – abgesprochen haben, dass sie Karriere und Geld machen wollten, ohne jegliche moralische Hemmschuhe. Auch Mord stand auf ihrer To-do-Liste. Wahrscheinlich hatten sie einen anderen Ausdruck dafür. Wie mir der Oberst aus seinen Vernehmungen mitgeteilt hat, kam oft die Formulierung ›Wir schaffen Barrierefreiheit‹ vor. Ein immens wichtiger Punkt für sie war: Wir kennen uns nicht nur nicht persönlich, sondern wir sind für die Öffentlichkeit erbitterte Gegner! Was sie durch gegenseitige Anzeigen, Klagen und Artikel untermauerten, obwohl sie sich im Geheimen regelmäßig trafen!«

»Ich kapier es trotzdem nicht!«, monierte Maria und schmollte.

»Du wirst es verstehen, wenn wir die Morde chronologisch aufarbeiten«, lächelte Jonny und nickte seinem Freund Tannhacker zu.

»Vor ungefähr 22 Jahren gaben sie sich in diesem Beisl das Versprechen, das sie aneinanderkettete. Sie stahlen Anton Kubik die Glock mit einem illegalen Schalldämpfer und gingen ihrer Wege. Vor zwei Jahren, als sie wieder zusammensaßen, erwähnte Klaus Thybus, dass er nun Teilhaber einer renommierten Galerie sei. Und dass er einen vielversprechenden Maler an der Angel hätte, der die Kunstwelt umkrempeln würde. Dieser Karriere stand nur der Kompagnon Jakob Roth im Weg. Da hier ein immenser, finanzieller Rebbach im Raum stand, wurden auch schon Pläne geschmiedet. Während Thybus geschäftlich in Amsterdam unterwegs war, ging Uhl-Berger, der keinerlei Berührungspunkte mit Roth hatte, in die Galerie und erschoss ihn. Somit war Thybus alleiniger Eigentümer der Galerie. Dann schrieb Stelczmayer etliche Artikel gegen Leonard Simon Drake und machte ihn so berühmt. Drakes Marktwert stieg durch seine Eskapaden und Stelczmayers gezielte Artikel um ein Vielfaches!«

»Und dann«, ergriff Jonny wieder das Wort, »war da Aaron Weinberg. Ein älterer Bezirksrat mit großen Immobilienwerten und einem enormen Barvermögen, welches er – wie es für seine Generation üblich war – daheim in einem Safe bunkerte. Wenige hatten Ahnung davon, auch ich erfuhr erst in einer Tee- und Likörstube von diesem riesigen Barvermögen. Weinbergs Fehler war, dass er dies auch seinem Anwalt Uhl-Berger anvertraute!«

»Der natürlich auch von seinen umtriebigen Betätigungen in der Homo-Szene unterrichtet war«, ergänzte Tannhacker. »Uhl-Berger buchte einen Urlaub auf den Seychellen. In dieser Zeit wurde Weinberg von Stelczmayer mit einem attraktiven sexuellen Angebot am späten Abend auf die Jesuitenwiese gelockt, wo er ihn auch erschossen hatte.«

»Nun kommen wir zu dem Fall Uwe Engl, der eigentlich dafür gesorgt hat, dass die beiden vorigen Cold Cases wieder warm wurden!«, übernahm wieder Jonny das Wort. »Engl wollte Goldbarren im Wert von ungefähr 1,75 Millionen Euro in ein sicheres benachbartes Land ausführen, sein Anwalt – Uhl-Berger – versprach ihm dies gegen eine Provision von acht Prozent. Sie verabredeten sich für die Übergabe der Goldbarren an einem Montag um 6:00 Uhr früh auf dem noch nicht frequentierten Parkplatz des Shopping Centers Nord. Ein Vertrauter von ihm, so sagte Uhl-Berger, würde die Lieferung übernehmen. Er hingegen verbrachte die Nacht bei der Frau von dem Lebensmittel-Tycoon Bernhard Grumbolsky, was auch die zahlreichen Bediensteten der Villa in einem Vorort von Wien bestätigten.«

»Genau!«, hakte sich Tannhacker ein. Fast schien es, als ob sich die beiden Freunde ein Drehbuch geschrieben hätten. »Klaus Thybus war diesmal dran. Er fuhr auf den Parkplatz des SCN und erschoss Engl aus seinem Auto und nahm die Goldbarren an sich.«

Jonny hob zwei seiner Finger, fast wie ein Volksschüler. »Als die drei diese Vorgangsweise beschlossen hatten, hatte Stelczmayer – ohne das Wissen der anderen beiden – noch die glorreiche Idee, in ein Interview, welches er kurz vorher mit Engl geführt hatte, brisante Aussagen einzupacken, um die Auflage seiner Zeitung zu erhöhen und um falsche Spuren in die Kreise der Politik zu legen. Zusätzlich fuhr er zum Zeitpunkt des geplanten Mordes auf einen Kongress nach Frankfurt, falls ihn irgendwer verdächtigen sollte. Er hatte mir sogar – ohne Aufforderung – ein von Uwe Engl freigegebenes Manuskript gezeigt, welches natürlich von Stelczmayer gefälscht worden war.«

Jessy brachte eine Waldviertler Mohntorte mit Schlagobers, die das Gespräch für fünf Minuten verstummen ließ.

»Und wer war der Zweite, der gestanden hat?«, begann Maria wieder.

»Klaus Thybus, weil er sich beim Strafmaß einen Vorteil erhoffte!«, sagte Frankie Gareis eifrig und handelte sich einen vorwurfsvollen Blick von Tannhacker ein.

»Was ist mit diesem komischen Maler?«, mischte sich nun auch Gerli ein.

»Der ist auch eine interessante Komponente …«, nahm Jonny den Faden auf.

»… von der lieber ich erzählen werde!«, riss Tannhacker die Aufmerksamkeit an sich. Umständlich versuchte er, mit einer Serviette die Essensreste aus seinen Mundwinkeln zu entfernen, bevor er fortfuhr. »Selbstverständlich hatte ich arge Zweifel an dem Selbstmord des Künstlers. Trotzdem sind uns ermittelnden Beamten in einem solchen Fall die Hände gebunden. Bei uns geht es um Beweise und Indizien. Wir können nicht wild in der Gegend herumspekulieren und wahnwitzige Theorien aufstellen; wir müssen faktenbezogen agieren!«

»Das klingt jetzt fast so, als ob du uns sagen willst, dass dein Hund die Hausaufgaben gefressen hätte …«, grinste Jonny.

»Schnauze!«, knurrte Tannhacker. »Eigentlich wollte ich nur sagen, dass der behördliche Weg mit großen Steinen bepflastert ist …«

»Wir leiden mit dir, Oberst!«, beruhigte ihn Jonny. »Um auf deine Frage zurückzukommen, Gerli. Bei einer der letzten Zusammenkünfte unserer drei Mörder, für die seltsamerweise noch immer die Unschuldsvermutung gilt, befanden sie Leonard Simon Drake als dankbaren Sündenbock. Stelczmayer verfasste den Bekennerbrief, gab bei Uhl-Berger noch die Zeitungsschnipsel ab, die er verwendet hatte, und ließ sich von einem Taxi zum Flughafen fahren. In Hamburg recherchierte er bei einer Domina, die ihm ein Alibi und sicherlich auch einen Höhepunkt verschaffte.«

»Klaus Thybus«, sagte Frankie Gareis stolz, »befand sich zu dieser Zeit in Monte Carlo bei einem berühmten Ex-Formel-1-Fahrer, dessen Namen ich nicht sagen darf, aber mit dem ich persönlich gesprochen habe.« Eisige Blicke trafen ihn. Kleinlaut fuhr er fort: »Was ich eigentlich sagen wollte: Das Alibi von Thybus wurde sowohl von diesem berühmten Mann bestätigt als auch von etlichen Angestellten des Hotels …«

Tannhacker leerte sein Gläschen, ein Zirbenschnaps aus dem oberen Waldviertel, mit einem bemerkenswerten Schluck und fuhr fort: »Am Sonntagabend fuhr Uhl-Berger ins Atelier von Leonard Simon Drake, verschaffte sich mit Versprechungen und Drogen Einlass und erschoss dieses Wrack. Und das war es. Drei Freunde hatten sich aufgemacht, um die Welt zu erobern, nun sitzen sie in Einzelhaft.«

Bestürzt saßen alle da. Nach einiger Zeit sagte Jessy nachdenklich: »Wie das Gespräch vor über 22 Jahren wohl abgelaufen ist, dass sie sogar vor Morden nicht zurückschreckten, werden wir wohl nie erfahren ...«

»Das fürchte ich auch!«, sagte Jonny und umarmte sie liebevoll.

VOR 22 JAHREN

Sie spielten Pool-Billard auf dem abgewetzten Tisch, der im Hinterzimmer vom »Tontschis Tschocherl« in der Salmgasse stand. Das »Tschocherl« – es hieß wirklich so – war ein dunkles, unansehnliches Lokal mit ungefähr 16 Sitzplätzen, die aus den unterschiedlichsten Sesseln bestanden. Ein Flohmarkt von entsorgtem Mobiliar, das keinen Käufer gefunden hatte, lieblos gestrichene Pressspanplatten an den Wänden, der Boden eine Orgie aus diversen Materialien. Manch einer hätte gesagt, dass das Lokal einen heruntergekommenen Eindruck machte. Diese Aussage würde jedoch implizieren, dass es einst eine schmucke Lokalität gewesen war und erst im Laufe der Zeit diese Abnutzung erfahren hatte. Dem war nicht so. Der Besitzer Tontschi, ein phlegmatischer Schulabbrecher, hatte diese schäbige Atmosphäre schon am Tag der Eröffnung eingefangen. Viele Gäste gab es nicht im »Tschocherl«, aber Eduard, Klaus und Franz gehörten dazu.

»Pass auf deine Asche auf«, bemerkte Klaus und trank von seinem Gin-Tonic.

»Drauf geschissen!«, brummte Eduard mit der Zigarette im Mund und versenkte die blaue Zwei. Bedächtig rieb er mit der Kreide die Pomeranze – die Lederspitze seines Queues – ein. Breitbeinig und tief gebückt visierte er die schwarze Acht an und ließ sie elegant in der richtigen Tasche verschwinden. »Drei zu null und aus die Maus.«

Resigniert fläzte sich Klaus auf einen maroden Sessel neben Franz. »Was liest du da für einen Scheiß, und das schon seit Stunden?«

»Dieser Scheiß, wie du so schön sagst, ist gar nicht so uninteressant. Das ist eine Hausaufgabe von unserem Philosophieprofessor! Das nennt sich Trolley-Problem oder in einer abgewandelten Form: das Weichensteller-Dilemma.«

Eduard bestellte sich ein Baucherl – Cola mit Weinbrand – und setzte sich dazu. »Erzähl!«, forderte er.

»Na schön!«, sagte Franz eifrig. »Ich beschreibe jetzt eine Situation, die eine sofortige Entscheidung von euch verlangt. Okay?«

»Passt!«, sagte Klaus.

»Mach weiter …«, gab sich nun auch Eduard interessiert.

»Also gut!« Franz fuhr sich durch sein dichtes schwarzes Haar und lehnte sich bedächtig zurück. »Ein Zug ist außer Kontrolle geraten und rast ungebremst auf eine Menschengruppe zu, die aus fünf Personen besteht. Du könntest durch das Stellen einer Weiche den Zug auf ein Nebengleis umleiten. Auf diesem Nebengleis befindet sich aber unglücklicherweise auch eine Person. Darf man durch das Umlegen der Weiche den sicheren Tod der einen Person in Kauf nehmen, um die anderen fünf zu retten?«

»Sicherlich!«, platzte es aus Klaus heraus. »Eins gegen fünf. Da muss man kein Mathe-Genie sein, um das zu erkennen!«

»Sachte«, sagte Franz beschwichtigend. »Du müsstest dich ja nicht einmischen. Das heißt, niemand könnte dir einen Strick daraus drehen, dass du nicht die Weiche umgestellt hast!«

»Was jetzt?«, mokierte sich Eduard. »Soll ich nun was tun, oder nicht?«

»Das ist deine Entscheidung. Aus welchen Beweggründen auch immer ...«

Klaus lachte hell auf und schüttelte seinen Kopf. »Welche Beweggründe sollten das sein, Franzi? Die fünf Personen auf der einen Gleisstrecke sind mir genauso wurst wie der eine Typ am anderen Gleis! Also lass ich das Schicksal laufen, wie es sich ergibt. Warum da noch lange nachfragen?«

Franz bestellte noch eine Runde Baucherl, sie stießen an, dann sagte er zu Klaus: »Ich gebe dir ein anderes Beispiel. Ein Zug ist außer Kontrolle geraten und rast ungebremst auf einen Menschen zu. Du könntest durch das Stellen einer Weiche den Zug auf ein Nebengleis umleiten. Auf diesem Nebengleis befinden sich aber unglücklicherweise fünf andere Personen. Was würdest du tun?«

»Das ist doch einfacher als dein voriges Beispiel«, höhnte Klaus. »Nämlich nichts! Ein Leben gegen fünf, mathematisch und logisch einwandfrei!«

»Achtung, mein lieber Freund!«, lächelte Franz. »Was ist, wenn ich dir sage, dass diese eine Person, die der Zug ohne dein Zutun niedermähen würde, deine Mutter wäre?«

Mit hochrotem Kopf sprang Klaus auf und schrie: »Was hast du für vertrottelte Beispiele? Hätte, hätte, Fahrradkette! Auf so einen Scheiß lass ich mich doch nicht ein!«

Ein spöttisches Lächeln umspielte die Lippen von Franz. »Man ändert nur ein paar Vorzeichen, und schon schaut die Welt ein bisschen anders aus …«

Eduard nippte an seinem Getränk und murmelte: »Wenn es meine Mutter wäre, ich würde ohne Wenn und Aber die Weiche umstellen!«

»Das sind doch nur Beispiele!«, brüllte Klaus und fuhr sich durch sein schütteres Haar. »Keiner von uns weiß, wie er sich in derartigen Situationen verhalten würde!«

Der Zeigefinger von Franz umspielte sein Glas, als ob er ihm Töne entlocken wollte. »Ich glaube, ich wüsste, wie ich mich verhalten würde«, sagte er kryptisch.

Klaus und Eduard beugten sich interessiert vor und sahen Franz fragend an.

Dieser genoss den Augenblick der uneingeschränkten Beachtung, zog ihn noch ein bisschen in die Länge und sagte dann mit eiskalten Augen: »Ich würde die Weiche umstellen!«

»Wie kannst du das moralisch rechtfertigen?«, brauste Eduard auf.

Franz Uhl-Berger lächelte Eduard Stelczmayer mitleidig an und meinte: »Ich scheiße auf Moral! Dieses Unwort schränkt uns in allen Belangen ein. Es ist nichts anderes als eine vorsätzliche Erschwernis, die uns aufoktroyiert wurde, um uns an gewissen Schritten zu hindern! Quasi eine Zugangsbeschränkung.«

Die Aufmerksamkeit war ihm nun sicher. »Moral«, dozierte er weiter, »ist eine Variable, die immer ins Spiel kommt, wenn man das zwischenmenschliche Verhalten einer Gesellschaft regulieren möchte. Diese Moral ist zwar recht nützlich, um die Schäfchen bei Laune zu halten, aber wenn du Größeres vorhast, dann ist die Moral ein Hemmschuh!«

»Das heißt?«

»Das heißt nichts anderes als: Spielst du das Spiel nach den Regeln, dann könntest du gewinnen. Spielst du das Spiel aber nicht nach den Regeln, dann *wirst* du gewinnen!« Selbstsicher lehnte sich Franz Uhl-Berger in die abgeschlissene Polsterung zurück und sah seine Freunde herausfordernd an.

»Das hat was für sich«, gab Eduard zu. »Aber wie kannst du dich vor deinem Spiegelbild rechtfertigen?«

»Genau das ist der Irrglaube!«, ereiferte sich Franz. »Jeder möchte dir einreden, dass du mit dieser Schuld nicht leben könntest. Schwachsinn! Natürlich kann man damit leben! Und gut sogar!«

»Das hat was für sich ...«, dachte Klaus laut nach.

»Schaut euch nur die Mehrzahl der Politiker an!«, fuhr Franz fort. »*Die* können leicht über uns die ethische Keule schwingen. Weil sie ihre Schäfchen ja schon im Trockenen haben! Und wenn einmal einer dabei erwischt wird, wie er die Hand aufhält, dann fallen die anderen empört über ihn her und opfern ihn dem aufgebrachten Mob. Und dabei denken sich alle: Gott sei Dank hat es nicht mich betroffen!«

Eduard nickte zwar zustimmend, aber meinte dennoch: »Möglicherweise mischst du da Äpfel mit Birnen. Es ist ein Unterschied, ob man als Politiker manchmal eine Entscheidung trifft, die für eine Partei von Nutzen ist, und dafür – sagen wir einmal – eine Gratifikation erhält oder ob man vorsätzlich eine Handlung begeht, die ein Menschenleben fordert!«

»Wo genau ist der Unterschied? Ich bin mir sicher, dass sich jeder Politiker schon einmal in seiner Karriere bei einer Entscheidung gefragt hat: Was nützt *mir* mehr? Und das sollte unser Credo sein. Wenn du dein Leben darauf ausrichtest, anderen zu helfen, dann bleibst du über, garantiert!«

Klaus wiegte seinen Kopf hin und her und sah Eduard fragend an. Dieser rang noch mit sich, nippte an seinem Glas und sagte: »Ich weiß nicht. Irgendwie kommen mir all diese Beispiele so gestellt, so unrealistisch vor. Was wäre, wenn …«

»Pass auf!« Franz beugte sich todernst vor und fixierte Eduard. »Lesen deine Eltern am Sonntag eine Tageszeitung?«

»Ja sicher! Sogar mehrere …«

»Zahlen sie dafür oder stehlen sie diese?«

»Stehlen!«, echauffierte sich Eduard. »Stehlen ist wahrlich der falsche Ausdruck. Jeder weiß, dass sich die Sonntagszeitungen allein durch die Vielzahl von Inseraten mehr als finanzieren.«

»Das heißt, sie bezahlen nicht den geforderten Preis?«

»Ja! Nein! Ich weiß nicht! Was hat das jetzt mit unserem Problem zu tun?«

»Ganz einfach!«, lehnte sich Franz Uhl-Berger entspannt zurück. »Deine Eltern bereichern sich auf Kosten anderer, aber niemand zieht sie dafür zur Rechenschaft. Die Zeitungen sind froh, dass sie durch die gefladerten Exemplare eine größere Reichweite bekommen, dadurch steigen ihre Inseratenpreise und sie machen mehr Umsatz! Das heißt nichts anderes, als dass deine Eltern durch ihr unmoralisches Verhalten sich selber einen Euro oder mehr sparen, aber zusätzlich dem Geschädigten, nämlich der Zeitung, zu mehr Gewinn verhelfen! Und das eben genannte Beispiel ist eine klassische Win-win-Situation.«

»Aber die Gesetze …«

»Bullshit!«, schmetterte Franz den Einwand von Klaus ab. »Gesetze werden auf Momentansituationen abgestimmt, sie spiegeln den Zeitgeist wider. Möglicherweise gibt es in naher Zukunft ein Gesetz, das dir das spontane Ansprechen einer weiblichen Person verbietet, da sie sich dadurch belästigt fühlt! Recht hat absolut nichts mit Gerechtigkeit zu tun. Wenn der Vater von einem geschändeten Mädchen ihre Peiniger im Gerichtsgebäude erschießt und dann noch freigesprochen wird, das ist Hollywood, das ist ein Roman! Oder stellt euch folgende Situation vor: Ihr sitzt in einem Restaurant und zufällig könnt ihr am Nebentisch einem Gespräch zwischen zwei Männern folgen, in dem es um einen terroristischen Anschlag geht. Einer der beiden hat bereits einen Sprengstoffgürtel umgeschnallt und ist bereit, diesen in einem hoch frequentierten Einkaufszentrum zu zünden. Ist es da nicht deine Aufgabe, diesen Anschlag zu vereiteln? Und Hunderte von Menschenleben zu retten? Ich glaube, da sind wir uns einig …«

»Natürlich würde ich die Polizei rufen …«, reklamierte Eduard.

»Würdest du auch *aktiv* diesen Anschlag zu vereiteln suchen?«, setzte Franz nach.

»Ich weiß nicht, was du meinst?«

»Verstehe ich das richtig. Du hast nicht die Eier in der Hose, um das Attentat zu verhindern? Um bei unserem ursprünglichen Beispiel zu bleiben: Du musst Dritte hinzuziehen, die für dich die Weiche stellen?«

»Was sollte ich deiner Meinung nach tun?«, brauste Ed auf.

»Eliminieren«, hauchte Uhl-Berger. »Schlicht und einfach eliminieren. Sieh dich als Chemotherapie. Du tötest böse Zellen, unter gewissen Umständen auch gute, aber du verlängerst ein Leben! Und nun versuche mich von den ethischen Grundsätzen zu überzeugen.«

»Du sollst nicht töten, das ist ein Grundgebot ...«, erwiderte Ed zaghaft.

»Was machen der Wolf, der Jaguar und der Frosch? Sie töten, um zu überleben. Für sie gelten keinerlei Gebote. Und meistens töten sie das schwächste Tier aus der Herde. Dazu gehören auch Jungtiere. Niemand würde darin einen moralischen Verstoß sehen! Das biologische Gleichgewicht eines Waldes, einer Steppe oder eines Teiches basiert auf diesem Regulativ. Aber bei Menschen schreit die Empörung Löcher in Betonmauern, wenn unsere sozialen Kernkompetenzen auch nur einen feinen Kratzer abbekommen! Wir sind in den letzten Jahrzehnten verzärtelt und mimosenhaft geworden gegenüber Naturgesetzen. Dem Stärkeren wird seine Vormachtstellung aberkannt, irgendwann werden auch Wettkämpfe abgeschafft, da man dem Unterlegenen nicht diese Demütigung der Niederlage zumuten kann! Schulnoten werden umgestaltet in Symbole, da man den Kindern nicht die beinharte Realität vor Augen führen darf! Wir verweichlichen zusehends! Gehen wir zurück zum Ursprung: Der Stärkere überlebt! Punkt.«

Ergriffen lauschten Ed und Klaus diesen Worten.

Und Franz fuhr fort: »Daher mein Plädoyer. Wir dürfen uns nicht durch willkürliche Gesetze abhalten lassen, subjektive Vorteile auszunutzen. Und wenn auch Späne fallen! Wo gehobelt wird, gibt es sie eben!«

»Klingt irgendwie logisch«, äußerte sich Klaus. »Ich wäre bereit, die Weiche – zu meinem Vorteil – umzustellen!«

»Unter gewissen Umständen wäre ich auch gewillt«, wand sich Ed und strich sich durch sein wirres rotes Haar. »Ein paar grundsätzliche Fragen bleiben für mich dennoch offen. Zum Beispiel: Ich sehe das Recht auf meiner Seite, begehe eine strafrechtlich relevante Tat und werde dafür verurteilt, obwohl ich – wie schon gesagt – das Recht auf meiner Seite sehe.«

»Genau diese Diskrepanz zwischen Recht und Gerechtigkeit meine ich, lieber Edi! Wir sind gefangen in diesen starren Schienensträngen der Judikatur. Schon als Kleinkind wurde uns eingeimpft, was wir nicht tun dürfen. Randsprünge sind verboten! Aber blicken wir über den Rand des Schwimmbeckens! Konfrontieren wir uns mit der furchterregenden Keule des schlechten Gewissens. Die Gesellschaft gibt vor, wer zu den Guten und Anständigen zählt. Ich prophezeie euch, in ein paar Jahren werden zum Beispiel die Raucher, die Trinker, die Fleischesser und die Mineralölverbraucher ausgegrenzt werden. Warum? Weil der Mainstream sagt, das gehört sich nicht! Ich möchte mich aber auf die Seite der Gewinner stellen, die alles dazu tun, um einen persönlichen Vorteil zu erhalten!«

»Auch wenn du ungesetzliche Handlungen setzt?«

»Ungesetzlich? Ich reize das Gesetz aus! Die Gewinner sind die Leute, die sich abseits der vorgegebenen Straßen im Bereich des Möglichen bewegen. Natürlich ist es eine Gratwanderung, aber wer nicht wagt, der nicht gewinnt! Ich möchte keinesfalls in ein paar Jahren von meinem Grundgehalt zehren, ich möchte in der Champions League mitspielen und fett abkassieren, was auch immer das von mir abverlangt!«

»Klingt vielversprechend, oder?«, meinte Ed und sah Klaus fragend an.

Dieser nickte vorerst zögerlich, dann sagte er: »Diese Vorstellung hat etwas für sich. Doch so ganz durchschaue ich deine Absichten noch nicht. Werden nun Gesetze gebrochen oder nicht?«

»Bleiben wir bei unserem anfänglichen Beispiel. Du kannst die Weiche stellen oder auch nicht. Niemand kann dir daraus einen Strick drehen. Und genau dort setze ich an. Ich stelle die Weiche, wenn es mir zum Vorteil gereicht, nicht mehr und nicht weniger.«

»Ich bin dabei!«, tönte Ed Stelczmayer.

»Ich auch!«, sagte Klaus Thybus.

Franz Uhl-Berger lächelte zufrieden, der Pakt war geschlossen. »Jetzt schauen wir einmal, dass wir auf Positionen kommen, in denen wir auch was bewegen können. Dann erst wird unser Denkmodell erstrebenswert. Ab sofort treffen wir uns nicht mehr öffentlich, sondern nur mehr im Geheimen …«

»Schön langsam«, sinnierte Thybus, »wie kann ich mich mit dem Bösen anfreunden?«

»Das Böse gibt es nicht, mein Freund!«, belehrte ihn Uhl-Berger. »Das Böse ist eine Momentansituation, die von den jeweiligen Machthabern erschaffen wird!«

Dieses Evangelium blieb unwidersprochen im Raum stehen.